逛吃

魏新 著

济南出版社

图书在版编目（CIP）数据

逛吃 / 魏新著 . —— 济南：济南出版社 ,2024.3
ISBN 978-7-5488-6271-0

Ⅰ . ①逛… Ⅱ . ①魏… Ⅲ . ①散文集 – 中国 – 当代
Ⅳ . ① I267

中国国家版本馆 CIP 数据核字 (2024) 第 067049 号

逛吃
GUANG CHI
魏新　著

出 版 人	谢金岭
责任编辑	姚晓亮　孙彦晗
装帧设计	胡大伟
内文插画	猪小乐
封面插画	陈廿一
书法题字	魏相民
出版发行	济南出版社
地　　址	山东省济南市二环南路 1 号（250002）
总 编 室	0531-86131715
印　　刷	山东联志智能印刷有限公司
版　　次	2024 年 3 月第 1 版
印　　次	2024 年 4 月第 1 次印刷
开　　本	145mm×210mm 32 开
印　　张	11.5
字　　数	220 千字
书　　号	ISBN 978-7-5488-6271-0
定　　价	68.00 元

如有印装质量问题 请与出版社出版部联系调换
电话：0531-86131736

版权所有　盗版必究

逛吃半生（自序）

不知从何时起，我写的文字，泪水越来越少，口水越来越多。

我想，可能是被这个世界馋的。

五岁，上小学一年级，不知厕所分男女，盼着长大后当糖果柜台的售货员，再娶个卖冰糕的媳妇。她推着自行车，后面放裹着被子的木箱，前面坐着我。

十五岁，高二，踢球，打电子游戏，屏幕里的关羽吃鸡腿，我拼命晃摇杆，老板气得直瞪眼。我继续晃，晃得饥肠辘辘，嘴里发苦。

二十五岁，写诗，小有名气，被一公司老总邀去江南工作，他兴致勃勃地说，宿舍和公司之间就是一条小吃街！我欣然前往，待了几个月，实在吃不惯青菜包子和重糖的菜，于是又回山东，随便找份工作，准备熬到退休，名正言顺地和老太太跳广场舞，一起戴着假牙去撸串。

三十五岁，辞职，再不用朝九晚五，闲时在家好吃懒做，忙时各种抛头露面。不管到哪儿，都打听有什么好吃的，光阴似金蝉炸过，时光如梭子蟹清蒸，人生已酒过三巡，再尴尬的酒局也开始酣畅，世界不过是个圆桌，端着杯子打一圈，就四十五岁了。

小半个世纪，大部分时间都在逛吃。从老家县城逛到济南，又从济南逛到四面八方，算了算，在外面至少吃了两万多顿饭，有富丽堂皇的酒店，也有旮旯缝道，虽说没有吃出什么名堂，也算是尝遍人间酸甜苦辣。

一不小心，写了诸多和吃有关的散碎文字，出过一本《吃了吗》，已是八年前的事，之后本不想再写吃，没想到写得更多，又自选出了这本书。这本和上本相比，更丰富些，除了吃，还有逛，看起来更有助于消化。那些走过的路，遇过的人，经过的事，看在眼里，记在心里，也都在吃里。

一直想朝着苏东坡的方向去努力，却活成了"点评网"，离诺贝尔文学奖的理想渐行渐远。要知道，当年我写过，要骑着自行车到瑞典领奖的，如今不光自行车骑不动了，对领奖也丧失了兴趣。真要去斯德哥尔摩，我也是骑电动车，到饭点就找个馆子充电，把地图当菜单看，一路往西，从济南把子肉到长清大素包，从聊城的呱嗒到临清的什香面，路过西安吃葫芦头，兰州吃羊羔肉，从新疆吃完拉条子出国，揣上几个馕，然后挑那些好吃的国家穿过，比如土耳其、意大利、法国、西班牙……不小心到了南欧，干脆，卖了电动车买机票回来吧，斯德哥尔摩没去成，快得综合征了。

写吃的过程中，我发现自己的人生观被改变了。比如，我不再关心《红楼梦》隐喻了什么王朝兴衰，而更喜欢研究茄鲞的做法；再读《史记》，对鸿门宴最感兴趣的是吃的火锅还是烧烤；读《后汉书》，琢磨让刘秀"饥寒俱解"的豆粥，和我在老家喝的有何不同——无数醉后的深夜，我总忘不了去地摊上喝一碗。

我曾很喜欢村上春树的那句话："假如这里有坚固的高墙和撞墙破碎的鸡蛋，我总是站在鸡蛋一边。"而今，我觉得站哪一边并不重要，最关键的是鸡蛋不要去撞墙，还是炒大葱，更能体现鸡蛋的价值。如果想让鸡蛋保存的时间更长，还可以腌起来。原本，鸡蛋的使命就不是为了撞墙，而是孵小鸡。

在吃上，还能找到更多和这个世界的联系。尤其是一些美好的食物，明明是第一次尝试，却仿佛久别重逢。就像初到某地，却并不陌生，不管是风景还是建筑，包括那里流动的气息，都如此熟悉。比如第一次去山西省洪洞县，尽管没有了当初的大槐树，但我总觉得那里的一草一木都无比亲切，所有人长得都像亲戚，吃的饭也像妈妈做的，恍惚间，觉得那棵槐树其实早就种在了我的心里。从那里迁出的祖先，把他们不愿忘掉的信息刻在了树上。

食物里隐藏着可以穿越时空的隧道。有一天，我转到一条小巷子里，找到多年前开在单位门口的羊汤馆，老板没换，只是头发白了很多，他家的羊汤很特别，汤清而味浓。端上来，加盐和辣椒，一勺下去，我似乎回到了那时的冬天——天气阴霾，内心火热的三十五岁。

去年又下江南，曾经的那座城市已面目全非，一位老友阴暗潮湿的老宅成为那里最热闹的旅游景点，他曾带我去过的公园不再鱼龙混杂，他也从一名城管变成了著名作家。然后，一屉精致的小笼包端上来，就让我瞬间回到从前，我们都留着长发、吼着摇滚的二十五岁。

这些年虽然常回老家县城，但几乎所有的路我都已不认识，通过导航，找到当年家门口的杂烩菜小店，门口大锅依旧，羊肉、牛肉、丸子在上面漂浮，像人泡在热气腾腾的澡堂里。我刚靠近，就有一股熟悉的味道钻进鼻孔，十五岁的味道。

最近一次，是春节前回去，下大雪，整个县城白皑皑一片。酒店门口，我踩着厚且松软的雪，和儿子打雪仗，他一个雪球扔到我脸上，我们大笑，嘴里不小心进了雪，我咂摸一下，和五岁时的雪一个甜味儿。

人生就是一场天地间的遨游，愿我们多逛多吃，逛吃逛吃。

最后，感谢济南出版社姚晓亮编辑，算来我们也认识近二十年了，这也是他责编的我的第四本书，在纸质书销量越来越少的时代，我总担心自己会让他和出版社赔钱，还好，每次都有不少读者支持，让我们有信心去写好书，编好书，而不用考虑太多其他的问题。这些年来，我们俩也像是开了家小饭馆，就一个厨师加一个服务员，做点家常菜，略有特色而已，没有去迎合口味的能力，还好食材新鲜，锅气十足，因此不愁满座，偶尔也翻台。但小饭馆终归是小饭馆，办不了大型宴请、商务接待，只能存续烟火，抚慰风尘，仅此而已。

是为序。

目 录

四顾

当我们说起家乡美食的时候 / 002

舌尖上的山东 / 009

山东的大集 / 015

大米干饭把子肉 / 022

北坦，济南美食宝藏地 / 031

民以食为天桥 / 036

羊的杂碎 / 042

故乡的羊汤 / 046

韭菜坨和辣椒糊涂 / 049

滚蛋的丸子 / 052

一"面"之缘 / 055

沿着黄河吃驴肉 / 060

"内卷"的山东 / 071

试论淄博与济南烧烤之差异 / 075

揍馍 / 079

潭溪山，悬崖上做梦的地方 / 083

海鲜到底怎么吃？ / 087

青青之岛 / 090

聊聊聊城 / 096

四时

曹县的年下 / 104

元宵的元宵 / 109

二月二,吃龙肉 / 113

春天是吃出来的 / 117

人间有味是春茶 / 120

端午的鸡蛋 / 124

端午的糖糕 / 131

端午的粽子 / 134

夏至的凉面 / 137

小暑,蝉鸣,知了猴 / 141

霜降的柿子 / 147

冬至的饺子 / 152

饺子的灵魂包在馅里 / 156

腊八的粥 / 161

四方

锅盖的面 / 166

连着云,连着港…… / 172

游血旺和香辣蟹 / 178

在路上吃 / 183

佛冈美食小记 / 190

宜宾的宜 / 196

浦江小记 / 201

淮安的掼蛋 / 205

武当山寻仙记 / 209

此时的五岳 / 218

坚硬的江阴 / 228

普通的义乌 / 233

小小的留坝 / 237

龙虎的山 / 241

宝鸡的宝 / 246

平潭的风 / 253

吃吃武汉 / 257

常吃常熟 / 266

此口安处是吾乡 / 272

| 四野 |

花生的米 / 276

扎啤往事 / 281

世上什么最好吃？ / 293

山水画与西瓜酱豆 / 296

食性大发 / 302

煎饼果子启示录 / 305

吃个烤鸭 / 309

吃个瓜子 / 316

吃个老鳖 / 322

吃个新鲜 / 327

吃个火锅 / 332

吃个螃蟹 / 339

吃个豆腐 / 345

吃个夜宵 / 349

四顾

SI GU

舌尖上的山东,绝不只有外地人脑海中的煎饼卷大葱。从地图上看,山东省就像一条斜伸出的舌头,舌尖敏感地触碰着最新鲜的海味,舌根倔强地品味着肉筋骨汤,中间起起伏伏的丘陵如同舌面上的味蕾,游走于美食的酸甜苦辣,游走于历史和现实的五味杂陈。

当我们说起家乡美食的时候

每个人说起家乡的美食,都会馋相毕露,现出毫无掩饰的兴奋。即使这个人性格内向,笨嘴拙舌,这时也能口若悬河;即使这个人平日虚情假意,也变得推心置腹;即使这个人一直令人不齿,这时也不会让人生厌。

这时候,每个人都能说相声《报菜名》,都能拍纪录片《舌尖上的中国》,每个人都是家乡小镇的袁随园(即袁枚,清代美食家),都是自己村里的蔡澜,或如数"鸡胗",或了如"鸭掌",或口生"葱花",或"能盐善煸"。

即使每个人都存在一些固执的偏见,却依然挡不住许多记忆和口水一起涌现。原本,记忆像保险柜一样冰冷,像银行卡一样微薄,像破手机一般无法启动,然而一旦输入美食密码,就会现出珍宝来,活色生香地诱人。

对同乡人来说,美食密码是他们的接头暗号。这种暗号心照不宣，只要开口一说，立刻就会在舌尖上泛起强烈的共鸣，在忍不住的口水中，幻觉自然产生。比如我听到两个重庆人说起火锅，就感觉餐桌上的玻璃转盘越变越红；再比如我看到两个扬州人说起早茶，就觉得太阳一出来就应该被包进蟹黄包里。

美食密码从幼时就设定好了，伴随着一个人的成长，或许会有输入方式的变化，但永远不会遗失，也无法修改。

尤其是一些没有扬名在外的美食，只有同乡人才知道它们的美妙。

比如前几天的一个雨夜，我和几位老乡在一海鲜酒店小聚，参鲍皆寡然无味。快结束时，突然有人说起面泡，气氛瞬间就如炸面泡的油锅般沸腾起来。

面泡是菏泽一种特有的美食，制作过程并不复杂，先把面团发酵，再用长筷子一小团一小团地夹起来，在油锅里炸成面球，用铁笊篱捞出来就可以了。吃时可配上一碟蒜泥，最好是新蒜，皮嫩汁多，除了一点盐，什么都不要放，热面泡一蘸，再放嘴里去嚼……对于没吃过的人，仅仅通过脑补，或许会觉得有些奇怪，但对于吃过面泡的人来说，一定知道那绝对是一种无可替代的美味。

面泡看似和油条很像，但口感和味道还是有不少差异，相比起来，面泡更松软且富有韧性，更耐吃。而且在菏泽，炸面泡和炸油条的售卖时间也不同。油条只有早上卖，炸面泡的人则在下午才出摊，推着小车，停在路边，上面架着平底铁锅和一盆盆早上发好了的面，小车旁边，是三三两两排队等待的人。炸出来的面泡先放在铁盘里晾一下，再用油纸垫好，装在塑料袋里，很多人都是把装面泡的袋子挂在车把上，趁热往家赶，面泡的热乎劲儿就是心里的热乎劲儿。

菏泽人日出而"条"，日落而"泡"。面泡的颜色，是菏泽夕阳的颜色；面泡的味道，是菏泽黄昏的味道。

除了菏泽，很少有地方炸面泡，至少我从未见过。某天听说有一菏泽朋友，她母亲要来济南，会炸面泡，为满足诸多老乡的要求，每天都在家炸一些，需要的话可提前订，每天最多炸二十斤。我第二天赶紧订了三斤，吃了个"油嘴滑舌"，大美无言。

后来我对这位菏泽朋友说，我能否写篇文章，把买面泡的联系方式公开一下，保守地说，她每天可卖一二百斤。她谢绝了，说老母亲的身体状况只允许每天炸二十斤，而且天一热，就不准备再做了。

当我们说起家乡美食的时候，在语言上也会体现出密码的差异。比如刚才说的面泡，菏泽人多叫"面泡的"，这就像你要与一位老北京聊豆汁，人家一定会说"豆汁儿"；同一位西安人提羊肉泡馍，人家会说"羊肉泡"一样。这些还好，如果问一位兰州人拉面的事，他们一定会认真地纠正你应该叫"牛肉面"。

在四处都有羊汤的菏泽，很少有人管羊汤叫"羊汤"，而是认认真真、一板一眼地称之为"羊肉汤"，即使是"羊杂汤"，也是放羊杂的"羊肉汤"。

菏泽的"羊肉汤"有很多种，各县的都不尽相同，甚至各家的也都有区别。其中名气最大的当然要数单县羊肉汤。

单县做羊肉汤不叫炖，更不叫煲，而是叫熬。我觉得，熬比炖和煲都要生动，在那些还没有空调和暖气的冬天，羊肉汤温暖过无数人的身体，帮人熬过寒冷，熬过难挨的日子。

几乎所有在单县出生长大的孩子，脑海中都会永存一幅在家里熬羊肉汤的画面：快过年的时候，全家人一起熬羊肉汤，砖砌的炉灶前，大人们负责切块和配料，小孩子负责劈柴和烧水，再大一些的孩子，可以去石臼子里捣羊油，把半熟的红辣椒和羊肉倒在一起，再倒进锅中。通红的炉火映着一家人的喜悦，浓浓的香味在清冷干燥的空气中飘动着。

那时，或许很多人都相信，将来走得再远，闻着羊肉汤，也能找到家。

我的表姐夫就是单县人，他大学毕业后，一直在菏泽市里做公务员。虽离老家并不远，但因为工作太忙，每年回不了几次老家。有时，他会在菏泽的家里熬羊汤，尽管没有地锅木柴，但他每次熬羊肉汤时，都特别有仪式感，从头到尾不让别人插手，各种配料的比例，火候的控制，每个环节都像做化学

实验般严谨,一点也不含糊。

这么多年来,我每次回菏泽,都和表姐夫见面,小聚时也会讨论一下羊肉汤的熬法。他爱读书,据说文笔很好,但平常各种公文都要加班写,所以我从未见过他私下写的文章。今早,我突然看到他微信发来的一段小文:

娘·我·羊肉汤

——母亲节来临之际悼念我的娘亲

5岁:"娘,过年我想喝羊肉汤。"

"行,给你熬,伟。"

15岁:"娘,我在学校光想喝您熬的红汤羊肉汤。"

"好,等你从一中回来就给你熬,你学习紧张,给你补补。"

25岁:"娘,红汤羊肉汤怎么熬?"

"我去菏泽做给你看,你刚成家,也学学。"

35岁:"伟,你啥时候回老家吃一顿?我给你熬你爱喝的羊肉汤。"

"等我有空了,最近很忙。"

40岁:"伟,我想去菏泽给你带点羊肉,再熬锅羊肉汤。"

"我这几天出差了,不在家,等回来吧。"

43岁:(春节)"娘,今天我专门从老家带来羊肉到济南,我给您熬羊肉汤喝。"

"我现在身体不行了,不能给你做了,扶我起来让我尝尝你做的。"

43岁:(母亲节和单县羊肉汤节即将来临)"娘,我还是想喝您熬的羊肉汤。"

那边已经没有娘的声音……今年娘78岁。

这是我看到过的最好的一篇写羊肉汤的文章。或者说,这不是一篇文章,只是平实的记忆,却让人泪流满面。

其实,当我们说起家乡美食的时候,说的是爱与时间,说的是生命和岁月,说的是往昔,亦是未来。

舌尖上的山东

靠山吃山，靠水吃水。山东有山有水，还有海，乃吃之福地。

和别省相比，同样有海，胶东半岛是渤海与黄海相交地；同样有河，东营又是黄河入海之处。海与海的分界，河与海的交集，给山东的唇齿之间留下了无数的鲜美。

比如黄河刀鱼，名气听起来似乎没有长江刀鱼大，但比"江刀"要珍贵许多。这种鱼每年三月从黄河入海口游进黄河，逆流而上，到东平湖等地产卵，孵化出幼鱼后又顺黄河入海。幼鱼经过洄游往返，两三年才长成。据说黄河刀鱼鲜嫩至极，离水即死，但由于长期过度捕捞和水环境恶化，今天已经很少见了。

我虽然吃过几次黄河刀鱼，但估计都是高仿。有次哥们儿老贾跟我去东营，在一个小馆子里，他看到有干炸黄河刀鱼，明知是假，也点了一份，咸香酥脆，非常可口。第二天又要去这个小馆子吃，我说又不真，有什么可吃的？老贾说：

"假的也好,假的也好。"

早些年,真正的黄河刀鱼很普遍,正因为难以人工养殖,才成了吃货界的一个传说。一条在海、河、湖中都生活过的鱼,充满个性的丰富经历让其他鱼难以超越。

野生的海鲜中,山东的虾蟹尤好。因为海水的温度偏低,这些被硬壳包裹的动物有着缓慢但充分的生长期。如青岛的立虾,因为它喜欢立在水中游动,故得此名。最新鲜的立虾,一定要用清水煮,水沸放虾,开锅即可,然后掐头去尾捏仁吮子地吃,吃完后指头上都是挥之不去的鲜味。

在我看来,莱州湾的梭子蟹在螃蟹中排第一,尤其是野生的梭子蟹,属于螃蟹中的极品。梭子蟹背甲上鼓起三个疙瘩,像是肉多得把壳顶爆了一样,吃起来更是满黄满膏,肉质肥美，还带着一丝甜味。爱吃螃蟹的李渔说过："蟹之鲜而肥，甘而腻，白似玉而黄似金，已造色香味三者之至极，更无一物可以上之。"能配得上这番话的海蟹，大概也只有莱州湾的梭子蟹了。

大海不仅为山东提供了丰富食材，还调和了各种食物味道。当年北京的八大楼多为福山厨子，没有味精的年代，鲁菜靠高汤和海肠粉提鲜。据说每位大师傅腰间都拴一个小皮囊，里面盛的是晒干碾碎的海肠粉，菜出锅时撒上一撮，就能听见盘子叮叮当当唱起了歌："我们不一样，不一样……"

我没有尝过"海肠粉"的不一样，却难敌海肠之诱惑。不管是炒韭菜，还是包水饺，海肠都是难得的美味食材。胶东四大拌里，最受欢迎的莫过于海肠和海螺。过去净雅酒店这道菜做得尤其精细，标准化配料，精确到香菜丝的数量和长度，实在不易。

海风吹不到的山东内陆，也都不缺各具特色的地方美食。山下爱炒鸡，湖边善做鱼，且风格各异。沿着泰山山脉，从济南长清到泰安，鸡不一样，炒法也不尽相同，另一条炒鸡线路则从莱芜到临沂再到枣庄，以蒙山为中心的各种炒法，也各具特色。要论鱼，雪野湖的鱼头最有名；东平湖有全鱼宴；微山湖出产四个鼻孔的大鲤鱼，可红烧，亦可糖醋，还有一种独特做法，不去鳞，做酸辣口味。食客们用筷子夹完肉，留鱼头鱼尾可回锅打汤，此汤解酒解腻，有鱼味，更有余味。

吃鱼打汤，山东多地称"砸汤"，是各酒店里约定俗成的规矩，通常不收加工费，还给加些豆腐、胡椒粉、香菜等。由于没有次数的明确限制，过去常遇到客人反复让酒店"砸汤"的事，喝完一盆"砸"一盆，喝完一轮"砸"一轮，把鱼骨头都"砸"化了，还咂着嘴要再"砸汤"……今天这样的事自然很少了，但用鱼头鱼尾"砸"出来的汤，确实比整条鱼"砸汤"要好喝，这也算是残羹冷炙的浴火重生吧。

"砸汤"的笑话在淄博最多，淄博的博山菜作为鲁菜的一个重要分支，也是极具特色的。博山传统的"四四席"包括四冷盘、四行件、四大件、四饭菜，从制作程序到上菜顺序都很有讲究，符合《随园食单》中袁枚总结的标准："上菜之法，盐者宜先，淡者宜后；浓者宜先，薄者宜后；无汤者宜先，有汤者宜后。"

博山菜的讲究，缘起于此地当年商业的繁荣。十九世纪中叶至二十世纪初，博山炉、窑、炭三大行业的兴盛，车马辐辏，万商云集，吃的档次和精细程度自然也就形成了风格。但是，曾经席面上必备的鱼翅海参，对今人来说其实并不垂涎，倒是那些民间传承下来的美味才让人恋恋不舍，如酥锅、豆腐箱子、硬炸肉……不去博山，永远不知道能有多好吃。

美食的发展和商业相关，和交通更是密不可分。我曾写过德州扒鸡和铁路的联系，在铁路尚未出现在齐鲁之前，贯穿山东的京杭大运河也曾为这片土地创造美味提供了强劲动力。

京杭大运河的山东段从德州到枣庄，途经的每一个重要港口，必有特色美食。这些美食的特点都和运河交通有关，比如适合长久存放的聊城铁公鸡，便捷实惠又抗饿的济宁甏肉干饭，融汇南北食材及口味的台儿庄黄花牛肉面等。

补充一点，在台儿庄吃黄花牛肉面最好不要在古城景区，我在里面吃过一次，那家店的老板一边下面一边聊天，说今天开门晚，因为他去市里排队吃黄花牛肉面了，刚吃完回来。

作为一位卖黄花牛肉面的老板，他竟然排队去市里别的店吃黄花牛肉面，还一点也不担心别人的质疑，这大概也算是一种"诚恳"吧。

运河沿线的面，最让人震撼的要数临清。在当地，请人吃面是一件奢侈的事。面不过是普通面条，各种卤子却要满满一桌，据说最少要十种，因此叫"什香面"。漕运繁荣的年代，临清是一大重镇，来往各路商旅的口味，什香面皆能满足。所以，美食的智慧来自百姓长期的生活实践，绝非因为某位皇帝下江南就吃成了"网红"。

当然，美食也会受官方影响。如袁世凯当政时期，豫菜的风头在京城就差点盖过鲁菜。在山东，孔府菜算是代表，因为要接待皇帝以及各路政要，孔府菜一度代表着官府接待的最高水准，既有如鱼唇、鱼须这样的罕见食材，也有把豆芽掐头去尾的细致做法。然而，对我来说，就像《红楼梦》中让刘姥姥称奇的茄鲞,绝没有《金瓶梅》里宋蕙莲做的"一根柴火烧猪头"更诱人。

厚酒肥肉,虽为烂肠之食,却是蚀骨之爱。

最后要说到我的老家鲁西南地区,这里无山无海,一马平川,过去还多盐碱地,食材匮乏。然而,当地的黄牛和青山羊都是极品,因此在牛羊肉上有着无数花样吃法。如闻名天下的单县羊汤,就是由于青山羊和碱水的绝佳组合,若换纯净水,汤必然变味儿。羊肉除了炖汤,还可以清蒸、烧烤,甚至压成羊肉垛子;牛肉更有集腌、炸、煮等工艺为一体的烧牛肉,其味道别具一格,绝无雷同。

舌尖上的山东,绝不只有外地人脑海中的煎饼卷大葱。从地图上看,山东省就像一条斜伸出的舌头,舌尖敏感地触碰着最新鲜的海味,舌根倔强地品味着肉筋骨汤,中间起起伏伏的丘陵如同舌面上的味蕾,游走于美食的酸甜苦辣,游走于历史和现实的五味杂陈。

舌尖上的山东,是心尖上的故乡。

山东的大集

山东的大集，是名副其实的大，规模大，人流量大，影响力大。商品之丰富，赛淘宝，胜京东，压当当，盖闲鱼，不惧拼多多。

山东很多地名里都保留着"集"的身影。比如我老家曹县的乡镇：青堌集、苏集、侯集、普连集、王集、古营集、常乐集、青岗集、韩集、桃源集……带"集"的占了近半。即便现在合并了一些，老家依然有很多"集"，甚至还有一个"大集"，原名"大义集"。这里有全国知名的淘宝村，白天家家门口堆着快递箱子，晚上的夜市比城里还热闹，不愧是大集，真仿佛天天赶大集。

查《曹县志》，我吓了一大跳。清末，家乡就有五十二个集市，五天一集，相邻集市以单双日隔开，城里的集在早晨，乡间的集则在中午前后。1984年，全县有七十多个集市，平均人数过万的集有二十多个，青堌集平均能到三万人，魏湾的集也有两万五千人，再就是普连集，有两万人。人数最多的集要数曹县城里的农贸市场，农历三、八为集，人数能达到四万。

农贸市场又叫中兴商场，离我家不远。我小时候没少赶集，最初跟着大人去，上初中时，也和同学一起去，从家里出来，走个十来分钟，就到了。里面来回几条土路，搭着几个大棚，就像一个"田"字。集上有推车卖菜的农民；有剔骨切肉的大汉；还有穿着塑胶裤的鱼贩。每个人说话都要扯着嗓子，否则根本听不见，走路也要插着空往里钻，走不好就被卡在人群中，像一根卡在喉咙里的鱼刺。

我喜欢逛大棚里卖杂货的小摊，有各种文具：笔记本、彩色铅笔，还有洋画、砸炮枪、贺年卡等小玩意儿。有个和我同去的同学胆子很大，看上什么，趁摊主不注意，直接就装兜里了。他不管这叫"偷"，而是叫"拿"，不光自己"拿"，还问我想"拿"啥，我还真不敢"拿"，虽然都值不了俩钱，但总觉得有些可耻。

那时治安远不如现在。记得大集一角，是专门卖二手自行车的区域，那里的自行车估计大部分都是赃物，很多人甚至都有了经验，丢了自行车，就等开集，去那里转悠，经常能找到。不过，就算找到了，通常也很少能直接骑走，卖家也是从偷车贼那里收的，也没有故意销赃的证据，所以好说歹说，也得给人些成本。

集上的小偷也很多，通常都是一波波的，有分工，有配合，也有套路。有一次，父亲去赶集，刚停下自行车去问价，就看见一个人从一侧闪过来，直接去拿挂在车把上的包。那时父亲年轻，眼疾手快，一下就攥住了小偷的手腕，瞬间，就围过来三四个人，其中一个面熟的，劝父亲："算啦算啦，反正没丢，都走吧！"父亲没再执意报警，县城太小了，人和人都面熟。

自从农贸市场拆迁，我有好多年没赶过家乡的大集了。前几年到青埂集，拍摄集上的驴肉和烧饼，不管是卖驴肉的，还是打烧饼的，都在集上干了至少三四十年，日复一日，他们守着炉子和铁锅，看着赶集的人来来往往，自己也成了赶集最多的人。

其实，我心里一直有个盼头，就是赶上农历逢二、七，去王集镇的季集村赶集。听说那里有一家丸子汤非常有名，丸子是用绿豆面加碎羊肝炸的，酸汤一煮，绝对是难以复制的味道。我上中学时，校附近就有几家这种丸子汤，后来城里就找不到了，听说目前只有季集这一家，只在集上卖，所以，等再回老家，还真得掐好时间去过过瘾。

山东的很多美食，都起源于大集。比如朝天锅，最早就是潍县大集上的"杂碎锅子"。"设于集市，露天支锅，围一秫秸箔，名朝天锅。"大集上吃朝天锅，肉按卷收费，汤不要钱，外地来赶集的人，来上一卷肉，就可以用自带的干粮泡汤喝。有个不成文的规矩，吃朝天锅时，你只要离开座位，就表示吃完了，不能再继续盛汤。听说有人甚至喝到尿了裤子也不起来。

清代形成的潍县大集比我老家的热闹，赶集人数有十万之众，各路卖家，各种买家，云集于白浪河沙滩，"买不着，上潍县；卖不了，上潍县"。卖炉灶钩铲的、卖粮食蔬菜的、卖猪胰子的、卖老鼠药的、算命的、修伞的……人潮涌动，朝天锅的香气在风中飘动；人声鼎沸，朝天锅的汤在锅中沸腾。

"拉面哥"也是在临沂费县的大集上火起来的，靠着三块钱一碗的拉面突然爆红。据说，现在他所住的村，也像当年"大衣哥"的村子一样，每天都有一批批网红，赶集一样拍

"拉面哥",也不知道"拉面哥"是否还有时间赶集。

临沂的大集很多,紧挨着的枣庄也不少,山亭徐庄大集、齐村大集、滕州东郭大集等;沿海的青岛也有许多著名的大集,王哥庄大集、泊里大集、沙子口大集,最有名的是李村大集。1873年版的《即墨县志》记载,李村大集为当时青岛地区二十四乡集之一。进入二十世纪三四十年代,更是盛况空前。如今,李村大集已被认定为青岛市第二批市级非物质文化遗产。

作为山东省会,济南大集自然也少不了。从民谣中,就有赶集的传统:"媳妇想吃大糖梨,打着灯笼去赶集。东赶集,西赶集,买了苹果大鸭梨。搓搓泥,削削皮,恣儿得媳妇咯咯的。"之前,我每年在长清住一段时间,光是周边的大集,每天都可以无缝衔接。我赶得最多的是崮山大集。赶大集不只是为了买东西,更重要的是去体验一种和超市完全不同的感觉。如果说超市是博物馆,大集就是考古工地现场,仿佛转悠一圈,就能找到几件宝贝,一铲子下去,就能挖出宝藏。

崮山馍馍也颇有特点,面搓成条,再连起来蒸烤,嚼起来很筋道,越嚼越甜。

济南最有名的大集,差不多要数仲宫大集了。南部山区的大集里,仲宫的离市区最近,不光历史悠久,也一直没断了传承。前两天,周末正逢大集,我七点起来,看导航大概也就半小时车程,结果路上走了一个多小时,真正做到了"起个大早,赶个晚集"。因为快到仲宫时就开始堵车,一路堵到大集路口,尽管有交警维持秩序,但赶集的人实在太多了——快过年了,大集最适合采购年货,大集也最有年味。

其实,早年间,济南市区里也有很多集,主要分布在城中村。随着这些年的改造,市区里已经很少有上规模的大集了,也只有在菜市场才能感受到一点大集的气氛。

说起来,一百年前的趵突泉一带就是大集,从泉边一直到山水沟(趵突泉南路)。平常是"早市儿",济南人称之为"破烂市",多卖旧货,逢农历二、七成集,人们从四面八方涌来,背驮肩挑,摆摊设点,吆喝叫卖。和农村大集不同的是,这里还有来自各地的古董商,摆摊出售珍本旧书、字画、瓷器、珠宝、湘绣、苏绣、貂皮、古墨、印泥之类,凸显着城市大集的"软实力"。后来,这种有特色、有文化的大集分流到了英雄山、中山公园和凤凰山,如今,也很少有这类大集了。

济南本土小吃亮亮拉面,就是在英雄山文化市场的集上被人熟知的。

除了美食,许多民间艺术也和赶集有关,山东最有名的曲艺形式——山东快书,当初也多在集上表演。《武松赶会》这样的名段,灵感自然也来自山东的大集:"他迈开了大步朝前走,不多时来到了会场上。嚯,这个大会真热闹,做买做卖乱嚷嚷……"

山东大集，虽没有那么精细，但具有广阔的宽度，大集上应有尽有，无所不有，就像山东这片土地，从平原到丘陵到大海，从泰山再到黄河，有一种包容万物的胸怀。

　　山东人的性格，也和山东的大集一样吧。

大米干饭把子肉

二环之内的济南,从一个地方到另一个地方,我喜欢骑电动车,这中间随时可以停,找个地方吃口饭,面馆、包子铺,或卖把子肉的店。

济南卖把子肉的太多了,我每次出门,只要稍做计划,不用绕路,就能找到一家不错的小店,买上一块肉,一个酱辣椒,一块酱豆腐,有时还会要一个丸子,最后要一碗米饭,浇汤,就能吃个肥饱。

在济南,很多把子肉店门口都有麻雀,它们义务地充当着门童。客人来了,麻雀就呼啦一下飞到树上,如同掀起帘子;客人进了门,它们再从树上飞下来,在店门前的地上啄米粒。生活在济南的麻雀是幸福的,它们也许不吃把子肉,却吃了不少浇汤的米饭,还是免费的。

把子肉向来都搭着米饭一起卖,合称"大米干饭把子肉",或"好米干饭把子肉"。大也好,好也罢,都适合

"干饭人"。从小爱吃面食的我,几乎从不吃米饭,除非有把子肉。有了把子肉的米饭似乎就不再是米饭了,变成一种区别于其他主食的美味。或许,正因为把子肉的脂肪和蛋白质,填充了颗粒之间的苍白和平淡。

我第一次吃把子肉的情景,应该是在山师东路。靠近经十路的路西,曾有一小店,那时我刚来济南读书,从未见过这种吃法。学校食堂饭食寡淡,我看到外面任何带"肉"字的招牌都垂涎三尺。我们宿舍的老樊,在有偿献血被取消的前一天,独自跑到千佛山医院,痛快地"献"了一次血,回来立刻买了只鸡腿,一个人啃得大家浑身的血往胃里涌。

那时,吃一次把子肉米饭,能过一个星期瘾,好比打篮球多投三分,踢足球多过俩人。那时的把子肉吃进骨头里,如今的把子肉吃到肚子上。

山师东路那家把子肉很多年前就消失了,和那条曾经人声鼎沸的路一样成为记忆。不过,把子肉却在这座城市越来越多,星罗棋布。

曾经,把子肉是深夜地摊的王者。和济南那些年灯红酒绿的夜生活关系密切,但凡大一点的娱乐场所,旁边必有把子肉摊在深夜守候,比如历山路南口的1+1豹吧,省体育中心的灰姑娘酒吧等。每当夜幕降临,都有名气或大或小的把子肉摊,从街巷中"飘"出来。北园大街的把子肉摊最密集,营业时间也长,买醉的人,酒喝多了,歌唱累了,去吃上一碗

米饭,来块把子肉,胃里能舒服很多。说不定在吃把子肉的时候,还能遇到面熟的人,此时,对方已卸去浓妆,换了衣服,吐了假酒,路边小马扎一坐,把子肉米饭一吃,仿佛回到彼此陌生的从前。

后来,深夜的把子肉摊少了,形式也渐渐转变,比如后来居上的武岳庙把子肉,这几年,排队的人实在太多,甚至带火了周边的几家小酒吧。据说,在旁边的小酒吧喝酒,老板可以去代买把子肉。

不过,尽管我常在那附近出没,但从未去排队吃过。听电视台的一位化妆师说,排队的情侣居多,因为排队本身可以制造年轻人耳鬓厮磨的机会,再加上把子肉给人带来的满足感,也能成为感情的催化剂。这事准不准我不知道,但我知道,年轻,真好。

之前吃把子肉，我大概只在两个地方排过队。一是解放路，有一家很火的把子肉摊，听说老板每天的朋友圈只发几个字：今日出摊，或今日不出摊。我没有老板微信，有次从外地出差回来，顺路去了一次，也只去过那一次，算是吃了个热闹。

老兵把子肉我去的次数多些，当年在经七纬二，每晚出摊，老板穿着迷彩服，盛饭舀肉都格外利索。我在那里遇到过不少次熟人，有时干脆凑到一起，占座的占座，排队的排队。有次我排队时，见一堆人在旁边排队往前走，初以为旁边又开了一家和老兵竞争的把子肉，再定睛看，他们步姿奇怪，有点像美剧里的僵尸，后面的人还伸着手，搭在前面人的肩膀上，我恍然大悟，这只是广场舞的一种罢了。

老兵把子肉后来从地摊转型门店，武岳庙把子肉的地摊还有，连锁店开了不少，这两家的把子肉都偏甜，尤其是武岳庙。可见，尽管把子肉可咸可甜，但人们对甜的味道，有着与生俱来的依赖、依恋。

在济南，早晨吃把子肉也是一种特色。只是，我一开始是难以接受的。

十七八年前，我住在制锦市小区，那里人密楼多，饭味复杂。我常在西南出口一个小摊吃早饭，有甜沫、油条、豆浆，还有一对中年夫妇推着小车，卖把子肉米饭。对于刚睡醒，甚至那时怎么也睡不醒的我来说，带着起床气，是吃不下把子肉的，但他们一直卖到中午，我有时也能睡到中午，胃口也睡足了，就去吃他们家的把子肉。印象最深刻的，就是除了成块的把子肉，他们还卖零碎肉，两块钱，三块钱，也可以从桶里捞一块肉出来，时大时小，肥瘦不一。记得他们家的肉颜色较重，酱味更突出，后来，我再也没有找到过这种味道的把子肉。

清河老苏把子肉也是从早餐火爆起来的，当初在国贸后面，只在早晨营业，去得稍晚些，便吃不上。据说卖把子肉的老板颇为"傲娇"，顾客如出言不逊，立刻翻脸不卖肉，你爱去哪儿吃去哪儿吃，反正我这里没有你的。现在，店面大了很多，中午也营业，人照样满满的，不知老板脾气改没改。他家的把子肉切得厚，炖得透，咬起来更过瘾，有大口吃肉的满足感。

在济南，还有一种把子肉，加上了药膳的招牌，除了肉香，还混杂着一丝中药店里的气味。我最早吃是在普利街，当时那一带还没有改造，诸多小店中，有一家挂牌为药膳把子肉的，我吃过几次，倒也不错，只是后来不知搬去了哪里。如今，县东巷也有家药膳把子肉，名气颇大，因为面积小，饭点儿格外拥挤。不过，相比来说，我觉得周公祠街那家药膳更好些，专门有一种辣把子肉，肉的酱汤里浮着一层红红的辣椒油，应该是从川菜借鉴来的创新，值得鼓励。不过，我担心会影响肉本来的香味，因此很少尝试。

其实，所谓药膳，我觉得更多是用草药去除肉的腥膻。平日炖肉用的大料，原本也算中药材，既然要突出药膳，肯定是加了更多的不同药料。我老家没有把子肉，只有炖肉，"药料味儿足"就算是对炖肉的较高评价。药膳把子肉倒是符合这一特点，至于能有什么治疗保健作用，卖把子肉的人自己也不知道，肯定不能解暑解热，只是解馋而已。

济南东西两边似乎也都没有特别出名的把子肉。西边的经三纬八有家三八快餐，号称坛子肉一绝。所谓的坛子肉，和把子肉算近亲，形状是四方形，用瓷坛子炖出来。据传最早擅长这道菜的，是清末济南的凤集楼，后来有辛亥革命时期后宰门街的同元楼，这两年，我在大明醐把子肉那家店也吃过坛子肉，汤浓肉烂，肥而不腻，颇有传统风味。

大明醐把子肉刚开业是在经二路，那条处处是百年老店的商埠一条街上，老板最得意的就是十年熬出的一锅老汤。和别的把子肉相比，他家的肉倒是特别软烂，老板说全是小火煨炖而成，肉轻轻一晃，就能散成小块，和米饭搅在一起，喷香喷香。当时老板在二楼还有炒菜，有几道老济南风味的菜颇有特点，比如炸带鱼、肉皮咸菜等，还有把子肉配海参的位餐……后来老板在大明湖附近开了分店，渐渐成了"网红"，我去得尽管不多，但客观评价，他家的把子肉的确称得上独树一帜，有一点老家蒸碗的味道。

济南还有很多家不错的把子肉店。比如三点把子肉，刘忙把子肉等。要说起来，最便捷的吃把子肉的去处还是超意兴。寻根问祖，超意兴还和正泰恒一脉相承。1912年开业的正泰恒饭铺，主营把子肉和米饭，创始人张书翰，就是超意兴创始人张超的曾祖父。

还有一家叫德景园的饭馆，我最早在外国摄影师拍摄济南的一组照片中看到，在晚清时期的西门里大街挂出的幌子中，有"把子大肉"一项。

后来我才知道，这家店主的第三代传人开了四喜居，最早在卫巷北口，后来有不少分店。我印象最深刻的一家在文化东路，我第一次吃四喜丸子，就在那里，当时八毛钱一个，后来，就再没吃过那么香的四喜丸子了。

不管是德景园还是正泰恒，当时的把子肉就已经风靡济南。作家陶钝回忆他年轻时在济南求学的经历，当时卖把子肉的，是用柳条编的篮子装着北园大米，打开包布就能闻到米香。把子肉和酱面筋、酱鸡蛋一起，盛在一口筒形的锅里，下面有生木炭的火炉，用来保温。在他的记忆中，"所谓把子大肉，是把肉切成二分厚、三寸长的片，为防止炖烂后皮肉脱离，又用一段麻纰捆着。这三样东西，多则一角，少则几分。买一大碗米饭，买一两份菜肴，还给你浇一勺汤，你若是中等饭量，吃得不够饱也就差不离了"。

北大教授张中行也对济南的把子肉米饭印象深刻，"在我一生吃过的米饭里应当排在首位"，那是在1956年，大观园的赵家干饭铺，当时也已经开了二十多年，还曾于抗战前专门在报纸上做过广告，宣传自己的"三大"：饭碗大、把子肉块大、丸子个大。

也是在张中行来济南那一年，开始实行公私合营，大观园内较好的饭馆都合并进赵家干饭铺，改名为"春和饭店"。饭店扩大了营业范围，增加了饮食品种，把子肉曾经在那里一统江湖，也渐渐隐逸于江湖。

说起来，我和把子肉也有些渊源。民国时，我媳妇的曾祖父卖过把子肉。当时，他兄弟几人从齐河来济南做生意，主营油盐酱醋，也有过一个干饭铺。我专门问过岳父，干饭铺的位置他记不起来，只知道油盐酱醋的店面在大明湖畔，公私合营后就交了公，但店面却一直空着。他儿时去里面玩，用铲子刨土，刨出过十几枚银圆，据说，都是当年做生意时，从柜台上不小心漏出来的，被来来回回的人深踩进了土里。

关于把子肉究竟始于何时，至今尚无定论。究其名字的由来，肯定和刘关张拜把子无关，应该是用草绳捆扎成把，才得其名。张飞虽是屠户，但那时没有关于把子肉的记载，但之后不久，在山东就出现了最早的红烧肉。

曾在淄博主政的贾思勰描述了一种比烧烤还好吃的猪肉做法，用他的原话来说就是"乃胜燠肉"。今天参考其流程制作，唯一不便的，是家里通常没有那么大的锅。因为先要把整猪分成四块下锅，反复换水、加水，把油脂煮出来，再切成四方块，加酒、葱、盐、姜、花椒、豆豉，最终炖成琥珀色，就可以"恣意饱食，亦不腻。"

　　说起来，把子肉也属于红烧肉的分支，气质上更接近《齐民要术》描述的那样豪放。我想，贾思勰绝没想到，一千多年后，把子肉几乎成了济南最著名的美食，一片一片，每天覆盖在那么多盛满米饭的碗上，让这座城市一年四季，肉香满溢。

北坦，济南美食宝藏地

莱芜划归济南之前，济南最有特色的吃食，天桥区居多。

不管是围着制锦市数次迁移的孟家扒蹄，还是天桥西北角的周记扒鸡，包括清河的把子肉、北园的铜锅涮肉等，就算有人感叹今不如昔，其口味也超过了大多数"网红美食"。毕竟，没网的时代，他们就开始"红"了，一直"红"到了今天。

天桥区的美味，北坦最集中。

早餐，三职专附近，有名号的甜沫就有焦家和李家。我没喝到过焦家。去过几次，焦家都已经收摊了，李家还剩那么几碗，我一边喝，一边看他们收摊。

卖甜沫的，只卖甜沫，要吃别的，可在附近买。方圆百十步，有家煎饼果子摊前排队很长，想必不差，还有几家炸油条和鸡蛋包的小摊，都过得去。最有名的，是北坦糖果子，也就是加糖的大油条，其味道别具一格。有时我傍晚路过,还会去那里的李记凉拌菜,很小的摊位,进门后老板就发个铁盆,让客人自己在架子上选菜:海带、青椒、藕、面筋……看好什么就夹什么,一并交给老板,老板倒进另一个盆里,辣椒、蒜泥、麻汁、鸡精、香油,边颠边搅,如泼墨作画。其实,这种拌菜曾遍布济南大街小巷,但水准参差不齐,卫生多让人担忧,于是摊位变得越来越少了。李记这一家,菜洗淘得干净,料拿捏得到位,从舌尖到胃肠,都让人舒适,不容易。

午餐,在北坦会有很多选择。不过,吃仁和包子得早去。这家经营了三十多年的包子店每天只进十袋面粉,去晚了就没了。

仁和包子面好、馅好,名字起得也好。《礼记》中说:

"温良者,仁之本也……歌乐者,仁之和也。"做餐饮,只有仁和,才会长久。我不知道老板取名的原因,就算是"以仁和面"吧。

要买面食,北坦有家品种尤其丰富的邓记面食店,不管是馒头、豆包还是发糕、花卷,应有尽有,光窝头就有很多种。全客隆大馒头也在北坦,如今在万科泊寓门口还有一个销售点,和之前的全客隆或许不完全相同,但毕竟是很多济南人的记忆,"凉着吃,香满口;热着吃,满口香"。馒头名副其实的大,最火的时候,大多数济南人都听过或吃过全客隆大馒头。

全客隆不仅仅是馒头,早在1994年,其创始人就开了超市,地点在北坦大街18号的院子里,堪称济南超市鼻祖,后来改名为万隆超市。一直到2004年,因为各种原因,万隆超市几乎一夜之间关闭。我不知道万隆超市在济南有多少家店,但我想,那十年,生活在这座城市的人可能都去过万隆。

在北坦,光吃馒头肯定不行,买点熟食的话,可选项也非常丰富。沿着东西丹凤街,西头就是雨雨炸鸡总店,杨家干炸里脊总店在东边的新菜市街。另外,这条街上还有大名鼎鼎的秦记酥锅,就是当年那个在万隆超市门口卖酥锅的小摊。

酥锅,是食材的大合唱。有鱼,有肉,有白菜、海带、豆腐、藕、花生米,一锅蒸炖,直至酥软。我觉得,它的味道最能体现儒家的中庸思想,稍微偏颇一点,味道不是酸了,就是咸了，或者甜出一股糖精味。秦记酥锅酸咸适中，味道稳定，几十年如一日。老板如今每天只做四锅，只要出摊，一小时准能卖光。

说实话，济南的酥锅遍地都是，能比得上这家酥锅的并不多。早年间，郎茂山大桥那边有一个小摊，有阵子我常去买，摊主还是太极拳好手，每从锅里捞菜，放案板上切，其动作行云流水，有掩手撩拳、虚步压掌之妙。

我每到北坦，买得最多的，还是净香园的香肠。尽管现如今香肠的种类五花八门，远有川粤，近有莱芜，而且，济南人也有自己灌香肠的习惯，口味也千差万别，但在我心目中都没有办法和净香园的相提并论。

净香园的字号是乾隆年间就有了的，真正发扬光大，还是从二十世纪九十年代开始。其创始人从国企下岗，做过小生意，开过出租车，后为还债，重拾祖业，在秘方基础上研发出一系列酱卤熟食。尤其是香肠，用的全是鲜猪肉，三分肥七分瘦，切成细条，用独家配料拌匀，灌进"肠衣"，再均匀分段，晾晒二十天以上，经蒸煮后，色泽黑亮，泛着油光，让人垂涎欲滴。

说实话，他们家的香肠最大的毛病，就是一吃就停不下，越嚼越香，上瘾。香肠终归比一般肉食要咸，不小心吃太多，对身体不好。另外，快过年那几天去净香园，排队实在太长，比店里一根根香肠连起来都长。

除了主副食，北坦还有好吃的零食名声在外。荣氏栗子老店虽改名为栗香姐姐，栗子还是香得一如既往。紧靠北坦的老杨家爆米花也一直是济南爆米花界的天花板，我虽不怎么吃，但媳妇总让我捎些回家。

北坦，不过是济南的一个街道，在大明湖西，工商河东。这里没有太多游客的喧嚣，只有默默排队的老济南人，他们和这里的美食都像是被岁月过滤过一样，没有浮在五光十色中的泡沫，也没有藏在不可见光处的杂质，有的是可以信任的守候。

北坦，曾是北坛，在明代，是祭祀五谷之神的稷坛所在，《历城县志》有"北坛庄"地名记载。民国时期，这一带发展成为蔬菜交易市场，随之货栈、店铺、商行、民居等逐渐增多。新中国成立后，北坦逐渐成为济南蔬菜公司、盐业公司、塑料公司的云集地，成为农商交集、市场繁荣的一块宝地。

莱芜划归济南之后，济南最有特色的吃食，最集中的街道，应该还是在北坦，这个济南美食的宝藏之地，靠的不是刻意的规划，而是天然的聚集。

不过，在北坦生活过的人也许并不这么认为：宝藏吗？俺寻思着济南人还不一定都知道呢。

民以食为天桥

济南各个区县，论特色美食，都比不上天桥区。

之前我写过北坦，那是这座城市唯一可以办美食节的街道，并连续办过十几届。净香园、荣氏栗子（栗香姐姐）、北坦糖果子、李记凉菜、仁和包子、杨家干炸里脊、秦记酥锅，都是从这里开始红火的，至今还在这里红火着。

蒿家扒鸡的总店也在北坦，只是我未曾在那里买过。济南本土扒鸡，我最喜欢天桥北边的周记，咸淡适中，软硬恰好，绝不是一咬一嘴咸面。上午去，还能买到用本地柴鸡做的，也算是"柴烧"吧，另外，那里卖的扒蹄，也不错。

说到扒蹄，济南名号最大的，是孟家，不是遍地开花的孟记。孟家扒蹄只有一家店，光是在我记忆中，就挪了几次地方，还好都在顺河东街路边，制锦市小区西边，好找。只是每天的开门时间有限，上午十点来钟，下午三四点钟，都比小学家长接孩子放学的时间早点，扒蹄很快就卖光了。

据说，孟家扒蹄源于有上百年历史的文升园，是当时饭庄的名菜"罐儿蹄"，其猪蹄既肉烂脱骨，口感又有些青岛流亭猪蹄的脆爽，味道醇厚鲜香。

孟家扒蹄比扒蹄卖得还好的，是排骨，多是脊排，肉香和酱香适中，味道非常特别，卖的方式更特别：排骨被一份份装在塑料袋里，只能选择大份或小份，带着塑料袋上秤，顾客绝不能挑拣。这么多年了，一直如此。

很多老济南人说孟家排骨味道不如从前了，我倒不觉得，可能是从我来济南开始吃时，便是这个味道，一直未变，谁也模仿不出。唯一的变化，就是当年还专门卖脱骨的碎肉，更入味，也更实惠，如今已没有这项服务了，大概是今天的排骨太结实，已经骨肉相连，不可分割。

制锦市小区也是天桥的美食宝藏地，尤其是东边的周公祠街，小吃极具代表性。不管是把子肉，还是长清大素包，水准在济南都属上乘。其实，我觉得济南最好吃的把子肉，也在天桥区，清河苏记，离这里有些距离。

离周公祠街不远的铜元局后街，还有天天排队的秦记火烧，除了周日下午休息，平常队伍的长度，让人感觉秦始皇要会做这个，征集民夫修长城就简单多了。

这条街在网上最红的，要数于家桥的扎啤屋，或许在这里喝扎啤，看着小桥流水，不光有情调，也颇为利尿。再加上厕所离得也不远，就这么一来一去，人的酒量仿佛也能大些。

趵突泉啤酒也产自天桥区，从理论上说，因为和酒厂距离最近，天桥区的扎啤也是最新鲜的，如今的酒厂虽被收购，但至少曾经是这样。还有以秘方茶汤兴起的秦老太，既有营养还解酒。

作为曾经的天桥重镇，北园的美食有一种粗犷之美。老北园菜，堪称济南最早的农家乐。我最早在济南吃铜锅涮肉，就在当时的北园镇政府院内，蹲坐在马扎上，撑得站不起来。

因为有建材市场、家居市场、灯具市场，外地客商诸多，正宗的外地美食最早也出现在北园附近。比如当初白鹤灯具旁边的湘菜，还有鲁能康桥边上的潮汕风味，都相当地道。

批发市场批发的是商品，哪里的批发商多，就会有哪里人来开饭店。比如泺口的服装鞋帽市场，聚集了不少温州人，温州家常菜馆自然也能跟上。还有名噪一时的浙江饭庄，周围甚至配套了一个专门卖南方菜的菜市场。张庄路的茶叶市场福建人多，所以就有相当正宗的福建风味。不过，张庄路属于槐荫区，从美食的角度，就先不多说了。

济南的烧烤，天桥区不算半壁江山，也能和市中区、槐荫区三足鼎立，尤其是近几年，回民小区和一九烧烤渐渐沉寂，天桥区则凭借擅烤"白条"的几家小店而崛起。所谓"白条"，就是不放辣椒和孜然的羊肉小串，只能用鲜羊肉，不腌，顶多撒点盐来调味，这种做法最能考验羊肉质量。

天桥区美食这么多，绝非一朝一夕形成的。首先是和交通有关。中国的很多美食都因交通而兴起。最早的火车站让天桥区有了天桥，也成就了天桥区，使天桥区陆运和水运都高度发达。一百多年前，民商济泺汽车公司兴办济南城至泺口间汽车客运业务；黄台桥至泺口码头曾开通铁路盐运专用线；更早的清光绪年间，小清河轮船公司在济南设立，并开辟济南至羊角沟航线。便捷的交通运输让天桥美食四处传播，比如泺口信诚酱园的食醋，1915年就获过巴拿马国际物品博览会银质奖。

发达的交通更让天桥区一度开美食风气之先。百年前的胶济铁路饭店，引领了济南的西餐潮流，今天在胶济铁路博物馆，又重新开张。饭菜有复原也有创新，最难得的是，还能找到那种情怀。

因为交通便利，天桥区还是济南近代工商业的发祥地。成丰面粉厂曾是济南最大的面粉厂。与制锦市相连的锦缠街，有当年的东元盛染坊旧址，是济南第二印染厂的前身。凤凰山路北头的鲁丰纱厂，是济南第一家纺织企业，也就是后来的国棉一厂。宏济堂老店也在属于天桥区的东流水街，现为中共山东省领导机关旧址。

中国第二家机制造纸厂——山东造纸总厂东厂，诞生于天桥区，却代表着当时国内最先进的造纸工艺。山东第一家民族火柴企业——振兴火柴公司，开端于天桥区，使"洋火"真正变成了"火柴"。

工业一度拉动了这里的消费，在岁月中沉淀成了天桥区的美食底蕴。

天桥区在农业方面也有得天独厚的地理优势，因为其大部分面积都是农田，盛产优质农产品，更关键的是，天桥区还曾经是这些农产品进城的必经之路。民国时期，北坦就发展成为蔬菜交易市场。新中国成立后，北坦是济南蔬菜公司、盐业公司、供销公司、塑料公司的云集地，是农工商业交集的地方。天桥区的地图，就像一张大嘴，舌根扎在农田里，流淌着河水与泉水，吐出来的舌尖，正是那些可以品尝美味之地。

难怪天桥区的天桥，也如同一个人微微凸起的肚皮，民以食为天，天桥的天。

不过，要说起来，今天的天桥区还有如此多传统美食，也和二三十年前的下岗潮有关。当时，很多工人下岗后，开始自谋职业，不少人成了美食摊贩。但凡坚持下来的，他们靠的必定不仅仅是一块招牌，而是过人的手艺和对待顾客的诚心，为了自家不断炊的初心，积聚成这座城市美好的人间烟火。

去年夏天，我骑车转悠，偶然拐到天桥旁边的一条街，那个场面，一下让我震撼了：路两边密密麻麻的小店铺，面馆、包子店、烧烤店、把子肉米饭……每家店都似乎往外冒着热气，店门口摆满了小桌子和马扎，坐满了形形色色的食客。尽管这一切看起来有点乱，我却如此熟悉，就像是二十多年前那样。这条街就像是被遗忘了二十多年，若从这座城市的最高楼俯瞰，根本不会看到。我不知是应该喜悦还是悲伤，但我觉得，或许，这便是被很多人遗忘了的生活，最真实的生活。

羊的杂碎

我上小学的时候，县城里的小学叫完小，意思就是完整的小学。因为之前的小学是分两段的，初小和高小，合起来，才能叫完小。沿着县城的中轴线，从东到西，依次是二完小、一完小、六完小、三完小，五完小和四完小正好在中轴线两边，一南一北，不偏沉。

很幸运，我上的是一完小。这所小学当时并非最好的，却是最"香"的。学校门口，集中了全县百分之八十的名吃：烧牛肉、烧鸡、羊肉垛子、羊羔肉、小鱼汤、水煎包……那五年，我在各种诱人的香气中上学、放学，天天向上，也天天想吃。

那里属东关，回族人尤多，不少小吃摊前都挂着"清真"的木牌，许多木牌经年累月，挂着一层油乎乎的包浆，每当我看到它们钟摆一样晃动，嘴里就忍不住分泌口水。直到今天，我有时也会如此，可见童年播下的种子，在人身体里是生根的。

名吃中,羊杂碎并不起眼,名气也没那么大,却是非常好吃的。而且,当我后来在各地吃了那么多不同做法的羊杂碎后,更觉得县城的羊杂碎好吃,不光又杂又碎,还又热又烂又香。

县城的羊杂碎好吃,似乎也好做,仿佛羊的五脏六腑无须经过烦琐的工序,原色原味煮出来即可,其实不然。羊必须是本地的青山羊,杂碎摘得完整,掏心窝子,但不能撕心裂肺;清洗要非常干净,洗心"革面",但不能面目全非。

煮时不放酱油,让羊脸面不改色,但也需要用许多药料去膻,并精心控制火候,不能看起来"焦头烂额",更不能吃起来"血口喷人"。

最关键的,就是用盐,少了如嚼塑胶,稍多一点,咸就压过了鲜。老少咸宜,又不宜太咸。

唉,羊杂碎虽然是杂碎,真做起来,要比羊肉还费功夫,这才能让杂碎的诱惑超过羊肉。

卖羊杂碎也是有讲究的。通常是把羊杂碎堆在一个白色的手推车上,盖着一层白色的棉布,棉布要白得一尘不染,魔术师一样掀开,连热气都是白的,白得让人放心。接着再放肚,放肺,放肝,放心。吆喝起来的声音绵软悠长:羊杂碎,烘得烂的羊杂碎——

那时,卖羊杂碎是不分部位的,只有一个价,摊主会在搭配上下功夫。比如大多人都愿意买羊肚，摊主则会先问要多少钱的，再根据客人报出的价格区间，捞出一个羊肚来，放在秤盘上，接着迅速割下一块羊肝，或提溜出一串羊肺，一起称完，往往比客人要的稍多一些，如客人强烈要求去一些，摊主就把羊肚放在案板上，剁掉一大块。有的客人眼疾手快，拦住说要去羊肺，摊主也会犹豫着把羊肺提出来，斜着切一小块，做外科手术一样小心翼翼。结果一定是，不管你要的是羊肚还是羊肝，羊杂碎总是包含了各种杂碎。

只有一样东西是单独卖的。县城称其为"草包"，其实就是羊胃，里面装着满满的羊脑，用羊肠系紧。煮好后，肉烂脑香，特别好吃。当年冲压厂门口有一个回族老人，戴着白帽子，留着山羊胡，每天下午推着小车出来，"草包"做得一绝，堪称脑满胃肥，咬一口，味道能在嘴里迸溅着炸开。可惜，我已经很多年没吃过了，也不知他老人家是否还在。

我工作后，有几年一回县城，就去买羊杂碎，大概要十块钱的，最多二十块钱。常去的那家摊主非常热情，一开口就是：咱们都是东关的邻居……话音未落，一串我不想要的羊肺就已经放在了秤盘上。后来听父亲说，我们确实算是东关的邻居。最初，他父亲就推着小车卖羊杂碎，后来他接了班，煮的味道还行。这些年回县城少，也没机会吃羊杂碎，不知道是不是还行。

上小学那些年，还是二十世纪八十年代，经济刚刚复苏，人们算不上富裕，就算是县城的名吃，能天天吃得起的人也少之又少。家里偶尔吃顿肉，就算是改善生活了，能吃烧鸡烧牛肉，就属于相当奢侈的事情。就算是相对便宜的羊杂碎，也不是可以随便买的，但它是很多人的上好酒肴。一口白酒，一口羊杂碎，就是县城里的神仙了。

记得我有个小学同学，有一天突发奇想，把自己的破自行车卖给了另一个同学，五块钱，卖完之后，兴高采烈，拿钱买了一堆羊杂碎，狠狠吃了个够。买自行车的同学欢天喜地地回家，家长把车子又擦又拧，还换了不少新零件，等这辆杂碎一样的自行车焕然一新时，卖自行车的同学家长找来了……最后他们怎么协调的不得而知，但卖自行车的同学结结实实挨了一顿揍。

我想，吃这么一顿羊杂碎，挨顿揍大概也是值得的。那次吃羊杂碎的快乐，长大后恐怕很难再次寻得到了。

故乡的羊汤

人人挑食，挑时，姿势各异。

有人爱重庆火锅，大小馆子，锅底些许差别，都能辨清好坏，但去北京吃涮羊肉，却觉得全一个味儿。还有人对日料要求高，蓝鳍大腹，新鲜度丝毫不能含糊，但对油炸臭豆腐，就觉得天下大同。品普洱的高手，据说一盏下去，茶叶的树龄和海拔能脱口而出，换了绿茶，明前和雨前就无从分辨了。

画家朋友刘明雷也是，哪家胡辣汤"正宗"，哪家蒸碗"老味儿"，牛肉水煎包，哪家应该对哪家"喊爷"，他如数家珍。只是，对烧烤，他没什么高要求，尤其是十几年前，刚来济南时，觉得只要是肉，烤熟了，多撒孜然粉和辣椒面，都能把扦子撸出火星子来。

有一点，他和我一样——对羊汤的挑剔。可能因为都是曹县人，从小家里就喝羊汤，养成了固执的口味。离开老家，凡不顺口的羊汤，就喝不下，甚至觉得不是羊汤。

所谓顺口的羊汤，倒也有很多。山东是羊汤大省，各地名称后加上羊汤，都不突兀。单县羊汤以白汤闻名，历史最为悠久，我去过三义春的老店，后面还有一个羊汤博物馆，不大，介绍了单县羊汤的来龙去脉，早年间，几任国家领导人都喝过。清汤，莒县最出名的是任记，配着大饼，汤正饼香，据说陈佩斯当年专程去吃。不过，临朐的清汤名气更大，我到那里的双井镇去寻，羊汤用的肉好，汤胡椒味儿浓，尤其发汗。莱芜和滕州的羊汤也都自成风格，我最熟悉的菏泽，光牡丹区，羊汤能说出名字的老店就得近十家：海家，赵家，朱家，香正府……各具特色。

我最爱的，还是老家曹县的羊汤。

曹县和单县交界，在羊汤上，名气远不如单县。但是，曹单交界的青堌集一带，家家都会做一种红汤羊汤，风味独特，同时影响了两个县。

这种红汤，要用山羊肉来熬。最好的山羊是鲁西南青山羊，角弯须长，肉鲜嫩脆，如今价格比一般的羊要贵一倍多，不过也未必能买到真的。因为此羊只能放养，长得慢，效益低，再加上前几年总有偷羊的，到现在，除非专业养殖场，很少有农家再养。

除了山羊肉，以及每家不同的大料配方，红汤最重要的一点就是辣椒羊油。辣椒必须是本地的大红辣椒，锅里煮半

熟，和羊油用石臼捣在一起，煮好后，汤通红通红，且没有一点辣味，却有一种类似红酒的果香和椒香。

我曾自己熬红汤羊汤，让善炖羊肉的刘明雷尝试过多次，肉味尚可，但汤红必辣，因为济南实在找不到类似的辣椒，总是缺道精髓。有一年父母来，专门捎来一大串红辣椒，挂厨房里，两天就招来半屋子飞虫，放地下室，不久，直接碎成了粉末。

或许，它们只适合在老家的屋檐下，一串串挂着，在故乡的风中变干，才能使羊汤有故乡的风味。

离开故乡后，在各座城市喝过无数次羊汤，从来没有这么做的。有时候，我甚至怀疑自己的味觉和记忆，是不是从来就没有这么一种羊汤做法，而我，只是一直活在幻觉里。

韭菜坨和辣椒糊涂

韭菜坨是老家的一种家常面食，小时候常吃：韭菜和虾皮调馅，倒香油拌匀，再撒盐，为防韭菜出水，可适当放些碎粉条，最后打鸡蛋，搅匀了，把温水和好的面团擀成薄皮，倒上馅，卷起来，放锅里蒸十来分钟，切成大块，就可以上桌了。

别的地方也吃韭菜坨。作家闫红说在她老家阜阳，叫"叠馍"，马瑞芳老师认为应该叫"菜饼"，老济南则有一个生动的名称，叫"菜蟒"——切开前，其形如蟒蛇。

这些说法都没有强调韭菜，换成菠菜、萝卜或野菜都行。老家做这种面食，也不一定非用韭菜，比如用马蜂菜，就叫马蜂菜坨，"坨"在老家方言里，还有一层躺卧的意思，非常形象。写这篇文章时我查了查，发现"坨"最初的意思就是"蛇形扭摆状的长土岗"，和"菜蟒"算是对上了。

和素三鲜水饺相比，韭菜坨做起来更省事，吃起来更过瘾，尤其是家里人多时，不用费太大功夫，就能吃一顿菜面交加的美味，若再就上两瓣新蒜，其鲜香又被辛辣升了级。

如今，在做韭菜坨时，我还会加上一些新鲜的大虾仁，更提鲜，吃起来有一种"手抓喜家德"的感觉。小时候，我是没有吃过虾仁的，对大虾的印象主要来自方便面包装袋。鲁西南平原上，能吃到的"海味"，只有海带和海米，干鱿鱼都属于奢侈品，泡开了打个汤，甩上鸡蛋花，喝起来就能咂着嘴说："这海鲜，鲜得很！"

所以，我对生活一直充满感激，便捷的物流打破了很多地域饮食习惯，几乎各种食材、调料，都可以在网上买到。十多年前，电商还没有那么发达，我想买长三角一带的糟卤（用以糟毛豆），搜半天也没有。现在，不管是重庆的牛油锅底，陕西的油泼辣子，还是武汉的热干面，扬州的蟹黄包，都可以在网上下单。如果认准了哪家特色店，甚至可以直接留个地址让老板发快递，听济南的虾老板说，泺水居的小龙虾和炒鸡每天都有好几单，是客人从外地点的，收到后简单加热一下，也能过把瘾。

花样越吃越多，距离越吃越远。然而，总有一些美食，饭店吃不着，网店也买不到，对我来说，就只能自己做了，比如韭菜坨，再比如辣椒糊涂。

辣椒糊涂，简单说，就是一种浓辣的咸粥。过去，绝大多数老家人都会做：用干红辣椒，加葱姜炝锅，倒白菜翻炒至七八成熟，加水烧开，同时，把面粉（可适当掺些玉米面粉）在碗里加水搅匀，倒入锅中，水开后，轻搅，防止粘锅，最后，撒香菜，淋香油。

和韭菜坨一样，每一家做辣椒糊涂，方法都不尽相同，有的为了增辣，会放辣椒面，还有的加粉条和虾皮。总之，辣椒糊涂的核心就是要辣，能下馒头，用刚出锅的热馒头蘸着，能吃好几个，用杂面窝头蘸，就更香了。尤其是冬天，你绝对能吃个暖饱，吃完之后，就变成了暖宝宝。

老家的饭店里，偶尔还能吃到辣椒糊涂，但做的水平也参差不齐。后来我发现，孙老家镇有个地方，辣椒糊涂做得不错。那里叫民政酒家，也开很多年了，除了辣椒糊涂，还有几个菜别具风味，比如狗肚灌鸡蛋，尤其是煎爬叉猴（知了猴），爬叉猴肚子拍得扁扁的，吃得人肚子鼓鼓的。

我第一次去民政酒家，是和几个朋友一起。其中，有一个朋友从外地第一次带媳妇回来，去没去民政局登记不知道，但在民政酒家吃出了闹洞房的气氛。那天，大家唱起了曲剧《卷席筒》：小仓娃我离了登封小县，一路上我受尽饥饿熬煎……唱着唱着就喝多了，筷子把茶杯敲到了地上，酒杯在桌子上蹾裂了缝。那个朋友的媳妇在沿海一座城市长大，也跟着"小仓娃"唱得不亦乐乎，回县城路上有些颠簸，她差点吐一车。

这件事已经过了很多年，这个朋友的媳妇早已变成他的前妻。后来，他又找了一个，是老乡，应该很幸福，据他说，媳妇能做一桌老家的好饭，韭菜坨，辣椒糊涂，都管。

那就管呗。

滚蛋的丸子

菏泽有道菜,叫"席底儿",意思是宴席的最后一道——丸子汤。这道菜相当于"进度条提示",只要上来,就意味着宴席即将结束,不管客人有多么意犹未尽,也要清杯清瓶,哧溜着喝几勺,起身离开。所以,这道菜俗称"滚蛋丸子",寓意很明显:吃了丸子,赶紧"滚蛋"。

人一喝酒,话秧子就长,有一个委婉的提示,或预设的规则,能够礼貌性打断,的确是有必要的。让丸子汤去承担这一重任,恰到好处,一桌子残羹冷炙上,突然来了一盆热气腾腾的丸子汤,既解饱,又解酒,就着热馒头喝上几勺,瞬间就有了站起来的力气和理由。

老家的丸子汤做法大致相同,不管是汉族用猪肉,还是回族用牛羊肉,都要选纯瘦肉,剁成泥,放盆里用筷子搅,再下锅汆。当初没什么工具,也不用勺子,手攥起一把肉泥,一挤,指缝就出来一个丸子,扑通一声,压着水花跳进锅里,先沉底,再浮起来,就差不多熟了。最后连丸子带汤盛到盆里，撒上胡椒粉、葱花、香菜，有的地方还加上麻汁和蒜泥，就能上桌了。

从丸子本身来说，真正的功夫就在搅和上。顺时针也好，逆时针也罢，方向不能变，要把肉泥搅得黏作一团，亮如包浆，氽出的丸子才口感爽滑，弹性十足，能当乒乓球打是夸张，但掉在地上，能弹半米来高是不成问题的。

其实，在菏泽市牡丹区，这道菜还形成了一种小吃，就是"白丸汤"。最早，我听一个老乡老提"菏泽白丸"，我还以为他可以免费看牡丹，他一再重复，我才知道是菏泽的特色小吃，那自然不能错过。于是，十几年前，有次我回菏泽，下了高速就给老乡打电话，咨询最正宗的白丸在哪里，拐弯抹角寻过去，痛快地吃了一大碗。

再后来，父母都搬到了菏泽，我回菏泽的次数就更多了。菏泽主城区有名的特色小吃并不多，更显出了"白丸

汤"的独到之处。除了肉丸,"白丸汤"中还有用粉条做成的"龙须丸",最有个性的则是"大白丸"。它是用猪板油和干馒头搓成的末搅和出来的,味道像小时候吃的一种咸馍的馅,有一种独特的葱油香。

说起来,"大白丸"的成本并不高,但能团起来,又能把味道做好,实在不容易。菏泽几家有名的"白汤馆","大白丸"属于限量产品,每碗汤只能加一个。今年过年回去,临走时,我想带些回济南,店主说别的丸子都多,"大白丸"没法带,堂食都不够。

于是,我只能提了一大袋别的丸子回到济南,冻在冰箱里,偶尔取出来些,吃一顿,感受一下未从家乡"滚蛋"时的滋味。

一"面"之缘

上海滩大亨杜月笙说过,人生有三碗面最难吃:人面、场面、情面。

这句话是否真实很难考证,也不能因此证明杜月笙爱吃面,但用别的食物做比喻,未必能有"面"这么普及。在中国,从北方到南方,从西部到东部,不管主食是馒头还是米饭,对面条,基本都不拒绝,而且各具特色,一方水土出一方"面",还真的是如此。

济南本土的面,最有特色的,要数肘汤拉面,至少有那么四五家,分布在市中、历下、槐荫、天桥。看上去大致相同,但不管是汤、面、肉还是辣椒,都有差异,喜欢吃的人,都有自己钟爱的那家店,无须分高下。

外地的面,在济南最多的,应该是三江源或兰州拉面。较真的人总爱说在兰州,只有牛肉面,没有拉面,彰显自己见多识广。事实上去了兰州,和当地人聊"拉面",人家也不大惊小怪，只是会很认真地告诉你，最好吃的面，绝不在当地名气最大的连锁店，而是家门口那个小馆。我有一年去嘉峪关，听司机说某处拉面好吃，临走前，专门打车过去，确实，那里的面醒的时间长，能吃出麦香，一碗六块，打车三十六元。

第一次吃油泼面，并不是在陕西，而是在济南。当时是在一个小区里的闫济和，人超级多，老板见是第一次来的顾客，就帮着拌，边用筷子挑，边转碗，他女儿也在那里帮忙。2010年世界杯，报社在玉泉森信包了一个套间，我每晚去看球，写专栏，从早晨睡到中午，醒了就去旁边的闫济和吃油泼面。当时的小菜里，最好吃的是卤水豆腐，如今没了，只有香干。前几天去他们家朝山街的新店，老板又来帮着拌面，还是老味道。老板的女儿现在应该是女老板了，样子也没变。

其实，相比北方，南方的面品种更加丰富：西南，宜宾燃面、重庆小面；中南，荆州早堂面、襄阳牛肉面、武汉热干面。我都在当地吃过多次，每次都赞不绝口，但出了那个区域，就完全不行了，至少在济南没有吃到过太靠谱的（如有，也希望能有人指点）。江浙一带的面更是做得精细：昆山的奥灶面，镇江的锅盖面，杭州的片儿川，等等。

我当年看陆文夫写的《美食家》，那个面吃得真是讲究，后来我去常熟一家老字号面馆，发现今天依然如此，光浇头就几十种，贵一些的，比如双虾面、长鱼面，一碗要一百多

块钱。还有很多专门的术语：宽汤、紧汤、重面、轻面、过桥，等等，已经把面吃出了一门语言。

上海的面融合了江浙面的风格，又独成体系，和生煎、粢饭一样，成了本帮美食代表。上海人对面讲究的是汤头和浇头。汤头吊足了鲜味儿，浇头味浓、料足、酱满，大排面、大肠面、辣肉面……我在上海生活过半年多，后来也常去出差，别的上海本帮菜给我的印象并不深刻，但想起上海的面，从心里、从胃里，还是颇为怀念。

当年电视剧《蜗居》大火，其中，生活在上海的海藻带宋思明去著名面馆吃面，专门点黄鱼面和辣酱面，鱼汤浓香、鱼肉嫩滑，把宋思明吃得，很是高兴。

2016年春天，我在北京一家咖啡馆和滕华涛导演聊一个剧本，当时他正筹拍《上海堡垒》，不知道他是对上海有情结，或是对上海的面有情结。

济南还真有一家老上海面馆，说是老上海，也不算老，但味道确实很上海。当年，这家面馆在洪家楼附近的一个居民楼里，从小胡同拐进去，就能吃到，尽管不太好找，却成为一个网红打卡地。

面馆老板娘是济南人，当年在上海做服装生意，同时在济南开了一家酒楼，以上海菜为主打，因为口味差异，这家酒楼当时并没火起来。但她有能做上海本帮菜的厨师，包括各种配方，于是，她试着开了一家小面馆，面馆虽小，但每一种面都做得认真，吸引来的食客越来越多。因为离山大近，据说，很多新生入校后，就会被老生带来吃面，快成一种欢迎仪式了。济南话说的"上路饺子落脚面"，在理。

不过，说实话，我对网红店，以及年轻人的口味总是不太信赖，所以直到前几天，才去了一次，发现面馆已经搬了新址，靠着洪楼西路，不难找，只是面的种类太多，若有选择恐惧症的话恐怕要费些力气。那天我和朋友一起，点了几种面和小吃，觉得确实不错，金牌黄鱼面不愧是金牌，超级大肠面也超级好吃，只需九块钱一碗的葱油拌面也过瘾，还有嫩滑的白切鸡，外酥里嫩的炸猪排，蘸上辣酱油，实在是美味。

不由感叹：随着时代的发展，今天，浓油赤酱的上海味道，化入济南的烟火气息，竟毫不违和。

不过，和在上海吃的还是多少有些差异，可能是为了适应济南的水土，浇头和小吃整体略微降低了甜度，比如素鸡和烤麸，不过对我来说倒是恰到好处。另外，面要普遍软一些，我问老板娘为什么，她说开始时总有人觉得面硬，不够熟，所以，每碗都多煮了二十秒。

或许，这就是一个口味的距离。这个距离，就像济南到上海，是一个多小时的飞机，五个多小时的高铁，八个多小时的高速公路，对一碗面来说，只需要二十秒。

沿着黄河吃驴肉

一

黄河在山东入海,驴跑到山东,沿着黄河,进了千万人的胃。

老家曹县,是黄河冲积出的平原。黄河给这里带来过无数劫难,也留下了一望无际的沃土,密集的村庄里,居住着世代耕耘的人们。曾经,他们用简单的工具劳动,用粗粝的食物充饥。能吃肉,就吃大块;能喝酒,就用大碗。身体像河堤一样健壮,胃口如河水一般彪悍。

县城最有名的烧牛肉,每块都拳头似的结实;猪肉最受欢迎的是肘子,红白喜事必须有整只装盘;即便是散碎羊肉,亦要压紧成百十斤的墩子,吃时再用快刀片开,称之为"羊肉垛子"。不过,漫长的历史中,牛不能随便宰杀;羊肉是贵族、士大夫专属;猪因肉多膘肥,平日也价高难求;倒是很多家都养着的驴,肉低调又美味。

小时候，我没吃过驴肉，倒是坐过不少次驴车。学校到家有两三里地路，常碰见农民驾着驴套的车返乡，他们拿着鞭子，冲着驴"喔喔，驾驾！"我和几个同学就问："能蹭你们的毛驴车吗？"等人家一点头，我们就连蹦带跳冲上去，看着摆动的驴尾巴，坐到家，都不舍得下来。

我第一次吃驴肉，是在县汽车站附近，那里也是最早在县城卖驴肉的。老板姓孙，推着一辆小推车，在一条小胡同里，下午三四点钟开始卖，天不黑就卖光了。如今，他已把做驴肉的手艺传给了两个儿子，让儿子在别的地方开了分店，但据说分店生意远不如他这里，所以，他干脆给两个儿子定规矩，就此一处，轮着干，每人一年。

除了县城，有两个乡镇的驴肉也有名：一处在县东南，一处在县西北。县东南的青堌集的步家驴肉，分步老大、步老二,有没有步老三我不太清楚。我去过两次,味道都不错,除了肉和杂碎,还有驴血,白色的,一块块,味道独特。

县西北的庄寨,则是丁家驴肉,忘了是丁老二还是丁老大。有一年正月初七,我去看当地民俗"花供",没吃早饭,远远就看到这家驴肉摊,赶紧下车,买了二十块钱的,夹进热烧饼,香得我都快忘了去看"花供"的事。

有种说法,庄寨还是光武帝的老家,刘秀的父亲曾在那一带做过县令,想必也吃过驴肉。后来去长安读书的刘秀曾和人合伙买驴车搞运输,通过"驴拉拉",成了勤工俭学的典范。

三

1855年,黄河改道,从东明入山东,流经菏泽多个地区。

其中有很多地名都与黄河有关,但有一个最应该和黄河有关的镇,名字却有另外一个传说。这个镇叫"黄安"。

黄安镇地处郓城西南,西邻鄄城,南连牡丹区,是一处交通要道。当地人说,明万历年间有一皇姑路经此地,在白玉奶奶庙休息,村名遂称"皇姑庵",后来被叫成了"皇庵"。民国初,皇帝没了,才改为"黄安"。其实,皇姑的故事难以考证,只能证明在帝制时期人们对皇权的崇拜。我宁可相信其名字来自黄河。正是历史上一次次的黄河泛滥,泥沙冲积，才有了这里，人们对黄河又爱又怕，充满敬畏，祈佑其能够安然无恙。

不过，我每次想起黄安，就觉得嘴里有条河，要冲出唇齿的堤坝。因为驴肉。

黄安的驴肉太具诱惑力。当初从曹县到济南，没有高速，这里是长途车的必经之地。每次路过这里，车窗都飘进一股奇香，路边几家都是卖驴肉的：吴老大，吴老二，吴老三，吴老四（或许卖驴肉的兄弟都多）……永远忘不了那一次，恰好是中午时分，车一停，临时上来一个乘客，车继续往前开了。结果，这个乘客拿出一个夹满驴肉的热烧饼，坐下来就吃，整个车厢瞬间就变成天文台——所有的人都眼冒金星。我恨不能走过去，夺下烧饼啃上两口。

难怪在黄安有句俗语："吃了驴板肠，忘了丈母娘。"那时，尽管我还没丈母娘，却已经十分渴望黄安的驴肉和板肠了。

黄安更过瘾的，是驴的肋骨，一根一根，挂着骨边肉，刚从锅里捞出来，直接用手拽着两头啃，别说丈母娘，媳妇都能忘了。

今年春节期间，我从菏泽去郓城，路上，问老婆是否到黄安了，她一边开车，一边说刚到黄安，我立刻大喊"停！停！"老婆以为我被驴踢了脑袋，谁知我下车就奔驴肉店而去，卖驴肉的见我过来，直接用刀划拉一块带骨肉递给我：

"尝尝!"我一边嚼着,一边瞄上一大块:"来,这儿下刀!快!"付钱时才发现,手机都忘在了车上。

三

黄河出了菏泽,就到济宁。黄河流过济宁的唯一一个县,便是梁山,紧挨着菏泽的郓城。《水浒传》中,梁山好汉自然少不了大口吃肉,尽管没有写过吃驴肉,但在当时禁止屠牛的条令下,吃驴肉的可能性比吃牛肉要大。

梁山有一个镇,叫"拳铺"。这个听起来武风强盛的地方,也有家流传百年的驴肉老字号。

据说,拳铺镇李家驴肉铺,起源于清朝同治四年,已传承四代。像这样的老店,必然是秉持着自己的独到之处才延续下来的。看介绍,李家驴肉的制作工艺就像一首打油诗:剔骨留骨皮,分割看肌理,清洗要透彻,入锅分厚薄,武火要猛烈,文火莫性急,焖火要定时,出锅晾彻底。

我就算把这首打油诗背得滚瓜烂熟,也很难煮出好吃的驴肉来。每家驴肉店都有独特的方子,花椒大料与中草药的搭配,那才是他们的不传之秘。

不过,可以断定一点,好的驴肉必须要用好驴,黄安卖驴肉的就自豪地说:"我们家用的都是干活的驴,不是专门养的。"

专门养的驴，好歹还有几年闲工夫，黄安的驴还得干活，睁眼拉车，蒙眼推磨，真惨。

四

接下来，黄河进入了泰安东平县，东平湖是黄河下游唯一的蓄滞洪区，这里耕地面积少，自然也少了吃驴肉的传统。但是，隔河相望的聊城，驴肉就遍地开花了。

聊城东阿，阿胶声名天下，驴皮用来熬胶，驴肉自然就上了餐桌。我印象最深刻的，是那里的驴肉包子和驴肉火锅，包子个大馅足，火锅涮起来有牛羊的肥鲜，据说还能吃驴肉刺身，我未敢尝试过。除此之外，东阿还有一个毛驴博物馆，或许是全国唯一，我去过两次，那里有一首对驴的赞美诗：担水上山不怕难，拉车驮柴最简单；耕地推碾有倔劲，卖粮送货你数钱；诗人骑上有诗意，跑驴一曲过大年；媳妇坐着娘家转，起早赶集响铃一串串……

在东阿观黄河，可去鱼山，其山形似甲鱼，是曹植所葬之处。王维曾到此作《鱼山神女祠歌·迎神》：坎坎击鼓，鱼山之下。吹洞箫，望极浦。女巫进，纷屡舞。陈瑶席，湛清酤……

王维这首，还有毛驴博物馆那首，作为"吃货"的我都不甚满意，因为都没有写到驴肉之美。

聊城最有名的驴肉，还真不在东阿，而出自高唐。那里的老王寨驴肉很有特色，卷饼一绝，当地还保留了"六月六，吃饼卷肉"的习俗。更有趣的一点是，在高唐，驴肉被称为"鬼子肉"，原因是嫌驴长得丑，像鬼，这有些不公平，若驴是鬼，人就是馋鬼。

聊城的临清、阳谷也有好吃的驴肉店，毕竟，《水浒传》和《金瓶梅》里，王婆对西门庆说过，男人吸引女人，五大要素就是"潘驴邓小闲"，按照吃啥补啥的理论，驴的金钱肉才这么贵。

《金瓶梅》多是临清故事，书中却写的是阳谷，以前这两个地方还为《金瓶梅》的故事背景地争过，浙江绍兴也杀出来，看来，西门庆和潘金莲还真是大IP。

五

黄河流入济南时,像一串项链,连起了许多区县。

其实,我更希望它像一根驴肋骨。因为,可圈可点的济南驴肉实在太少了。还好,在黄河北的济阳,有个地方叫"垛石"。

垛石镇因临垛石桥而得名,这座古桥已经不复存在,只剩下曾伫立桥头的古狮子,见证了曾经的繁华。相传,清朝曾有一位七品官员出生于此地,后辞官,回来谋生,靠着一位同僚赠送的秘方制作驴肉,最终将其做成了朝廷贡品,并传承至今。

传说中的秘方有些残忍,大意是让驴在酷热的环境下大汗淋漓,口渴,去喝配好的药料水,如此循环多次,活着的驴肉里就渗进了药料水,味道也融了进去,然后把驴宰杀,放在锅里煮。

传说毕竟只是传说,今天也不可能有人这样做。不过,我对垛石驴肉的印象的确是药料味比较重,和鲁西南一带的驴肉风格迥异,黄河在山东流经省会时,驴肉也渐渐从红烧转为酱香。

六

黄河在德州,只有六十多公里,但并不妨碍德州是驴肉大市。

驴肉，在德州的"三宝"里，所谓"扒鸡、驴肉、金丝枣"，据说，"三宝"里的驴肉实指德州市宁津县驴肉，宁津又有一个说法，"长官包子，大柳面，要吃驴肉到保店"，可见保店镇驴肉最佳。在那里，吃驴肉拥有更完整的方式——全驴宴，一上就是一桌，全是驴的各种零部件：金钱肉、腱子肉、扇子肉，驴肠、驴肝、驴肉拼盘……

德州不仅驴肉味美，还有自己的独特品种——德州驴。作为交通商贸重镇，清朝时的德州属于京津门户，周边商户、农民常用驴驮运各类物资来进行商品交易，德州就逐步成为驴的集散地，德州驴也和关中驴、广灵驴、泌阳驴、新疆驴并称为"中国五大优良驴种"，个大皮厚，役肉兼用。

德州驴肉有天时，更有地利。从德州往北，出了山东，就是处处驴肉的河北了，且不说耳熟能详的河间、保定，就连赵县也有非常好的驴肉馆子。有一年，我去赵州桥，就在附近找了一家，叫"祖传八代全驴宴"，一群人要了一个火锅，十盘肉，十盘菜，加上每人一个驴肉火烧，事后只要想起来，肚子里就发出驴叫的声音。

德州的驴肉，在冀鲁的文化交流中，位置难以取代。

七

横跨黄河两岸的滨州，黄河自邹平市西北部的苗家村入境，经惠民县、滨城区，东至博兴县老盖家村。

我曾专门到惠民县的魏集镇，参观魏氏庄园，那是一处足以和山西大院以及江南园林媲美的建筑群。就在庄园旁边，有上百年历史的贾家驴肉，当地人称之为"贾氏肴驴肉"。

既然在驴肉前加了一个"肴"字，就更适合下酒。尤其是冷吃，肴驴肉香味的细微之处有更丰富的表现。

当然，并不仅仅是这里，吃驴肉的习惯在滨州处处皆是。滨州独特的小吃锅子饼也常用来卷驴肉，不过，我觉得还是卷板肠更香。

八

眼看着，黄河就要到达它的最后一站——东营。然而，这中间，还有一小段，四十多公里，经过了淄博市高青县。

高青我没有去过，真不知道那里是否有出名的驴肉，至少，从名气上，和东营市的广饶没法比。

和滨州惠民县的肴驴肉相同，广饶的驴肉也要加一个"肴"字。或许是因为新中国成立后的很长一段时间，广饶都属于惠民地区，直到1983年，成立了东营市，才把广饶划了进去。再把时间推长远一些，广饶和惠民也都曾属于乐安县，甚至吃驴肉的传说都大同小异。

广饶是孙武的故乡，所以把吃驴肉也归功到孙武身上。说是因为孙武把驴送给了广饶的农民，这里才开始有驴，这和高启强看了《孙子兵法》就能成黑社会老大一样不可信。比较靠谱的说法也只能推到清朝，同治年间，肴驴肉经广饶县武举人崔万庆的举荐，奉诏纳入朝廷御膳房，延续多年。还有就是光绪年间，康有为在广饶品尝肴驴肉后，挥笔赋诗："旅居京华骑驴郎，残羹冷炙豪门光。当年不知驴肉美，何事叩门却芳香"。

我无法确认康有为这首诗的真伪，但这并不重要，重要的是，广饶的肴驴肉也好吃，让东营成为黄河在山东入海的最后驴肉重镇。

有一年，我去东营看黄河入海，湿地里芦苇丛生，远方天地苍茫，黄河如此壮阔，像一条盘踞在地上的巨龙。不知为什么，我突然想起了"天上龙肉，地下驴肉"，一不小心，晚上喝了个大醉。

"内卷"的山东

山东人吃饭,最内卷。是真"内卷",向内卷。

菏泽人喜欢用水烙馍卷鸡蛋蒜。水烙馍,是将烫面擀成的薄皮,一张张放蒸锅里,放一张,撒一层面粉,以防粘连。这边蒸着,那边就可以做鸡蛋蒜了,先捣蒜泥,用新蒜尤佳,再把放凉了的熟鸡蛋剥好,一起捣碎,淋香油,等水烙馍出锅,就可以卷上吃了。

通常来说,做鸡蛋蒜用白水煮蛋就可以,我吃过一次用咸鸡蛋做的,在曹县大集镇,那里是淘宝村集中地,汉服和木制品加工名扬天下,当地把微咸的咸鸡蛋做成鸡蛋蒜,色泽略深,更有滋味。

水烙馍自然不是只能卷鸡蛋蒜,卷肉也好,如驴肉和羊头肉,卷起来,比直接吃肉要解腻。若一卷肉配一卷鸡蛋蒜,腻全解没了。

我自己做的水烙馍,有点偏厚,味道倒是没问题,除了鸡蛋蒜,再配上烧牛肉和白酒,在家扛过了上一波病毒。

潍坊的朝天锅是用饼卷猪下货，猪头肉、大肠、肝、肺，从大锅中捞出，切好，撒料，卷在一张热乎乎、软乎乎的饼里，配上葱段和咸菜，再加一碗飘着香菜末的肉汤，用潍坊话形容，"奇好"！

朝天锅，我吃最多的是"全家福"，集中了猪下货的各种部位，当然，亦可分别挑着卷，还有素卷，土豆丝、"哑巴辣椒"、素三鲜等。潍坊火车站附近有一家老店，特色是"卷整肠"，用整根大肠，和饼切成同样的长度，卷好，咬下去，糯软，极香，大肠还拉丝，拽一下流油。去年冬天，我去潍坊出差，赶上大雪天气，出高铁站打不上车，索性带着同去的董总踏雪走了十几分钟，大吃三卷，顿时觉得，银装素裹，不如大肠一裹。

董总常年出差，都是在酒店吃饭，而我一直不喜欢大酒店的餐食，那次还去了滨州，活动一结束，我就要返程，路上去买了沾化锅子饼吃。

第一次吃锅子饼，还是虾老板从沾化带来的，其实就是面饼卷小炒。小炒种类很多，经典的都带辣椒，比如辣驴肉、辣板肠、辣肉丝，和蒜苗、香菜一起，在一个大平底锅里炒出来，论斤卖，然后卷在饼里，吃起来别具风味。

虾老板是沾化女婿，微山县人，他在泺水居吃工作餐，常用大饼卷各种稀奇古怪的菜：老干妈土豆丝、辣椒炒辣椒……再蘸一口龙虾汤，吃得大汗淋漓。

这两年，淄博烧烤名气很大，不少人周末从远方坐飞机过去，就为尝尝小饼卷串。淄博烧烤的小饼，外表如山东的丘陵地貌，吸收了油腻，散发出迷人的麦香。也正因为搭配了小饼，烧烤的口味略重，大多数肉要提前腌制，也许，淡一点更好。

当然，山东最有名的"内卷"，还是煎饼卷大葱，外地人常慕名来吃。不过，这种吃法主要分布在山区，泰安、临沂一带，沿着泰山、沂蒙山脉的乡村，扩散到日照沿海。

作为主食，煎饼方便快捷，并易于存放和携带，被山东人带到天南海北，才有了如此大的名声。事实上，所谓卷大葱，是煎饼的低配吃法，现在家里有条件了，卷虾酱鸡蛋、红烧肉都行，大葱有时也换成小葱。很多年前，我在临沂街头，还吃过煎饼卷鸡杂，喷香。

山东的煎饼虽然看起来差不多，但味道和做法也有差异。泰安的煎饼酸，临沂的煎饼除了用铁鏊子摊，还有一种古法，即用面团在热鏊子上滚，《舌尖上的中国》拍的就是这种做法。那家我也去过，还尝试着滚面团，但面团实在太烫手，不亚于烫手的山芋。

我印象最深刻的一次，是在济南钢城区澜头村。去年冬天，我跟人去参观，很远就看到有个老院子里面冒烟，走进去，一位老大娘正在厨房摊煎饼，她一边烧柴，一边把面糊在鏊子上摊匀，动作极其娴熟。见我们来了，她热情地递来刚摊好的煎饼，我接过一张，什么也没卷，咬一口，微酸，咽下去，微甜，和乡愁一个味。

她让我想起了奶奶。小时候，奶奶会做烙馍，也是在一个大铁鏊子上，把擀好的薄面饼放上去烙。每次，奶奶还会烙上几个辣烙馍，就是在面饼上刷自己晒的甜面酱和干辣椒，烙熟之后喷香。

奶奶去世三十多年了，我再也没吃过辣烙馍，却记得她讲过的一个故事：一个小孩太懒了，大人们出门几天，提前烙了一个特别大的烙馍，给小孩套在脖子上。大人们回来后发现小孩还是饿死了，因为他太懒了，只吃嘴前面那一边，吃完了也不愿把烙馍转一下圈。后来，我渐渐明白，那个懒得把烙馍转圈的小孩，也许就是我。

试论淄博与济南烧烤之差异

淄博烧烤，我吃过，和淄博菜的普遍水准相比，似乎也没有更突出的地方。

淄博菜平均水平相当高，应该是博山菜打的底子，大小饭馆，只要能开下去，就算没有独到的手艺，技术也都掉不到地上。熟食也是，比如炸货、烤鸡，我每次去淄博必吃，炸货里的虾酱辣椒，烤鸡腹中的木耳荸荠，想想就咽口水，有朋友从淄博来，也常给我捎些。

捎得次数最多的，是我一个师弟，周村人，认识二十年了，最大的特点就是会吃，还分析得头头是道，常瞪着眼睛分析牛肉糁和鸡肉糁的差异，到底哪家把子肉最好吃，怎么在泺水居点到隐藏菜单……有时感叹一下今年的径山茶太淡，奉化茶青气重，人生无常，人走茶凉。

从十年前，师弟就怂恿着我去淄博吃烧烤。那时济南烧烤鼎盛，不管是街头巷尾，还是门前路边，只要有块空地，到夏天就会支起炭炉子来。我小区下面有个洗车店,一直没什么生意,老板干脆在晚上干起了烧烤,尽管他家烧烤飘着一股轮胎味儿,生意却火得团团转。当时,分割的烤串已成为济南人不可分割的生活,谁还去淄博?

后来有个纪录片,叫《人生一串》,拍得很好,好到镜头就像被炭火点着了一样,每个画面都冒着烟,也让人流着口水。那几年我每到一个城市,基本上都按图索骥,去找纪录片中的烧烤店,包括武汉一个立交桥下只有深夜才出来的烧烤摊,老板永远戴着口罩,每天的出摊位置都不太一样,却还是被我找到了。

只是味道没有想象中那么惊艳,也让我悟出一个道理:每个城市的深夜食堂,口味都偏重,只有更咸更辣,才更有吸引力。

淄博烧烤的口味也偏重,这是我第一次在淄博吃烧烤的感受。两三年前的冬天,我去参加一个商业活动,结束后,找了个理由从酒店退席,直奔一家烧烤店。因时间较晚,店里没什么顾客,我们三四个人,各种串都点了一些,确实有点咸,和肉腌过有关系,但配上卷饼和葱味道正好,这种奇异的组合大概也是由此产生。

相比起来,我还是更喜欢济南的烧烤,这也可能是济南的烧烤以羊肉串为主,羊肉的味道更浓,别的串也多是羊的各种部位,淄博烧烤则主打牛肉和猪肉。张店区以五花肉、脆骨

等猪肉制品为主；周村区以里脊、明筋、肥筋、黄皮、牛腰等牛肉类为主。我想，这也是济南烧烤价格高的原因之一，尤其是羊肉和猪肉，成本完全不一样。其实，我一直认为，济南烧烤的最高境界是"白条"，得用鲜羊肉，不能冻，不能腌，烤的时候也不放孜然和辣椒，只撒一点盐，有的顾客甚至连盐都不放，直接烤出来的味道，实在难以替代。

有时，我深夜从外地回来，一头就扎进烧烤店，吃点白条，喝点白酒，睡到天色大白，顿觉得没白忙活。

今天淄博烧烤大火，直接带动了一座城市的流量，让很多地方羡慕不已。其实，济南烧烤业完全不必因此羡慕，据我的亲身体验，凡是济南那些烤得好的地方，生意依然非常火爆,而且是正常火爆。但淄博这座城市对待烧烤的态度,确实值得济南学习,也值得很多烧烤之城学习。

从锦州到徐州,从河南再到湖南,特色鲜明且质量上乘的烧烤实在太多了,但从没有哪座城市能像淄博这样,对烧烤不光没有嫌弃之心,还能够如此尊重,从管理监督到大力宣传,从烧烤专列到烧烤城,让淄博因为烧烤出圈,吸引了一波又一波的年轻人。

其实,每个城市都有像淄博烧烤那样的特色,只是当地并没有足够重视。大家都希望自己的城市能通过"阳春白雪"的那一面被认可,但"下里巴人"才有巨大的生命力。

比如,不可能有哪个地方,大家都争先恐后去吃海参。即便开了海参专船,也只能孤独地漂在海上,顶多和鲍鱼专船相约做伴。

我已过了专门去淄博吃烧烤的年龄,也至今没有接受师弟的烧烤邀请,现在他每次回去想吃个烧烤都很麻烦,人实在太多,队实在太长。

他特别怀念最初吃烧烤的时候,大概是1991年,在周村影剧院旁,刚开始出现烧烤,每个热气腾腾、烟火缭绕的烧烤炉周围,总能看到几个边吃串边咝咝地吸气,甚至辣到跳脚的小屁孩儿,而他,也是这些小屁孩儿中的一员。

揍馍

老家曹县管做馍叫"揍馍",馍就是馒头,若听到有人说"揍馍",不是要打架,更不是问打谁,大家尽管放心。真要打架,不说揍,说"裂",要有人大喝一声"裂你个熊孩子",就要拔腿跑了。

在曹县,过年是从揍馍开始的。

一般来说,揍馍从腊月下旬开始。该揍馍了,就该过年了。家家支起地锅,下面烧柴,上面放锅,盛半锅凉水,再架上竹编的蒸笼,铺上笼布,就等着往里放馍了。

过年的馍要做好多种:白面馒头叫"蒸馍";带馅的大包子叫"菜馍"。"菜馍"的馅里通常包括虾皮、鸡蛋、粉条和切成丁的炸豆腐。除此之外,还要有菜,有时是韭菜,有时是萝卜,有时候还可以放春天晒干的槐花,或是腊菜。当然,"菜馍"也有肉馅,牛肉大葱,或者羊肉胡萝卜。我小时候最爱吃猪肉粉条馅的,五花肉切成丁,放五香粉,和剁碎的粉条一起，咬一口满嘴油，过年的味道在嘴里就爆发了。

除了"蒸馍"和"菜馍"，还要做"小馍"。"小馍"又叫"提饼子"，分咸甜两种，甜的用芝麻和红糖做馅，咸的馅比较特别：用葱姜在油里炝锅，放入面粉炒软。油最好是猪油，馅才更香。做"小馍"最关键的一道工序是定型，把包成一团的小馍放到模子里，每个模子有四个凹进去的口，每个口里刻着一种花纹，春夏秋冬或梅兰竹菊。小馍根据不同的馅放到不同的口里，拍出来，就是一件件精美的面塑。

"小馍"里一般没有豆沙馅，因为还要专门做一种"豆馅子馍"，要把红豆、红枣、红薯剁碎，搅匀做馅，皮又大又圆，又称"团子"，有团圆的寓意。过年，不光要吃味道，还要吃个吉祥。

那时候，谁家的生活水平如何，一个"豆馅子馍"就能吃出来。家境好的，馅里的红豆和红枣很多；家境差些的，馅里大部分都是红薯，而且是白瓤的"干面"红薯。

最考验揆馍技巧的，要数"花馍"了，也叫"花糕"。与其说是馍，它更像是用面和红枣做出来的雕塑。大的有一个面拍子那么大，像一朵朵盛开的牡丹花。每家根据情况，以及最后剩余的面多少，还会做一些形状特别的，比如蛇形、桃形等。

"花馍"的产生和祭祀有关。家家过年祭祖时，都会摆上"花馍",再加饺子和几个蒸碗。老家有个桃源集,每年正月初七要举办"花供",家家把自己做的花馍拿出来,放到外面扎好的彩棚里,给火神爷庆生。

各种"花馍"琳琅满目,七里八乡的人都会过来观赏。前些年,有一次我专门过去,约好同去的朋友虽然也在现场,但根本见不着,人山人海,路边的车停了一两公里。

这里的"花供"早就列入了山东省非遗,不知道现在是否已经属于国家级非遗了。其实,是不是非遗倒没那么重要,只要一直能够这样办下去就很好。一年又一年,花谢了又开,花供散了又摆,永存的是信仰,不败的是热爱。

过年做那么多种馍,确实要费不少功夫。家家都会把揍馍当成过年的第一件大事来办,要一家人齐上阵,和面的和面,烧水的烧水,还要有总指挥,掌控馍的总数以及馅的甜咸。嫁出去的女儿也会回娘家帮忙,娘家的馍做好了,再做婆家的。

刚出蒸笼的馍最好吃,就是什么馅也没有的大白"蒸馍",也能嚼出股甜味儿,要是再就着根剥好的葱,一气儿就能吃两三个。曾有朋友给我留言,说三十年前,他上初中,住校,有一年放寒假回家,家里刚做好了过年的馍,他一口气吃了六个"蒸馍",吃得爷爷在一旁掉泪:"这孩子在学校咋饿成这样啊!"

那时春节期间,所有商店都会关门,所以,要用这些馍去保证一家人过年的口粮。家里人多，老人、孩子，还有来串门的亲戚，年前做好的馍，至少要吃到正月十五，甚至二月二。没有冰箱的年代，要把做好的馍放在缸里、菜橱里。这个年若天气冷，馍不会变质；若天气热，过了年，就开始生出霉点。人们把斑斑点点的皮剥去，馍依然可以吃，没有人会把馍扔掉。霉点产生的早晚对应着春节的冷暖。但不管怎样，正月初十之后，馍就要剥皮了，有时剥了皮，依然有一种微微的酸味，那也是过年独特的味道。

后来，再快到过年时，我给家里打电话，都会嘱咐母亲少做些馍，现在春节到处都有新鲜的蔬菜和肉蛋，馍更好买了。但母亲总还会少做上几种，仿佛不做馍，就不像过年，只要过年，就必须做馍。

用普通的面粉和食材，把馍做出那么多的花样，也是祖祖辈辈的人们积累的智慧。在那些漫长的冬天里，他们没听说过什么"匠心"，也不知道如何去表达，但把枯燥的生活打造出乐趣，他们一直认为理所当然。

十年前，我在姥娘家走亲戚，表弟负责扣蒸碗。姥娘家那个小院一晃也拆了好几年了，扣蒸碗的表弟自称从谢霆锋长成了谢贤，年依然会过，却没人会像当初那样揍馍了。

潭溪山，悬崖上做梦的地方

中国的名山大川多，去多了，反觉不出多好。尤其是怀着过高的期望，走马观花一遭，反而会失望。看山还是山，看水还是水，就像明星，其魅力在舞台上、银幕中、荧屏里，素颜生活有落差。

有些山川，虽名不见经传，偶然见了，反使人印象深刻，像朋友一见如故。

如，潭溪山。

潭溪山归淄博管辖，但它个高腿长，不听话，一步走大了，就跨到了潍坊。要给它号脉，既是泰山山脉，又是沂山山脉，山东的"任督二脉"在此交汇，打通。

去潭溪山，可先到山下的峨庄转转，这是一片藏在深林里的古村落，这里有齐桓公悬羊击鼓的旧址，还有始建于隋唐时期的三教堂，抬眼就能看见潭溪山。

过去，潭溪山并不叫潭溪山，这里最有名的地标有两处，一是古青州八景之一的升仙桥，又名下天桥，是两块巨大的拱石形成的天然石桥，把两山的悬崖连在了一起，仿佛是老天爷彩票摇号时卡住了号码球，让潭溪山恰好中了这个奖。

这座桥北，就是第二处名胜，是一个天然石洞，传说明昭阳太子曾在此处避乱，故称昭阳洞。

昭阳太子就是明代著名的嘉靖皇帝，但他出生在湖北，十二岁就袭为兴王，明武宗驾崩当天，才被正式宣布为皇位继承人，所以也不知道"太子"的称呼从何而来，至于避难一说，更是无从考证。《昭阳洞记》的碑文也只是提了一句："此乃父老流传，未有确徵。"不过，此洞在嘉靖年间倒是重修过，大概也是为了找个理由。不过，这个理由并不重要。嘉靖爱来不来，今人爱来就来，来了会爱来。

潭溪山，自然有潭，有溪，有自然。久在樊笼里的人，进了山，仿佛就成了陶渊明笔下的飞鸟，要找片林子栖息，恰好，酒店正是潭溪山的特色。除了平常的房间、木屋民宿，让人吃惊的，还是悬崖酒店。

悬崖酒店，自然在悬崖上，又和自然融为一体，坐电梯上去，大概有八九个房间。每个房间都比一般的酒店房间大一倍，靠着悬崖的一面，是透明的落地玻璃，一旦打开窗帘，窗外就是一幅纯天然的巨幅山水。这幅画的颜色会变，春天粉红，夏天青绿，秋天金黄，冬天雪白。晚上做的梦，也是五颜六色的。

我打听了一下，悬崖酒店住宿价格不菲，但潭溪山的酒店有各种价位，普通的房间和城市里的商务酒店差不多，能满足游客的不同需求。现在山上还在建洞穴酒店，等过段时间建好了，最贵的一个房间大概上万元，我猜不出谁会来住，不过，到时候会专门配上直升机停机坪，我想，住这里应该是免停机费的。

和很多景区不同，潭溪山的饭菜很好吃，也不贵，并有特色。

肉嫩汤香的青山全羊，传承了青州和临朐全羊的风格，博山菜代表作豆腐箱做得也不差。我第一次吃到的清脆甘甜的花生芽，都是山上的农场自己种的，还有太河水库鲜活的河虾，炸得酥脆。另有一道峨庄独有的山乡肉蛋，用腌过的肉丝挂面糊，炸成鹌鹑蛋的形状，炖在酸辣适中的汤里，现属于淄博市非遗。

淄博吃鱼砸汤的风俗在潭溪山也同样适用，一条鱼吃得只剩头尾，可让厨师回锅砸汤，加醋、胡椒粉，再甩上两个鸡蛋，比鱼肉的味道还美。通常来说，一条鱼只能砸一次汤，若客人厚着脸皮，多砸一次，厨师大概也不会拒绝，也不好再多加钱。早年间，有顾客每去酒店吃鱼，都砸上三四遍汤，把鱼刺都咕嘟化了，还意犹未尽。据说，有位老人去外地看他在酒店后厨打工的儿子，没打招呼，直接点了一条鱼，吃完后砸汤，一遍，两遍，等到第三遍的时候，儿子出来了，说：

"爹，我就知道是你。"

从济南去潭溪山，两个来小时车程，一半在高速上。济潍高速通车后，一个半小时就能到，省下这一个小时，可在悬崖上多做一个梦，亦能多砸几遍鱼汤。

海鲜到底怎么吃？

早年间，老贾做过厨师。这件事我一直怀疑，因为我从未见他做过菜，也没听他讲过做菜的门道，印象中他仿佛对庖厨之事毫无兴趣。"你怎么能做厨师呢？"我问老贾。他解释说，自己做厨师的地点是青岛，都是做海鲜，蒸一下，或者煮一下就完事。

在去青岛之前，蒸煮都是老贾从未接触过的"黑科技"。他当年从老家去青岛打工，好不容易找了家小饭馆上班。第一天，老板让他烧壶水，但他不知水什么时候才算烧开，于是，从壶开始响，他就点上一支烟，站在外面，装作忘了烧水这回事。一会儿，老板气急败坏，说水开了怎么都不知道提壶？老贾才记住了水开时的动静，避免了在今后工作中哪壶不开提哪壶。

山东的海鲜，确实也只需要简单蒸煮就可以吃。很多沿海城市的民宿，通常都提供海鲜加工服务；一些饭店也允许客人自己去买海鲜，提溜过去，收一些加工费，帮你把海鲜做熟。这种吃法虽然简陋，但原汁原味，剥开一个贝壳，里面都饱含大海的味道。

当然，沙子也是大海味道不可分割的一部分。

把海鲜做好，还是需要技巧的。最高的技巧，是看起来没有技巧。日照有家"山东八大碗"，海鲜做得精细，其中最有代表性的，是鱼汤。不同季节，用不同的鱼，混合着炖在一起，炖的时间，要根据鱼的不同种类去设定，肉不能老，汤不能淡，每一口都鲜得惊人。

"山东八大碗"的老板绰号"乔掌门"，年轻时是渔民，跟着渔船下海，晕船。其实所有人都晕船，只是大多数人晕晕就好，有人则永远晕，上船就晕，一直晕到下船。乔掌门属于后者，所以，他在船上什么事也干不了，只能做饭。船上没多少种食材，他每天都会把刚捕上来的杂鱼炖在一起，哪种鱼炖多久，哪种鱼和哪种鱼一起炖多久，乔掌门渐渐了然于心。后来，他实在受不了晕船，就在海边开了家饭店，从鱼汤开始，做成了一家大型餐饮企业。

乔掌门做的鲅鱼酱也特别好吃，尤其是蘸上大葱，就着玉米饼子，比吃把子肉还过瘾。

山东虽产大葱，但做海鲜用得少，比如梭子蟹，基本上都是清蒸，但在浙江沿海，梭子蟹却常被做成葱油口味。我有一年去宁波，待了三四天，每晚去酒店旁的小饭馆，点上一只梭子蟹，喝瓶黄酒，浑身舒坦，回去睡成一只死蟹。

舟山的嵊泗列岛，最有名的美食是带鱼。带鱼可以清蒸，也可以和白菜煮在一起，叫"带鱼煮冬菜"。这道菜还有首很好听的民歌："蓝天走云彩，渔灯点大海，海蜇走路虾当眼，礁岸生淡菜，带鱼煮冬菜呀……"

我那次去嵊泗列岛，是中秋，没吃到带鱼煮冬菜，正赶上当地的开渔节。头天晚上，村主任宴请村里要出海的渔民，村食堂门口，我看到几十条黑黢黢的赤膊大汉从里面走出，像《水浒传》里的梁山水军。我想，对于他们来说，海鲜怎么吃或许并不重要，重要的是他们明天的远航，是否可以平安归来。

福建我去过好多次，用海鲜做的小吃挺多，福州的鱼燕，厦门的海蛎煎，都不错。不过，要论吃，我还是喜欢泉州和漳州，吃得特别有烟火气。

海鲜的吃法永远分两派，一是原汁原味，比拼的是食材本身，只是越比拼成本越高，许多海鲜已经不需要做，似乎看一眼就吃下去了其名贵。然而，海鲜也是食材，治大国若烹小鲜，想让"小鲜"发挥出最佳状态，绝不能那么简单粗暴。所以，精工细作绝不是用重油浓酱去破坏海鲜的原味，相反，做好了，能弥补其不足，展示出海鲜更好的一面。

真要给吃海鲜分三层境界，第一层是吃鱼是鱼，吃虾是虾；第二层则是吃鱼不是鱼，吃虾不是虾；最高境界是第三层，吃鱼还是鱼，吃虾还是虾。吃海鲜，还是吃海鲜。

青青之岛

请问，你是哪里人？山东人。山东哪里？淄博，菏泽，潍坊……诸多答案里，通常没有青岛。青岛人大多不会先说自己是山东人，面对第一个问题，张口就说：青岛。

在山东，青岛是最骄傲的。这种骄傲，往往毫无掩饰，溢于言表之中，透着对家乡的爱。青岛人没有不爱青岛的，觉得青岛什么都好，至少是中国最好的城市。北京？忒堵。上海？忒大。广州？忒热。杭州？没海。厦门？没好喝的啤酒。

青岛人对家乡的爱，并非眼含泪水式的深沉，而是外露的，像海风，四处散发其独特的气息。或许，也只有青岛人，对自己的家乡爱得如此明目张胆，爱得霸气侧漏，爱得无怨无悔，爱得忠贞不渝，除非海枯石烂。当然，真海枯石烂，青岛就不是青岛了，但也变不成沙漠戈壁，或许，会是一片青青的草原吧。

青岛，确实有骄傲的资本，这座城市容易让人一见钟情。钟塔高，让火车站像一座教堂；栈桥长，探入弯月般的海湾深处。八大关的"红瓦绿树，青山碧海"，康有为曾说"为中国第一……恐昔人之仙山楼阁亦比不及"；崂山观山海、西海岸沙滩度假，都极其美妙。而且，青岛是国际范儿的，举办过奥运会、上合峰会……再论经济发展，GDP领先山东各地，从一直强劲的海尔、海信、青啤等老牌企业，到今天迅速发展的新动能，青岛一直在乘风破浪。

青岛唯一被诟病的，就是文化。

事实上，青岛建制虽不过百十年，但其文化含量颇高。名校比济南还多，哈工大、中石大都在青岛设了分校；济南有山大，青岛也有分校。今天的中国海洋大学鱼山校区，便是曾经的国立山东大学，闻一多、沈从文、老舍、梁实秋都在那里待过，可谓名师云集。

再往远里说，青岛辖属的这片土地，历史亦是悠久。很早，这里就有人类生活。贝丘遗址出土的文物标本，属北辛文化时期，距今已有六七千年。

那时的青岛，应是荒凉而有趣的。天和海的蓝色都比现在深，陆地要缩回十几里，海产品尤其丰富，每日退潮，沙滩自动变成一个海鲜市场，免费自助，随便拿，边拿边吃，遍地刺身，不蘸料，全是野生的。那时海鲜个头大，考古发现的海蛎子比如今大几十倍，吃剩下的大壳，四只手盖不住。另外，说起来，当时的人们更有钱，以贝为币的时代，沙滩还是一个印钞厂，俯首可拾。五贝为一串，两串称一朋。朋友，最早可能就是一起捡贝壳认识的。

贝丘遗址在青岛有不少，即墨区里就很典型。北宋的海上重要贸易港口有密州板桥镇，属青岛胶州市。明朝时，迁来大量移民、军户屯垦，他们和沿海渔民共同在海湾畔安家。因海中有一小岛叫青岛，故称青岛村，村南小河叫青岛河，村东南小山为青岛山，后来有了青岛口。清光绪年间，正式建制为青岛。

青岛刚成为青岛，不久就被德国人占去了。始作俑者是李希霍芬，这位地质学家多次在中国考察，助长了德国抢占胶州湾的野心，使青岛一度沦为殖民地。不过，李希霍芬确实也是一位了不起的地质学家，"丝绸之路"的命名也是受他的启发。所以，相声里说"流氓会武术，谁也挡不住"，那么，强盗有文化，比啥都可怕。

当然，即便把时光追溯这么久远，和中原的诸多地方相比，在历史方面，青岛仍是不占优势的。但这恰恰成就了今天的青岛：一个没有历史桎梏的青岛；一个没有糟粕枷锁的青岛；一个心地单纯的青岛；一个简单直接的青岛；一个依然拥有青葱年华的青岛。这个青岛，因海洋而诞生，因海洋文明而崛起，人们可以看到它扬帆远航的样子。

因为离得近，我去过无数次青岛。第一次，甚至记不起是哪年。我使劲往吃上想，应该是我初吃爬虾那年。四五月份，爬虾最肥的时候。当时我根本没吃过爬虾，之前连见也没见过。在一位青岛的同事家里，海边的渔村，我很尴尬地观察别人如何扒虾，再试着把虾壳一点点扒开，挺费劲，差点划破手，好不容易看到虾肉了，赶紧放嘴里吸，带着虾籽，味道美不可言，可谓终生难忘。

还有一次，在青岛的黄岛吃立虾，渔民刚捞出来的，煮煮就端了上来。吃之前有些轻蔑，这有什么吃头？个都不太大，且长短不一，剥一个虾仁，嘴里一嚼，鲜得差点哭出来。瞬间觉得人仿佛掉进海里了，忙就着72度的琅琊台酒猛喝一口，热辣之气一顶，才浮出海面。

在青岛吃海鲜，还有一种独特的方式，就是自己去海鲜市场采购，然后用网兜提溜着，找家小店，帮着加工，只需一些加工费，就能吃得随心所欲，不亦乐乎。

青岛的海鲜好吃，关键是食材好，普通的蛤蜊洗干净，水煮一下都是一锅鲜。我有一个老乡，曾在青岛做过两年厨师，我从未吃过他做的任何菜，常对他的职业履历表示质疑。他说自己只会炒土豆丝，因为到饭店应聘，老板往往会让炒土豆丝，土豆丝炒好了，证明刀功和火候掌控没问题，至于别的菜，他说都是海鲜，无非蒸煮，拿捏好时间就可以了。

这个老乡后来到济南从事房地产业多年，但他尤爱青岛。每年带家人去青岛玩，还憧憬着未来去青岛养老。二十多年前，他刚到青岛，出火车站就被一辆黑三轮拉到死胡同里，搜走了藏在袜子里的五十块钱（幸好内裤里还藏了二十块钱），举目无亲，到劈柴院的一家小饭馆，问老板缺不缺服务员。老板留下了他，包吃住，发工资，只是每月工资都要扣一部分。到了腊月，放假前，老板把他叫来，不光把钱全部结清，还多发了几百，说："平常我是帮你攒着点，要不，你怎么回家过年啊？"

在青岛，确实可以感受到这种善意。街边问路，青岛人都比画着说话，恨不能带你到目的地。要找青岛的朋友喝啤酒，不管是谁，都能一直奉陪到底。开始是他举杯，你也举杯，后来肯定是你举杯，他就举杯，一直到你醉了，他不好意思不醉。青岛，醉人。

若找青岛媳妇，回青岛更要练好酒量，还有酒胆，至少，也要具备一流的酒品。青岛媳妇的兄弟姐妹，叔舅姑姨，只要身无大恙，喝啤酒差不多就像喝水，甚至比喝水容易。酒量不好，尚可照顾；酒胆太小，或被嘲笑；酒品不正，则被鄙视。我有一朋友，酒量奇大，平日白酒喝一阵换啤酒，最后再换回白酒喝。我每次与他喝酒，必先早退，一路上断着片儿回家。他便是找了位青岛媳妇，据说，第一次回门，他还艺高人胆大，酒桌上，摆出了来者不拒的架势，没想到小姨子上来满满几扎，就让他人仰马翻。我这位朋友至今心有余悸。

到青岛，不喝啤酒也没意思。这里的啤酒就像海水一样多。青岛的生啤最好喝，盛在一个个大铝罐里，同样是青岛啤酒厂，又分一厂、二厂和五厂等，据说现在统一了标准，酒都一样。但我感觉还是有细微差别，比如五厂的浓，二厂清淡一些，或者恰恰相反。我去青岛时，通常几个厂的都喝，喝到最后，也顾不上什么厂了，能站起来，就好。

青岛，真是难得的地方。它可以是喧闹的，也可以是寂静的；可以是热烈的，也可以是孤独的；可以容纳欢乐，也可以包容悲伤。高兴时，你随便就能找个海边，冲大海嗷嚎几嗓子；难过时，也可以找个海边，痛快地哭上几声。

大海，无所谓的。但它可以用浪花抚慰，轻拍礁石般的心肠，也可以默默地注视一座城市，从无到有，从小到大，从年轻到苍老。

聊聊聊城

若无聊城，山东的美食多少显得有些无聊。聊起聊城的美食，最能聊的，一定是下面的县，阳谷、高唐、东阿等，说每处乡镇都有特色，亦不为过。

但这次，我想先聊聊聊城。这座明代的东昌府，运河畔曾经的繁华都邑，因聊河命名的城市，不光美食有得聊，文化更有得聊。

聊美食之前，先聊聊文化。

聊城的文化，大写着一个"屈"字。光岳楼就屈。在各种新修的仿古建筑之中，光岳楼虽高高耸立，如鹤立鸡群。然而，比起下面能把鸡挤下蛋的游客，登楼的人寥寥无几，上去远眺，仿佛听到风声鹤唳。

这也不能怪游人无见识。光岳楼的知名度远低于其价值。这座建于明朝的过街式楼阁，依然基本保持了原貌，四重檐，十字脊，雄伟又不失秀丽，在中国建筑史上地位甚高，于山东这片土地上,绝对是最美古建,但又有多少山东人知道呢?

就连手拿小旗的导游,都对团里的大妈说,光岳楼外面拍张照就行,里面没意思。

我正好听见,很想停下来,问一下导游,光岳楼为何没意思?连光岳楼都没意思,什么有意思呢?只有卖特产的购物店有意思?施闰章笔下"泰岱东来作翠屏"的光岳楼,竟被一名导游如此草率地否定。

光岳楼身板越挺拔,就显得越委屈。难怪。五百多年前,就有人为这座楼叫屈。明代的吏部考功员外郎李赞,一边点赞,一边感慨:"因叹斯楼,天下所无。虽黄鹤、岳阳亦当望拜。乃今百年矣,尚寞落无名称,不亦屈乎?"

几百年过去了,重建于清代的岳阳楼和重建于1981年的黄鹤楼,再加上重建于1989年的滕王阁以及2002年的鹳雀楼,都远比光岳楼引人注目。光岳楼从建成到现在,屈了六百多年。屈就屈在来访人中,没有李白、范仲淹,没有王勃、王之涣。虽康熙登过四次,乾隆登过六次,但对一座楼来说,皇帝的影响力抵不过一篇文章。乾隆为其多次题诗,但怎么能比得过大诗人一首呢?

山陕会馆也屈。作为大运河畔规模庞大也异常精美的一座会馆,这里见证着聊城清代时商业的繁荣。建筑清秀,木雕精美,在山东,亦寻不出第二个。

屈，也屈在这里。曾经，聊城是会馆林立的，有名的就有八大会馆，但大都在民国时消失了，只留下山陕会馆这根独木。

聊城的古城墙也是极其壮观的，但在1947年被拆除了。拆除原因据说是聊城墙高水深，易守难攻，解放军担心国民党再打来占住，日后不好攻城。从战略上，这个说法确有道理，聊城四周全是水，再加上结实的城墙，绝对是攻城者的噩梦。《水浒传》中，宋江和卢俊义约定，打胜仗者为山寨之主，他分兵东平，让卢俊义来打东昌（今聊城），或许就有阴谋。若不是飞石高手"没羽箭"张清主动出城偷袭，反被活捉，恐怕宋江加上卢俊义一起也打不下东昌府来。

玉麒麟卢俊义，也和聊城一样屈啊。

作为清代四大藏书楼之一，海源阁更是提起来就让人叫屈不迭。从道光二十年到清末，经过藏书家杨以增四代人的苦苦搜集，海源阁曾藏书二十万八千三百卷有余，其中有诸多宋元珍本，为稀世之宝。当初，写《老残游记》的刘鹗冒雪赶来借书，都被拒之门外。如此珍视藏书的海源阁，依然难逃战乱的悲剧，从晚清到民国，海源阁迭遭破坏，所藏图书大部散失，只有一小部分辗转收入北京图书馆和山东省图书馆。

海源阁屈，多少书一本本"屈死"。在匪兵手中，"做饭用书烧火，睡觉用书作褥，吸大烟用书，擦枪、拭灯、擦桌子、擦鼻子无不以书为之，致价逾连城之古书，几破坏净尽……"

纸书脆弱，经不住毁。读书人也脆弱，命薄如纸，但思想是坚韧的，强大，生生不息，不会被战火焚毁，不会因黑暗熄灭。

聊城文化的屈，绝非屈服。相反，带着一种天生的倔强。于沉默中，光岳楼一般矗立；于寂寞中，山陕会馆一般凸显；于荒芜中，海源阁一般散落天涯式地存在。

那么多漂泊在外的聊城人，有谁不念自己的故乡呢？故乡的文化，故乡的滋味。

我这个聊城的过客都在心里常常惦记。每去聊城，除了文化，满脑子想着的便是吃了。

聊城的滋味是有声的，比如呱嗒。这种类似肉饼的食物，名称来自它翻个儿时的动静。烫面和死面混合的皮，包上肉馅，也可加鸡蛋，称之为"风搅雪"。呱嗒通常做成椭圆形状，在铁鏊子上煎烤，渐渐变黄之后，用铁叉子铲起来，呱嗒一声，再烤另一面。

呱嗒最好的吃法是夹在吊炉烧饼里。聊城的吊炉烧饼也好吃，粘芝麻的糖稀烤出来还微微粘嘴，正好解呱嗒的油腻。一起咬下去，麦香，肉香，油香，蛋香，芝麻香，复杂的味觉被集体唤醒。

我第一次去吃呱嗒时，头天晚上喝多了，浓睡不解残酒，既没精神，也无胃口。直到第一口呱嗒下去，我迅速就兴

奋起来，又喝了一碗胡辣汤，就有了小时候玩的电子游戏主角加满血的感觉。我要是游戏设计者，立刻就换了那些加血的道具，什么鸡腿、烧鸡，换成烧饼夹呱嗒最符合实际。

烧饼除了夹呱嗒，还可以夹八批。所谓八批，应归属于油条类，但在油条中，八批堪称巨无霸。油条通常是两股拧一根，八批则是一股分八条，更为酥脆，也更为美观。

八批又称八批果子，这应该和运河文化有关。作为运河的重要码头，天津是把油条称作果子的，所以有了著名的煎饼果子。油条又是从南方传来，最早或许是点心的一种。八批果子当初也是可以当成点心送人的，油纸包好，用草绳系在自行车把上走亲戚，既好看，又好吃，亲切并实惠。

聊城有一条小吃街，叫育新街。每天早晨，各种小店都排着队。和许多城市集中开发的美食街不同，这条街并没有被包装得古色古香，而是完全自发形成的，保持了最大程度的原汁原味。比如呱嗒，很多地方为了速成，多是只用油炸，而这边的彭家呱嗒依然保留了传统的烤制方法。店主人肩宽臂长，一脸油烟熏出的肤色，我去吃过两次，第二次和他合了一张影。合影时，他嘴里喊着"快点快点"，快门呱嗒一声按下，他扭头就冲进去翻呱嗒了。

所以，我替聊城的美食也叫一声屈。包括聊城菜，其实特色鲜明，是鲁西传统菜和运河风味的融合，可惜名声甚微。或许，正因为这样，才保留下更多的美味。

比如有家私房菜馆，地点在聊城杂技团，老板是经营服装生意的，却又酷爱做菜，就弄了两三个包间，专做特色土菜。

其中，有几道用茄子做的菜让我印象极其深刻，因为我平日不爱吃茄子，但他把茄子做得实在是出神入化了。据说，他还在聊城大学赵勇豪教授的指导下，根据《红楼梦》中的做法，试做了茄鲞，果然没有成功。再次证明曹雪芹写茄鲞，靠的是想象力，并无实操经验。

这家私房菜馆离高速口很近，有朋友路过聊城时可去试试，值得一吃。运气好了，能赶上茄子宴，但必须季节合适才行。吃完了，浑身的舒坦劲儿，生活中有再多屈，亦无妨了。

我第一次去聊城,是这个世纪初。妹妹在聊大读书,那时聊大还是聊城师范学院,简称聊师,但要给三轮车夫说去山师,否则会被带到另外一处地方。因为山师曾迁到聊城一阵子,才留下了这座大学。我那次去,感觉聊城实在破旧不堪。再去聊城,就是七八年以后了,那里已是小有名气的江北水城,满眼湖光,和印象中的聊城大相径庭,完全像换了个新地方。

后来,我又去了数次聊城,每次回来,都想给更多人聊聊。

就算聊结巴了,也要聊聊聊城。

四时

SI SHI

    春天是可以吃的，也可以喝。舌头会在第一时间告诉人们春天的味道。我觉得，春天的菜好吃，是因为气候和土壤。刚刚复苏的土地让叶子、花朵以及果实都带着一股欣喜，再加上春风拂面，春光明媚，让食物也拥有了春天的心情。

曹县的年下

老家曹县的除夕最像除夕，只是，老家人不常说"除夕"这个词。这里的人们管春节叫"年下"，过年期间就是"大年下的"，除夕，就叫"大年三十"。

和正月初一相比，儿时更盼着大年三十。因为相对来说，正月初一有些过于郑重，凌晨四五点钟，就要从好不容易才暖热的被窝里钻出来，在此起彼伏的鞭炮声中下饺子。初一早晨只能吃素馅饺子，只为新的一年图个"素净"。并且，这一天小孩不能乱说话，万一说了不吉利的话，撞了"谐音梗"，会被大人责怪，挨顿揍也有可能。大年三十就轻松多了。上午，家里的大人开始包饺子，肉馅的，咬一口流汤冒油，中午吃之前，先贴春联。春联用的糨糊是自己熬的，这边用面粉和水熬着，那边用小铲子把去年掉了色的春联刮下来，然后找个刷子，在同样的位置刷上熬好的糨糊，比量着把春联贴好。按老家的规矩，不管在外面欠了多少钱，只要贴了春联，债主就不能在过年这段时间登门讨债。所以，也有提前一两天就贴春联的，他们心里多少有些忐忑，但不好意思明说，贴春联时遇上邻居，便笑着解释几句："早贴早清净！"

除了贴春联，院门两边还要挂上两把柏树枝，最初是为了给门神烧香，因为柏树枝水分大，不易燃烧，插香比较安全。另外，柏树枝有特殊香味，能驱赶蚊虫，又被赋予了驱邪避凶、保家宅平安的寓意。再加上柏树寿命长，树枝四季常绿，也算是对全家健康长寿的期盼。芝麻秆在这一天也被派上了特殊用场，尤其是在农村，天黑前，家家都会把芝麻秆撒满院子，这个习俗被称为"撒岁"，孩子们在上面踩得咔嚓响，意味着"碎碎（岁岁）平安，芝麻开花节节高"。关于撒岁，还有一个传说，大概意思是姜子牙的老婆是铁扫帚星，为防止她到家里来，就用芝麻秆来布阵，只要她落下来，芝麻秆就会扎她的脚，然后她只能再飞出去。这个故事很有画面感，我一想到姜子牙的老婆像超级马力欧那样蹦蹦跳跳，嘴里或许还骂着街，就觉得做神仙也得做个好神仙，要不然太狼狈了。

有的神仙则深受欢迎，比如灶王爷，小年上天汇报工作，大年三十就要回来，财神爷更是被待见。为了迎接他们，很多村甚至夜不闭户，只在临睡前，门里横一根木棍，据说是能挡住家里的钱往外流。所以，芝麻秆还有一个实用功能，就是防贼，如果有小偷进来，芝麻秆也能相当于报警器。

大年三十晚上的年夜饭自然不用多说，按照老传统，吃之前先烧香，尤其在农村，不光在祖先灵位和诸神前烧香，还要在门、磨、碾、碌、井、粮囤、粪堆上各插一炷香，烧了全香，才能开始吃。不过，城里过年要简单许多，主要功夫还是放在年夜饭上，每一家都会做最好吃的饭菜：牛羊肉、蒸碗，再炒些冬天不容易吃到的青菜。我们家每年都会炒"皮杂"，那是一道县城特色菜，做法是将提前泡好的花生米去了内皮，再把泡软的绿豆粉皮切成丝，和肉丝、葱姜丝一起在锅里炒熟，这道菜的关键在于一定要用香油炒，才能出味。另外，这道菜又名"经叨"，就是经得住筷子叨（夹），过去生活条件差，大块的肉、鱼一端上来，一桌人夹几筷子就没有了，而花生米、肉末每次只能夹一点，味道又精致耐品，尤其下酒。

对孩子们来说，大年三十还有一件事尤其令他们兴奋，就是收压岁钱。老家方言称"带岁钱"，或"压腰钱"，意思就是这天晚上，兜里必须有钱，压在腰上，用来辞旧岁。我记忆中，小时候的压岁钱是从几毛钱开始的，渐渐变成几块钱。一块钱是红彤彤的"女拖拉机手"；两块钱是深绿色的"车床工人"；五块钱是黄褐色的"炼钢工人"；后来就是十块钱的"大团结"；再到十块钱的"陕北农民"……再后来，就没有人给我压岁钱了。等到我给别人发压岁钱时，都是红艳艳的"毛爷爷"了。

压岁钱的多少，每家都不一样。我记忆最深刻的一件事，发生在邻居家三个孩子身上。他们虽住在城里，但都是农民，父母除了种地，平日还干些装卸、搬砖的零活，日子过得比较清苦，住的土坯房阴冷潮湿，平日连门都不锁，常年有一股霉味。我和这三个孩子玩得很好，记得老大爱读书，爱听收音机里的评书；老二是个女孩，兜里永远装着一条手绢，不是用来擦手，而是赶上周围有人结婚，孩子们都去抢喜糖，她抢来的喜糖不舍得吃，小心翼翼地包在手绢里；老三最调皮，鼻子下面经常挂着两串鼻涕，忽长忽短，跟在哥哥姐姐后面捣蛋。有一年大年三十，我们在胡同里放着炮仗，天都黑了，他们父母还没回来，兄妹仨有些着急。又过了一会儿，兄妹仨远远看到他们父亲骑着自行车，摇摇晃晃地过来，车后座上绑着干零活的工具，脸色通红。我跟着他们回到家，他们的父亲满身酒气，衣服上都是泥点子，严肃地对三个孩子说："你们都跪下，给我磕个头。"然后，他从兜里取出一张五毛的，给了老大；又掏出一张两毛的，给了老二；最后掏出一张一毛的，给了老三。说实话，那时大人给我的压岁钱已经至少一两块了，但我不知为什么，心里突然涌出一种感动。兄妹仨从地上起来，拍拍头上的灰、身上的土，脸上露出的喜悦仿佛发出光来，照亮了昏暗的房间，照亮了一个温暖的大年三十。

去年，我回县城拍片子，中间难得有半天空闲时间，和画家刘明雷去找小时候住的胡同。县城变化太大了，我们只能找到大概的位置，停下车，进去转悠。好在那一带胡同还没有拆迁，我又到了当初的家门口，房子自然早已易主，翻盖成了二层楼，后面的楝树还在。我和树下坐着的一位老太太聊起来，三十多年了，她竟然还认识我，知道我小时候住在这里，又说起邻居兄妹仨，他们家还在，房子盖得不错，门楼很高。老大学业有成到了外地工作，老二的孩子也很大了，可惜老三前几年出了一场车祸，人不在了，留下几个孩子……

我吃了一惊，脑海中一下就涌现出小时候在一起玩的日子。他们未必都能记得我，但我很想知道，他们是否还记得，那个被我偶然见证，并留在永恒记忆中的大年三十。

今年，老家曹县要办春晚，我写了一首歌《回曹县过年》：总是会梦到小时候过年，新衣服里塞着压岁钱，窗外的雪下了一晚，盖过院子里撒的芝麻秆。妈妈的饺子包的是素馅，说这样就可以素净一年。爸爸让我把鞭炮点燃，让魑魅魍魉都烟消云散。总是会想起这样的画面，爷爷的对联墨迹未干，奶奶扣好冒热气的蒸碗，寒冷的屋子里那么温暖。一碗又一碗……一年又一年……

元宵的元宵

物以类聚,节以食分。春节吃饺子,端午吃粽子,中秋吃月饼,元宵自然也免不了俗。只是,元宵吃的,本身就是节日的名字——元宵。这一点,别的节日学不了。

作为一种食品,元宵和这个节日也特别般配。元宵节过去是上元节,上元的元,宵夜的宵,上元节的夜晚,天上一轮明月,碗中一团元宵,形神兼备。尽管中秋的月饼也是月亮的模子,但只是平面的,元宵3D立体,造型上,对月饼降维打击。

有一个老生常谈的话题,就是元宵和汤圆的区别。其实,南汤圆、北元宵的格局,明朝就已形成。

明代刘若愚在《酌中志》中记载:"其制法用糯米细面,内用核桃仁、白糖为果馅,洒水滚成,如核桃大,即江南所称汤圆者。"二者最根本的差异,在于完全不同的制作方法。汤圆,像一些女孩子特别喜欢的一件事——要包。元宵,则像没能给这些女孩子买包而导致的结果——要滚。

滚元宵,也称摇元宵。先做馅,放簸箩上摇,轻轻洒水,让糯米面滚到馅上,成一圆球。

这种独特的做法,只属于元宵。而且,无论是什么馅,都能滚出元宵来。记得少马爷曾有段相声,一个人一边抱着穿开裆裤的孩子,一边摇元宵,没注意,孩子拉了个屎蛋到簸箩里,也滚成了一团,顾客吃时,看颜色,还以为馅是豌豆黄儿的。

今天有人尝试用巧克力滚元宵,我没吃过,味道应该不错。至少,比"豌豆黄儿"可口。

元宵也好,汤圆也罢,许多传统食品,都包含了中国人的一种价值取向:含蓄低调,藏而不露,绝不能金玉其外,败絮其中。西方饮食则不然,汉堡的馅都外露,一层层清清楚楚;比萨更是如此,馅摊在饼上面。所以,食物绝对能体现民族性格。

吃元宵的元宵节,有许多有意思的风俗,比如张灯结彩啊,歌舞百戏等。其实,在古代,元宵节就是一个特别放松、特别嗨的节日。因为许多朝代都有宵禁,晚上不允许百姓出门,但大多都会在元宵节放开,允许百姓自由活动。

四大名著里面,全有元宵节的事,因为这一天确实容易有梗。以《水浒传》为例,"宋江夜看小鳌山,花荣大闹清风寨""时迁火烧翠云楼,吴用智取大名府""李逵元夜闹东京"等，都尽着元宵节折腾。二十多年前的一个元宵节，我有几个朋友在县城看花灯时，也打过一场架，虽然他们都练过武，却寡不敌众。毕竟，三个人对二十多个，最关键的是，为了英雄救美，已经打起来了，才发现对方是二十多个……那时的年轻人也不太讲武德。

元宵节也常有爱情故事。尤其是古代，大家闺秀平日大门不出二门不迈，这天晚上则能去看看外面的世界，于是，爱情的火花比灯火绚烂，留下的遗憾也比烟花寂寞。

"去年元夜时，花市灯如昼。月上柳梢头，人约黄昏后。今年元夜时，月与灯依旧。不见去年人，泪湿春衫袖。"欧阳修的感叹，潜台词大概是：情人不见了，心里很难受。

"众里寻他千百度，蓦然回首，那人却在，灯火阑珊处。"特别想问辛弃疾，后面的故事，有没有成为事故？

所以，有人说元宵节才是中国的情人节，也有一点道理。七夕节按理来说不应该是情人节，过去是乞巧节、七姐节、女儿节……就算是按传说来，牛郎织女被分开了，怎么能是情人节？顶多是情人劫。

更确切地说，元宵节像是中国的狂欢节，每年一次的全民狂欢。不仅是汉族，其他民族也有各自的庆祝方式。狂欢的气氛下，便有很多出格的事，如辽金时期，契丹族于正月十三日、十四日、十五日的晚上"放偷"，女真族则于十六日的晚上进行"相偷"——即互相偷窃,主人发现后,提家用茶食糕点上门赎取。"放偷"过程中,偷得最多的,是菜园子里面的青菜,所谓"偷青"。个别地方甚至"不论男女老少,不待更深,饭后即出,到处汹汹,势同掠夺,各园主稍为疏防,即被一扫而空"。

除了偷菜,也偷别的东西,比如偷灯,甚至还偷人——明代崇祯八年刊行的《帝京景物略》,提及金元时期的"放偷节",说到"三日放偷,偷至,笑遣之,虽窃至妻女不加罪"。

还好,这种风俗后来就没有了。不过,别的风俗,似乎也越来越少了,那些绚烂的烟火,懵懂的爱情,爆棚的荷尔蒙,都在红尘中滚成了一团,在沸水里沉了又浮,成为元宵的元宵。

二月二，吃龙肉

尽管称自己是"龙的传人"，我们关于龙的节日着实不多。传统节日里，龙的元素也少，猛地一想，除了舞龙和龙舟，别的还真说不出来。所以，二月二算是唯一一个龙的主题节日，也称青龙节、春龙节、龙抬头节。因为从天上看，"龙角星"从东方地平线上升起；从地上算，春耕伊始，最需要龙来行云布雨，就算龙王爷像《西游记》里那样，帮孙悟空打几个喷嚏，也够用了。

被人惦记多了，就打喷嚏，龙应该也一样。人深谙此道，就在这一天集体惦记，让龙打起喷嚏不停。不过，印象中，前两年这会儿雨水少，或许是龙王爷戴着口罩，来不及摘，打完才扔，湿漉漉的，满天白云。

龙既然抬头，人也想跟着一起。很多人赶在这一天去理发，还念叨着"正月理发死舅舅"的传说，自己吓唬自己，也吓唬自己舅舅。舅舅给理发业带来的精神内耗不小，物质损失更大，不管是他大舅二舅还是三舅四舅。

龙尽管在天上，但民还是以食为天。二月二在吃法上不像端午、中秋那么统一，但都愿意讨个和龙有关的口彩：吃春饼名曰"吃龙鳞"，吃面条名曰"吃龙须"，吃馄饨为"吃龙眼"，吃饺子则叫"吃龙耳"，面条、馄饨一块煮叫作"龙拿珠"，吃葱饼叫作"撕龙皮"。有些地方还吃"龙舌""龙子""龙蛋"等，当然，这些都是人琢磨着起的名，要是真的吃这么多龙杂碎，龙王爷恐怕就打不出喷嚏了，直接吓尿了裤子。

龙一被吓，就变成了龙虾？这事要是被我的朋友虾老板知道，非得改成个段子。

"龙肉"自然也有人吃。有的地方把猪头肉称为"龙肉"；粤菜中颇为残忍的"龙虎斗"，是以蛇代龙；内蒙古、东北那边也有把榛鸡称作"龙肉"的，现在榛鸡属于国家一级保护动物，不能吃。

或许还有一个原因：人们认为什么肉最好吃，就把它叫作"龙肉"。听说很多年前某些监狱里的犯人，把老鼠肉叫"龙肉"，这些年改善了伙食，估计没人会吃这种"龙肉"了。

真正吃过"龙肉"的，在正史记载中，还真有这么一个人，叫孔甲，夏朝的帝王。《史记》中说"天降龙二，有雌雄"，孔甲就把龙当宠物养起来，聘了个高级饲养员，叫刘累，专职代养。刘累养死了一条，不敢告诉孔甲，就剁成酱，冒充野味给孔甲吃了，据孔甲说味道非常鲜美。但孔甲不知道是龙肉，吃完了，不过瘾，还要再吃。刘累心想再吃就出事了，龙不够，赶紧撒丫子跑了。

孔甲吃的龙，很可能是鳄鱼的一个品种，或是巨型蜥蜴。我打赌，不可能是真的龙肉，赌注是一条龙。

《聊斋志异》中有一个吃龙肉的故事，来自太史姜玉璇的口述，他说自己吃过龙肉，在天山南麓的沙漠，一个叫白龙堆的地方，从地上挖下几尺，就能看到里面盛着满满的龙肉。人们可以任意去割，吃多少割多少，敞开肚皮吃，只是不能说出"龙"字来。若有人说"这是龙肉"，就会有霹雳震响，把人击死。

这个故事尽管荒诞，却让我想起另一件事：据说，百年之前，生活在东北的满族人会吃"龙肉"，来自更靠北的北方，从地里挖出来。据吃过的人评价："嚼起来木咯滋的，没什么味。"如果有小孩问吃的是什么，大人就会说："吃吧，别问。"其仪式感和《聊斋志异》颇为相似。曾有人推测"龙肉"是猛犸遗骸，埋藏在西伯利亚永久冻土层中。不过，推测只是推测，因为没有留下实物标本，实难定论。

我当然没有吃过"龙肉"，老家县城过二月二，在吃上没什么特别的讲究，记忆最深刻的，是当初过年做的各种馍，有时太多了，一直吃到二月二。那时还没有冰箱，只要天暖和一点，馍就开始发霉。当时，谁也舍不得扔，馍的表面霉了，就揭了皮，再蒸透了吃，有的馍都揭几层了，吃起来有一股微微的酸味。

人们常说，过了二月二，年就过完了，就像2024年的二月二，不仅是龙抬头，也是龙年了。

春天是吃出来的

春天是可以吃的，也可以喝。舌头会在第一时间告诉人们春天的味道。

比起小燕子，香椿芽才是春天的使者。在桃红柳绿之前，它迫不及待地钻出枝头，刚伸个懒腰，便被等待已久的人们掐下来，放到盘子里。只需一点细盐，稍稍腌制，人们就可以吃得津津有味。若配上山鸡蛋，炒上一盘，黄绿相间，热气腾腾，更是鲜美无比。

榆钱要来得稍微晚一些，吃法却是多样，可以凉拌，可以拌着面粉蒸，也可以做成窝头。我尤喜欢榆钱窝头，蘸蒜泥或辣酱，将其盈握掌中，爱不释手。

等榆钱在树上变黄，槐花就要开了。雪白的槐花也是春天的美味，只是香气过盛，做的时候要把花汁挤干，否则能香出一股腥气，就难以下咽了。

晒干的槐花可以做馅，包饺子或者包子，掺上粉条和肥肉丁，解腻又解馋。不过，比起槐花，荠菜更适合做馅，咬一口，唇齿间全是山野的清香。

蒲菜追着春天的尾声浮出水面。济南的蒲菜是名声在外的，济南地方文献丛书《济南快览》中写道："大明湖之蒲菜，其形似茭白，其味似笋，遍植湖中，为北方数省植物菜类之珍品。"老舍曾对大明湖的蒲菜赞美不已。郁达夫来济南时，也专门写道："湖景并不觉得什么美丽。只有蒲菜、莲蓬的味道，的确还鲜。也无怪乎居民的竞相侵占，要把大明湖变作大明村了……"

我觉得，春天的菜好吃，是因为气候和土壤。刚刚复苏的土地让叶子、花朵以及果实都带着一股欣喜，再加上春风拂面，春光明媚，让食物也拥有了春天的心情。

我艳羡这些春天才有的植物，它们不用经历酷暑，也不用经历秋凉，更不用经历寒冬，在最好的时节生出来，在最好的时节离去，把最好的味道留给人间。

许多动物，在春天也格外诱人。"斜风细雨不须归"的时候，"桃花流水鳜鱼肥"；"蒌蒿满地芦芽短"的日子，"正是河豚欲上时"。东坡肉要配春天的新笋，郑板桥爱吃的鲫鱼，也要在"春风三月初"时和扬州的春笋一起烂煮。

在春天最好吃的海鲜是爬虾，亦称皮皮虾。它在春天产卵，肥壮的虾体内全是膏脂，肉质十分鲜嫩。对虾在清明前后最爽脆，蛤蜊和扇贝也适合春天吃。若海鲜只爱螃蟹，则要忍住，等到秋天，你才能吃到最好的味道。

春茶当然也是最好的，尤其是绿茶，明前最珍贵，然造假也最多。不管是龙井还是碧螺春,我觉得真正的雨前茶品质就已很高,若只喝明前,恐怕下肚的多是"年前"的秋茶。

我对普洱情有独钟,普洱没那么娇气,且可存贮。每年春天,我都会预订一批春茶,喝一些,存一些。不过,如今的炒作也过分,今年老班章和冰岛的古树茶价格又创新高,我自叹喝不起,就订了些滑竹梁子的新茶,据说,这是云南海拔非常高的茶山,那里的春天来得很晚。

春天也是喝酒的好季节。杜牧就是在春天的细雨中到处寻找酒家,李清照也是在绿肥红瘦时"浓睡不消残酒"。读白居易的"吴酒一杯春竹叶,吴娃双舞醉芙蓉",就想起竹叶青了,虽不是吴酒,但有竹叶的诗意在。我倒存了瓶竹叶青,七八年了,一直未开,总觉得应该再等一等。

有一年春天,农历三月初七,苏轼在路上遇到一阵急雨,同行人被淋得发抖,狼狈不堪,然而苏轼没什么感觉,天就晴了。因为苏轼刚刚喝了酒,雨停后,他写了一首词:

> 莫听穿林打叶声,何妨吟啸且徐行。
> 竹杖芒鞋轻胜马,谁怕?一蓑烟雨任平生。
> 料峭春风吹酒醒,微冷,山头斜照却相迎。
> 回首向来萧瑟处,归去,也无风雨也无晴。

作为一位近千年后的读者,我想谢谢那日的雨,谢谢那天的酒,谢谢那年的春天,成全了一首这么好的诗。

人间有味是春茶

有些美好，实在不可方物。如春天，一杯新茶。

可以是龙井，也可以是碧螺春，可以是毛峰，也可以是竹叶青。叫什么名字都无所谓，甚至连名字都不须有，无主的茶树，在荒野之间，自由地生长着。经过了一个冬天，枝头上发出新芽，生出新叶，被采摘、烘干、揉搓，变成茶的样子。一片片，一团团，一针针，投进透明玻璃杯里，浮上来，又沉下去，慢慢舒展开，又还原成它本来的模样。

对茶来说，这多像是一个梦境。

春天的梦，就藏在一杯新茶里。

闻一闻，是春天的香气；喝一口，是春天的味道。带着花香、草香，随春风潜入，拂面而来，如春雨无声，滋润万物。

春茶，像极了一个人的青春。它总是太短暂，称得上转瞬即逝。从清明前，到谷雨后，风一暖，茶就少了那份珍贵的青涩。

刚刚炒制好的绿茶，还带着火气，仿佛是不甘和冒昧，稍微存放几天，才能恰到好处。但时间一久，就有了陈味儿。一个人若是总活在青春里，就像是过季的绿茶，就算还是那个样子，也不是那个味道了。倒不如直接做成红茶，保鲜期更久，至于白茶和普洱，反而需要久远的时间，才能转化成最佳的品质。只是，绿茶无法变成红茶或白茶，也不能变成普洱，最初的选择，从叶子离开茶树那一刻就已决定，谁也无法改变，这就是茶的命运。

人的命运亦如此。唱着"我还是从前那个少年"的人，大多已不是少年了。少年般的脸，靠拉皮和玻尿酸，加上美颜滤镜，或许可以实现。但是，眼神里的那道清澈，心中的那份纯真，是一去不回的。如同每一季的春茶，当人们开始珍惜，正是它远去的时候。

春茶是很淡的，越好的绿茶，越不耐泡，这反而是茶的妙处，浓酽的滋味短，清淡一分，滋味自悠长一分。初恋不也如此？朦胧的情感，反而让人终生难忘，和每年春天的第一口绿茶一般。

春茶也禁不住高温。八十度的水，冲两三次，味道就淡了下来。若是沸水，很容易把茶烫坏，可惜了那些娇嫩的叶尖。青春也不是无敌的，反而更加脆弱，需要呵护，而非摧残。明白了这道理，就悟出了"已识乾坤大，犹怜草木青"的真意。

春茶，让人更珍惜每个春天。

这个春天，我又喝到了十几种明前的春茶，有大名鼎鼎的西湖龙井、信阳毛尖，也有比较小众的，如奉化曲毫、顾渚紫笋，各有特点。北方的日照绿茶也是很好的，只是出来得晚，明前只有大棚茶，虽大致过得去，但还是少了些山野的清韵。

我最惦记的，是湖北的一种茶，叫作恩施玉露。来自恩施东郊的五峰山，用古老的蒸青做法，外形条索紧圆光滑，色泽苍翠绿润，毫白如玉，因此称为"玉露"。

2019年初冬，我去恩施讲学，偶遇一位做茶人，聊得投缘，购了一些恩施玉露的秋茶回来，觉得不错，又找他把剩余的秋茶全收了，并一直等待他的春茶。由于疫情，恩施那年的茶做得比较晚，湖北疫情严重期间，我始终在和他联系，说等疫情过去，要尝新茶。终于等到疫情稍有缓解，他说，茶叶可以发货了，几天后又没了消息。我问询后才知道，由于一位前来采购的茶商被确诊为无症状感染者，他也被隔离了。

我会继续等下去。等春天的到来，等梦中醒来的湖北，那里有一款我一个冬天都在牵挂的茶，都在惦记的人。

这个等待如此漫长，又如此容易错过。可我还是愿意等待，湖北的春天，虽迟来，却终归会来，为此的付出，都是值得的。

端午的鸡蛋

汪曾祺先生写过《端午的鸭蛋》，当属散文中的经典。我小时候，很少吃到鸭蛋。鸭子常见，但也不多。偶尔哪个水坑里，能看到两三只，懒懒地浮着，刚睡醒的样子，像褪掉颜色的鸳鸯。按说，那些鸭子应该也会下蛋（至少有一半鸭子具备此功能），我却不知蛋去了哪里。

我老家那里腌咸蛋，用的是鸡蛋；制松花蛋，也用鸡蛋，称之为"变蛋"。我至今也觉得，咸鸡蛋虽然个小，却比咸鸭蛋好吃。从味道上，变蛋远胜过松花蛋，只是不能吃过量。曾经，听一个比我大几岁的孩子炫耀，他连续吃过六个变蛋，吃到最后，一身鸡屎味！更准确地描述一下，不是鸡的干屎，而是黄色的稀屎。

鸡蛋在我小时候是非常珍贵的，绝不是可以随便吃的。我上小学时，每天早晨可以吃一个鸡蛋，已经是很不容易的事了。只有三种情况例外：一是过生日，允许吃两个。再就是考试,据说吃两个鸡蛋,再加上一根油条,就能考100分。有次,期末考试那天,家里忘了买油条,我只吃了两个鸡蛋,心想,没有油条那一杠子,两个零加起来还是零啊。对食物外形的迷信导致我忐忑了好几天,等成绩出来,发现还可以,才恍然大悟,只吃鸡蛋是不会考零分的。

对那时的我来说,白水煮鸡蛋已经是美味了,若是咸鸡蛋,还肩负着下饭的重任。就着一个咸鸡蛋,要吃大半个馒头,才算完成任务。因此,吃起来一定要慢,轻轻敲破一小块鸡蛋皮,用筷子一点点掏着吃,小口,细嚼,慢咽,吃快了,就只能眼巴巴看着别人吃,就像猪八戒吞了人参果之后,恨不能把手放口里面含着。几个孩子一起吃饭,更是如此。有一次,表姐和表妹来我家,每顿饭都有咸鸡蛋,我,还有我妹妹,也一人一个。我总是忍不住先吃完,然后被她们馋得嘴冒酸水,眼泛泪花。后来,我实在无法忍受,决定忍辱负重,报仇雪恨,就用极慢的速度去吃,每次的筷子也就只蘸出一点咸味,但她们比我还慢,馒头在手里都凉了,蛋黄都没有露出来。于是我心生一计,趁她们不备,夹了一块豆腐塞到咸蛋里,然后掏出来,冲她们说:我要吃一大块了!你们敢吗?她们看了我一眼,果然也挖了一大块吃。我又偷偷塞进去一块豆腐,大声说:我又要吃一大块了!过瘾啊!她们也跟着我的进度继续。果然,等她们吃完,我扬起咸鸡蛋,激动地说:我还有!我还有!我要馋你们了!表姐没说话,看了一眼表妹,然后拉着我妹妹去玩洋娃娃了。餐桌边的孩子只剩下我自己,那一刻,胜利并没有给我带来快乐,而是让我感到了孤独。

那时,家里的咸鸡蛋,都是奶奶腌的。每年春天,转暖的时候,她会把买来的鸡蛋洗净,晾干,放在一个深色的坛子里,倒上大料煮出的盐水,密封好,过半个多月,就可以在锅里煮熟吃了。刚开始吃时,鸡蛋只有一点淡淡的咸味,过几天,蛋黄就开始冒油了,那是咸鸡蛋最好的时候,味道一点都不输如今吃的蟹黄。随着天气越来越热,鸡蛋越来越咸。其间,坛子里还会再补充上新的鸡蛋,在上面做上记号,第二轮再吃。每轮最后,都会出现非常咸,甚至发臭的鸡蛋,但是,敲开前,大都很难判断,只能凭运气。我每次吃到,都闹着跟大人换。如果大人的鸡蛋也臭了,就只好认命,就着馒

头，一口口吃完，倒也能嚼出香味。唯一的不便，就是吃完去学校上课时，没有同学愿和我交头接耳，只能一边听老师讲加减乘除，一边长出一口恶气。

奶奶去世后，母亲每年也会腌一些咸鸡蛋，至今依然如此，每次我回家时，赶上有咸鸡蛋，一次吃俩。

我没学会腌咸鸡蛋，主要是没有时间，腌了也吃不完。但是，另一种关于鸡蛋的美食，我经常做。

鸡蛋蒜，顾名思义，这是一道关于鸡蛋和蒜的菜。按老家一带的传统做法，很简单，先把鸡蛋煮熟，放凉了，再砸蒜泥，最好是新蒜，接着，把煮熟的鸡蛋和蒜泥捣在一起，倒盘子里，淋上香油，就大功告成。这道菜并没有多少讲究，要追求完美的话，蒜臼子可用木质的，我个人感觉，比石头臼子捣出来的香。那时每次捣完鸡蛋蒜，总会有一些粘在蒜臼子上倒不出，这时候，掰一块刚出锅的馒头，在蒜臼子里擦几下，塞嘴里，蒜香、蛋香、面香的混合，像一种美好的幻觉。

吃鸡蛋蒜，水烙馍是绝配。那是用死面擀成的薄饼，一张张放在锅里，中间撒上些面粉，防止粘连，蒸熟后类似大几倍的卷烤鸭的饼，用来卷鸡蛋蒜，比烤鸭都香。济南有些酒店也有鸡蛋蒜，但没有水烙馍，鸡蛋蒜的味道大致可以，但我总觉得不太对。鸡蛋太碎，似乎是用刀剁出来的，蒜又不够黏，和鸡蛋在一起有违和感。

我有个老家出来的兄弟，离了一次婚，现在的妻子是老家人，他对自己的选择非常满意，一说就是老婆会做水烙馍卷鸡蛋蒜，幸福。

我自己做鸡蛋蒜，始于十几年前。当时我还在报社工作，有女同事生孩子，她们的老公就过来送鸡蛋。这种习俗是有传统的，早年间探望产妇，带的礼品就是鸡蛋。作为答谢，产妇的家人会把一些鸡蛋染红了，煮熟，回赠亲朋好友。当然，我们那时已改成了随份子，买婴儿车、尿不湿等更实用的东西，送给生孩子的同事，但收到的还是红鸡蛋，毕竟，她们不能把染红的尿不湿送回来。后来，出于食品卫生考虑，鸡蛋不再染色，只是煮好，装到一个红色的塑料包中送来。通常来说，每人一包，一包两个，但也有潜规则，就是会多送领导一包。开始的时候，我收到的都是一包鸡蛋，后来就多了，赶上生孩子的是我负责部门的女同事，都是我领着她们的老公去别的部门送鸡蛋，剩下的，老公们非要留给我。最多的时候，我一次性留下了将近二十个鸡蛋，看着它们像达·芬奇画的那样不尽相同，我既受宠若惊，又手足无措。有时我只好拿回家，连续吃了几天鸡蛋蒜，但吃得也有点烧心。

可怎么舍得扔呢？这可是鸡蛋。

我进厨房做饭，也是从鸡蛋开始的。放学回家，趁父母还没有下班时，溜到厨房，煎上两个鸡蛋解馋，吃得嘴巴油汪汪的，肚子热乎乎的，简直是大快朵颐。老家管煎鸡蛋叫鸡蛋角子，煎的时候，要热锅热油，把鸡蛋从锅沿上磕开，倒进去，一面成形后，撒盐，再用锅铲把鸡蛋合起来，呈半圆形。这样煎出的鸡蛋角子，蛋黄没有遇到油，吃起来外焦里嫩。唯一需要注意的就是，往鸡蛋上撒盐时，小心盐不要把油溅出来。

这些年，每个月在各地的酒店差不多得住十几天，自助早餐，我基本上都是吃一碗面，两个煎鸡蛋，顶多再来一点咸菜，就可以了。酒店的厨师只会煎单面或双面蛋，没有人煎鸡蛋角子。

关于端午的习俗，我老家其实没那么讲究，包括粽子，也并不是非吃不可，煮几个鸡蛋，就算过节了。有些地方会用艾草的叶子煮鸡蛋，或把粽子和鸡蛋煮在一起，据说吃起来，鸡蛋有清香。还有些地方，留下了立蛋和斗蛋的习俗。立蛋就是把鸡蛋竖起来，看是否可以不倒。斗蛋就热闹了，孩子们从家里拿煮熟的鸡蛋，去和别人家的鸡蛋碰，谁的碎了，就要把鸡蛋送给对方。我没有斗过蛋，也舍不得。据说，有人曾碰碎了别人十几个鸡蛋，却被人发现他用的是鸭蛋，只好鸡飞蛋打。

或许，我这个年龄段的人，是把鸡蛋当成美食的最后一代。稍微年轻一些，就不怎么爱吃鸡蛋了，有的人甚至从不吃蛋黄。但，他们想象不到，鸡蛋也曾经如此勾人心魄。上一代人更是如此，能吃上鸡蛋，便是山珍海味。农村来了亲戚，买不起肉，炒盘鸡蛋，就算是很好的招待了。有时家里没有鸡蛋，就去邻居家借上两个，等家里的鸡下了蛋，再还上。鸡蛋，就是小额贷，利息，是邻里之情。

小时候，可以多吃鸡蛋的第三种情况，就是生病的时候。母亲会给煮一碗鸡蛋面，白面条里，卧上一两个荷包蛋，每次端过来，荷包蛋都颤巍巍地冒着热气。在脆如蛋壳的时光里，荷包蛋如此软滑，一次次抚慰着我虚弱的胃肠。

长大了，出远门，每离开家时，母亲都要煮上一锅鸡蛋，不管怎么劝阻，硬给塞到包里，嘱咐我在路上吃。其实，路上才能吃几个鸡蛋呢？又有谁能吃一路鸡蛋呢？但是，如果不把这些鸡蛋带走，她就总会担心我饿着，至今也是如此。

端午的糖糕

我小时候，是不怎么过端午节的。

那时，所有的节日里，端午节最缺少存在感。没假期，也没有特别的活动。"六一"，县里还会组织个庆祝游行、合唱比赛之类的，同学们把腮帮子抹成猴屁股，脑门再按个红点，"妆"出节日气氛；清明节相对也热闹，各个学校组织扫墓，去县城西南的烈士陵园。

端午，最没意思。顶多，语文老师会在课堂上提一下屈原。然而，教室里的我，是想不明白的：屈原到底为什么跳江？课本上，罗盛教跳江是为了救朝鲜的落水儿童，屈原跳江说是因为爱国，但当时的我还小，不明白爱国和跳江有什么关系。我印象中，屈原一直藏在一个隐秘的角落，只有每年端午这天，闪现一下，就再没了踪迹。

包括粽子，其实也不怎么吃。或者说，吃粽子，在老家县城，和端午并没有太直接的关系。传说中，粽子是为了投在江里，给屈原吃，因为如果不包起来，里面的米就会被鱼抢了去。这让我一直产生一种错觉：汨罗江应该没有大鱼，否则，就算是粽子，也可以直接吞了。另外，屈原剥粽子一定特别熟练，毕竟在水下操作起来是有难度的。后来，我在电视上看到宇航员在飞船上吃饭，不知何故，总想起屈原。

屈原吃的粽子是什么馅的，如今难以考证。我们那里的粽子只有一种馅，就是红枣馅，和江米一起包在苇叶里。卖粽子的人推着小车，走街串巷地吆喝："江米粽子——蘸白糖！"江米就是黏米，蘸白糖也是真蘸，剥开了现吃，卖粽子的人会给你加上一勺白糖。吃完后，苇叶要留下来，下次再做粽子，应该还会用。所以，那种苇叶的清香，在粽子里并没有太多体现，老家的粽子给人最强烈的感受就是甜，江米甜，红枣甜，蘸的白糖更甜，加起来，甜得钻心。

有一种比粽子还甜的食物，在端午节比粽子还要重要，尽管平常大街上天天有卖，但端午这天，家家都是要吃的。

老家管这种食物叫糖糕。北方许多城市，都有卖糖糕的。只是，我总觉得没有老家的糖糕甜。

糖糕要用开水烫面，搅拌好，和软一些，馅以红糖为主，有时候会加点芝麻，裹在里面，轻轻压扁，放锅里炸。油的温度特别重要，太低了炸不熟，太高就容易炸煳。要炸到糖糕外表金黄酥焦，里面软糯香甜，糖刚好化成了浆。

吃糖糕最好趁热，但刚炸出来就吃一定要小心，糖浆烫嘴,烫手,也烫脚。不过,那种滚烫的甜也让人难以拒绝。郭德纲的相声中,吃糖饼烫后脑勺的段子,是有可能发生的:糖浆流胳膊肘上,举胳膊,舔胳膊肘,糖浆滴后脑勺上了。

端午吃糖糕,大概有两个原因。一是新麦刚打出来,面粉格外香,炸出糖糕来也更好吃。另外就是对甜的期盼。老家的小吃里,糖糕是最甜的,能吃到这么甜的食物,是一种享受。尤其对许多刚在麦地里辛勤收割的人来说,他们吃了太多苦,总算可以坐下来,擦擦汗,喘口气,品尝一下生活的甜了。

没有他们,就没有端午的糖糕。没有糖糕,他们的端午也少了几分甜蜜。

这些年,炸糖糕的小摊比过去要少很多,吃糖糕的人在减少,血糖高的人在增多,但这一定不是糖糕的错,更不是端午的错。

许多节日都是一条路,从现在,通往曾经。我们既是路上的行人,也是路边的风景。我们既是美食的主人,也是美食的过客。在美食和节日之间,我们的脚步过于匆匆,来不及做一刻停留。

端午的粽子

我写过《端午的鸡蛋》，也写了《端午的糖糕》，似乎也该写写粽子了。

粽子我吃得不多，尤其是小时候，北方的县城家里几乎不包粽子，卖粽子的也少，不像江南，粽子的品类繁多，还不断出新，万物皆可"粽"，如果你想把不同的粽子吃个遍，从端午开始，至少得吃到过年。

江南人吃粽子，和北方人吃饺子一样，过节吃，不过节也吃，过端午吃，过年也吃。既是家常便饭，又可以带有仪式感。有一年，周作人在北京过年，想包粽子，却无处寻得粽叶，只得作罢。其实，南北方粽叶也不同，南方以箬叶为主，北方用的多是芦苇叶，单是叶子不同，味道就有差异，至于包裹的内容，更有天壤之别。

金庸先生是嘉兴人，小说里写到过不同的粽子。《神雕侠侣》中，杨过受伤，程英问他想吃什么，杨过说想吃粽子。当晚，程英给杨过亲手裹了几个粽子，"甜的是猪油豆沙，咸的是火腿鲜肉，端的是美味无比"。《笑傲江湖》里，岳灵珊给令狐冲送过素馅粽子，"草菇、香菌、腐衣、莲子、豆瓣等物混在一起，滋味鲜美"。

多年前，第一次去嘉兴时，我实在适应不了咸口的粽子，大概是因为没有程英和岳灵珊的陪伴，觉得难以下咽。后来去的次数多了，我发现南北口味差异虽大，但总能找到共识，比如鲜肉粽子，在嘴里嚼起来，和把子肉米饭属于同一原理。并且，越是曾认为的"黑暗料理"，你一旦尝试并适应了，便更加欲罢不能。比如有一种腐乳粽子，我竟吃上瘾了，那种感觉就像是儿时拿一个热馍掰开，夹一块沾汤挂汁的豆腐乳，一大口咬下去……

成长让人不再过于挑剔，口味也越来越重。就像我曾无法接受北京的豆汁儿，其散发的酸馊味，一度让我无法把碗举至嘴边，但前阵子我去北京，吃了一顿爆肚，喝了几两二锅头后，主动要了一碗豆汁，竟也能一饮而尽，然后咂摸一下唇舌，觉得还挺有风味。

我不是从前那个少年，也能接受一点点改变。

这种改变还有很多。比如少年时初次去上海，早餐米饭裹油条就差点令我因噎废食，好不容易找了家生煎，我以为是老家水煎包，结果大失所望。第一次去广州也如此，我满大街去找豆浆油条，让朋友笑话了半天。那时，在我的味蕾中，北上广，都是曹。

老家曹县的粽子，倒是有一种独特的吃法，从叫卖声中就体现出来："江米粽子——蘸白糖！"白糖成了粽子的蘸料，原本就很甜的粽子更是甜得让人张不开嘴，虽然糖吃多了对身体不好，但这么甜美的回忆，还真让人怀念。

如今的粽子，不仅品种丰富，包装也五花八门。和月饼一样，粽子也成了每年各个地方的文创设计大比拼项目，先赏心悦目，再满足口腹之欲，倒也不是坏事。

端午，每年总有人争议，应该祝快乐，还是安康；每年也有人讨论，究竟是为了纪念屈原，还是曹娥或伍子胥……这些似乎并不重要，端午，终归还是要吃粽子的。

夏至的凉面

济南的夏天,是漫长的季节;夏至,是最漫长的一天。

过了这一天,白天越来越短,所以,这一天要吃最长的面食,"夏至吃凉面,一天短一线"。

关于凉面,我曾编过一个故事,一个关于植物的爱情故事:在没有大棚的年代,所有的蔬菜都按季节顺序生长。如果胡萝卜爱上香椿芽,就要苦等一个冬天,才能在自己衰老时与其相逢。然而,香椿芽更喜欢鲜嫩的黄瓜,所以宁可把自己腌起来,等待夏日的到来。偏偏,在上一个秋天就成熟了的芝麻磨成了酱,要把它们全部覆盖。大蒜也不甘寂寞,粉身碎骨也要去见证它们的爱情。然后,它们纠缠到一起,请陈年的老醋做主。这时候,热气腾腾的面条从锅里赶来,目睹了这一切,大惊,跳入凉水中,再出来时,已心灰意冷。然而,它们的相会却成就了人间佳话。

故事的名字叫作:《凉面》。

我爱吃的凉面，没有爱情，只有四季，筷子一扒拉，全是光阴。

小时候，吃凉面是有仪式感的，要用现擀或者现轧的面条来做，如果来不及擀的话，就要去专门的地方轧面条。这件事往往会交给孩子们去做，算是所有的孩子继打酱油之后必会的另一个技能。

那时的我，常挎着一个藤编的斗子，里面盛着半斗子面，手里攥着几毛零钱，沿着一条胡同，晃荡到另一条胡同，找到墙上刷着"轧面条"或"压面条"白字的房子，进去，看到一台机器，正轰隆作响。操作机器的人身上沾满了面粉，从头发和胡子上看不出年纪，像游戏里的"雪山兄弟"。

机器旁有一排斗子，大小不一，我先把斗子放到后面，让斗子排着队，自己到门口玩。"雪山兄弟"按照顺序，把斗子里的面倒进机器中，添水，第一遍轧出来，是大小不一的碎面片，仿佛从被子里拆出的破棉花套子，第二遍，面片就整齐一些，然后还有第三遍、第四遍，直到面片平整光滑，再把切割面的刀挂到机器上，这种刀有宽有细，大家通常都选择中等宽度的。有一次，我突发奇想，要用最宽的刀来轧面条，结果，轧了一斗子腰带般的宽面，不知道回家该怎么交差，幸好一起去的还有我表姐，她让我说别的刀都生锈了。这件事让我印象深刻，原来多吃几年饭，智力水平就是不一样。

新轧的面条除了能做凉面，还可以做卤面，或称焖面，老家叫炒面条——这种吃法既要炒，又得卤，还要焖，但主要还是蒸。我现在也常做，方法是：先用豆角炒肉片，也可放些黄豆芽，多加水，待菜半熟之后，盛出多半，再从锅上架几根筷子，支棱在剩下的菜上，筷子上面放上面条，一层面条，加一层菜，转小火，用锅底的菜汤把面条蒸熟，最后抽去筷子，让面条和菜融合在一起，彻底浸入汤汁，翻炒均匀，盛出来，就着新蒜，吃起来那个香，给只螃蟹也不换。

当然，我小时候没吃过螃蟹，但搁到现在，确实不换。不过，螃蟹和面条也能结合，武汉的蟹脚面就不错，那座城市还有巴厘龙虾的凉面，和老家低调的凉面不同，其惊艳的味道也符合湖北人的性格，刚烈张扬，敢爱敢恨。

相较于武汉，河南的凉面更接近我老家的做法，尤其是要加荆芥的叶子，属于点睛之笔，把凉面的味道完全提高了个层次。前几天我去录央视的夏至节目时，和一位大厨嘉宾交流，他做凉面，会在汤汁中加芥末，也能让凉面瞬间有了灵魂，吃得人鼻子一抖，舌尖一振。

芥末好找，荆芥难寻。除了河南和我老家一带，其他地区吃荆芥的人很少，济南的菜市场几乎没有。去年，有朋友看了我写的《荆芥之味》，专门送一盆种好了的荆芥给我。我每顿饭掐些叶子，吃了三四顿，可惜一入秋，荆芥就没有了。我只好从网上买些大棚里种的，继续吃。加了荆芥叶子的凉面，我每次都能吃撑。

凉面的面好吃，夏至这一天尤其好吃。

夏至的凉面，用的是新麦的面粉，爽滑劲道。吃完面后，碗里剩的那口汤更是精髓，带着蒜味、麻汁味、荆芥味以及陈年的咸菜味，这种复杂的味道给人带来的满足感，实在难以比拟。哧溜哧溜吃完，擦嘴时，感觉有一首美妙的歌曲从身体里传出，那是五脏六腑在愉悦地合唱。

夏至的"至"，其甲骨文字形便是一支箭矢竖插在地上，而夏至则是古人通过"立竿见影"而观察并确立的最早节气之一。在夏至这个特殊的日子里，古人立的那根"竿"，被我想象成了一支"箭"，而其影子又有些像一根凉面，光影虽短，光阴却长，穿过家乡和我如今生活的地方。

小暑，蝉鸣，知了猴

前些天，几位老乡为一位援鄂归来的医生接风，按照老家的口味，专门炸了面泡，砸了鸡蛋蒜，还做了一份知了猴。

知了猴一上来，就有人问，现在，这是否属于禁食的野生动物呢？

我用手机查了半天，也没查出所以然，抬头发现，盛知了猴的盘子已经空了一半。

老家的人，是有知了猴情结的。很少吃知了，绝不吃猴，但都爱吃知了猴。

不光我老家，很多地方的人，对知了猴都格外喜爱，从给知了猴起外号上就能看得出来。除了《水浒传》的好汉和《街头霸王》的游戏人物，再没有什么比知了猴更多的外号了。

知了猴，学名金蝉，属节肢动物门，昆虫纲，同翅目，蝉科。在各地，它被称为：节老龟、老吱哇猴、蝉龟、嘟老的、爬爬、知了龟、罗锅、老少狗、爬叉、肉牛、神仙、杜拉猴、节喽爬、仙家、等等。这些外号再加上用不同的方言念出来，难以想象它们会是同一种东西。

名称越多，说明它给人的观感越复杂，越具备更多的可能性。鸡鸭鹅猪牛马都简单，鬼都叫鬼，老鼠顶多叫耗子，那么多种类的蝴蝶和蛾子，幼虫都可称为毛毛虫。而作为知了的幼虫，虽有个金蝉的学名，却仅出现在课本或菜单上，而不能被民间的语言系统所收录，这说明人们太喜欢自己对它的昵称，也能看出在对待它的态度上，人们并没有过多沟通，或觉得无关紧要。车同轨，书同文的事，秦始皇就张罗了，给知了猴统一起名，连留下无数名吃传说的乾隆和慈禧都没干过。

我老家人也给它起了独特的外号，叫"爬擦"，或"爬擦猴"，亦动亦静，形神兼备。捉爬擦也不叫捉，叫摸，一字之差，如诗如画，让黑灯瞎火去小树林一棵树一棵树寻摸的过程顿时生动起来。我小时候已经有了手电筒，夏天的晚上，小树林里一道道光柱，全是摸爬擦的人，这样的情景，如今只有在演唱会上恍惚重现。

如果去的时间稍早点，可从地上寻爬擦猴的窝。通常会有一个黄豆大的洞，找根细长的树枝插进去，一会儿，爬擦猴就会紧抱住这根树枝，只要轻轻一拽，爬擦猴就连着树枝一起破土而出了。

是的，在"池塘边的榕树上知了在声声叫着夏天"的童年，我才没兴趣到"操场边的秋千上"去看停在上面的蝴蝶，摸爬擦猴，给我留下了许多快乐的仲夏夜之梦。

我会把摸来的爬擦猴放到一个桶里，从中选几个看上去最壮实的，拿出来放地上，比赛看谁跑得快；我还会找几个爬擦猴，给它们设定人物关系，然后自编一出戏，让它们无声地演出；我有时也会弄些障碍物，摆在它们的前面，看它们如何越过。爬擦猴，既是我的奥运会，又是我的奥斯卡，还是我的任天堂。

真想回到过去，冲那时不亦乐乎的我大喊一声：乘风破浪吧，爬擦猴！

爬擦猴，更是我舌尖上的故乡。

在对待吃爬擦猴的态度上，可看出地域的巨大差别。中国很多地方都是不吃爬擦猴的，最爱吃爬擦猴的集中在中原一带和江淮流域。对于不爱吃，或从未吃过爬擦猴的人来说，这简直比吃猴还要残忍。他们就算看着别人吃，也总感觉这一个个可怕的虫子会从人的嘴里爬到胃里，在里面张牙舞爪，使人百爪挠心。

其实，吃爬擦猴的历史相当悠久，并且是从吃知了开始的。至少在秦汉之前，人们就开始吃知了了，还出现在帝王宴席之中。《诗经·大雅·荡》中的"如蜩如螗"；《毛诗陆疏广要》里的"盖蜩亦蝉之一种，形大而黑，昔人啖之"；《礼记·内则》中记载的"爵、鷃、蜩、范"，经汉代郑玄注

释,即"范,蜂;蜩,蝉。皆人君燕食所加庶羞也"之意。关于烹饪知了的方法,《齐民要术》就有记载:"蝉脯菹法:捶之,火炙令熟,细擘,下酢。又云:蒸之,细切香菜,置上。又云:下沸汤中,即出,擘如上,香菜蓼法。"即炙烤、清蒸、油炸。

古人总结出的经验认为，年轻的雌性知了口感最佳，这大概相当于"知了美少女"，与其相比，爬擦猴就是"知了小鲜肉"了。

我觉得，"知了小鲜肉"的最佳烹饪方式，是先把它们在盐水里腌一晚，再用油煎。煎之前，先用刀拍，像拍黄瓜一样，把它拍得扁扁的，不粉身，要碎骨，才入味，才有上好的口感。现在饭店里的做法多是直接用油炸，虽省事，但少了许多味道。老家有个乡镇，有家酒店做爬擦猴还是用老法，至少有十几年了，生意极火，每年夏天，光爬擦猴就要进三十万的货。

爬擦猴贵的时候，一块钱一个，即便按这个价格计算，那家酒店每年也要进三十万个爬擦猴，我想，这一下子，故乡的夏天必然安静许多。

"知了小鲜肉"虽是我信口雌黄，但爬擦猴被称为"唐僧肉"是有民间基础的。这种说法缘于其营养价值，其蛋白质含量很高，还有丰富的氨基酸及人体所需的微量元素，吃了就算不能长生不老，至少可以提高免疫力吧。再加上唐僧本是金蝉子转世，和金蝉难脱关系，爬擦猴叫"唐僧肉"也算靠谱。佛祖宽宏，众生吃"唐僧肉"，喝铁观音，再切个释迦果清清口，想必佛祖不会见怪。

其实，爬擦猴的一生也如同唐僧取经一样，不容易。

它们至少要在地下生活三年，时间更长的话，甚至要七八年，才能从地下转入地上，破洞而出，爬到树上，等待金蝉脱壳的机会。然而，相当多的爬擦猴根本来不及蜕变，在拥有翅膀、能够鸣叫之前，就被人在黑暗中摸走。

这样好吗？

我流着口水说：有什么不好呢？

霜降的柿子

和很多节气一样,霜降,并非霜在这一天降,而是这段时间,霜一直降。更准确地说,霜并非从天而降,而是因为昼夜温差大,从大地上升起的水分凝结在草木上而形成。所以,霜降,其实是气温骤降,昼夜温差大。作为秋天的最后一个节气,霜降是一场隆重的告别。

霜降,是柿子成熟的季节。俗语云:"霜降到,柿子俏,吃了柿,不感冒。"南方还有俗语:"霜降吃丁柿,不会流鼻涕。"被群山揽抱的济南,更是盛产柿子。曾经的千佛山山会,都有"柿子会"的别称,据季羡林先生回忆:"特别显眼的柿子摊——柿子是南山特产,个大色黄,非常吸引人。"济南柿子的品种多为大盒柿,名副其实,果大,形美,汁多,味甜,且无核肉脆,口味颇佳。很多老人总要买几个回家,放在窗台上,每天轮着捏一捏,哪个软了,就吃哪个。"老太太吃柿子,专挑软的捏"大有道理。

柿子受人偏爱的原因并不仅仅因为好吃。其色彩和形状也招人喜爱，它们像一个个缀满天空的红灯笼，仿佛报纸上头版加粗的红字，传达喜悦的消息。更重要的，还是柿子的谐音，有"柿柿顺心""万柿如意""四柿同堂"等美好寄托。所以，不管是视觉还是听觉，没有哪种水果能够像柿子这般让人既顺眼，又顺耳，更何况还顺口，最终顺心。

说起来，柿子原产于中国。多地史前遗址中，均出现过柿的残留物，原始的先民们，曾捡拾果腹。东汉时期就有关于种植柿子的文字记载，而且事情发生在山东。东平相韦顺屋顶上长了一棵柿树，他把树迁移到院子里，柿树长得枝繁叶茂，很多人都认为这是因为韦顺的孝行感动了天地，屋顶的柿子树"感于天地而生"。其实从科学的角度讲，柿子的繁衍就是让鸟儿吃掉自己的果实，把种子带到更远的地方。所以，屋顶上长柿树，并非多么稀奇。

正因如此，山里人摘柿子时，不会全部摘光，要留几个给鸟儿吃，正是这种朴素的传统，让柿子一直生生不息。

后来，人们在种植柿树的过程中，逐步改良品种，研究出了"脱涩法"。历史上，柿子一度成为顶级奢侈品，只有帝王贵族才可享受，南北朝时期，江夏王刘义恭品尝过出自宫苑的御赐柿子，连称其滋味"殊绝"。到了唐宋之后，柿子种植技术更加成熟，开始大面积普及，"村暗桑枝合，林红柿子繁"成为一道处处可见的秋天风景。

《长安十二时辰》里，柿子没少出现，其吃法也多样起来，甚至可以用管子吸吮，大概也算得上一种唐朝网红美食吧。

我没有试过把柿子当饮品，但看老舍先生的《骆驼祥子》时，对里面吃冻柿子印象颇深。"他买了个冻结实了的柿子，一口下去，满嘴都是冰凌！扎牙根的凉，从口中慢慢凉到胸部，使他全身一颤。几口把它吃完，舌头有些麻木，心中舒服。"祥子吃的，算是柿子原汁冰激凌吧。

元明清时代，柿子由于产量大，一度由水果变为粮食，更被称为"铁杆庄稼"。明代北方山区自然灾害频发，人们用柿果及柿饼，代粮充饥。明成祖朱棣盛赞柿子："丕济凶荒，功超金石"。清光绪年间，"晋省大饥，黎城县民赖柿糠全活，无一饿毙者"。在我老家，柿子在宋代就救过人了，《菏泽县志》载，"宋朝百姓以柿皮掺糠度荒年"。

菏泽的柿子一度非常多，也非常有名。我查过资料，明代，菏泽柿树总数近五万棵，年产柿一千五百万斤。清代，曹州八景之一就有"桂陵柿叶"。民国初期，菏泽柿树有十万株，所谓"出城进柿园，二十五里不见天"。所以，就有了宫廷贡品，曹州耿饼。那时的柿饼除了从永乐年间开始进贡外，也远销各地，《儒林外史》第一回中就写到，王冕从山东回来，"取出一匹茧绸，一包耿饼，拿过去拜谢了秦老"。

曹州耿饼就是柿饼，但和普通柿饼区别甚大。必须选用顶面平整、光滑如镜的镜面柿，等其充分成熟后，在四十八小时之内摘下，采摘要在每年寒露后开始，霜降前十天开始制作。其流程非常复杂，几个月后，耿饼才能自然出霜，产量很小，味道自然绝非一般。我每年都要从曹州耿饼的非遗传承人那里订一些，过年时吃上几块，那种醇正的甜香，如同许多好时光一样，让人留恋。

突然想起一首诗《柿子熟了》，作者是我的老乡、好友商登贵先生，我在网上怎么也搜不到，只好问他要了过来。我没有摘过柿子，也没有种过柿子树，但总觉得诗中柿子树后面的天空，是我们曾经仰望的家乡：

那年,父亲上树夹柿子
我撑着布兜接
偶然失手,柿子就摔得烂稀稀
最后,父亲仰起脸
对几个红上蓝天的柿子说
留给山雀吧,也好守住这个秋天
父亲回到地面
树枝高高地扬起了头

现在,父亲老了
遥望家乡,我总觉得
村庄上空悬着几个柿子
父亲仍然努力地坚持着
我是多么担心,故乡的土地
最后接住,即将撒手的父亲

冬至的饺子

从小到大,冬至这天,总是得吃饺子的。早晨没吃,中午吃;中午没吃,晚上吃。至少吃一顿,不小心就吃两顿,甚至一日三餐全是饺子。

因为那个熟悉的说法:不吃饺子,耳朵就会被冻掉。这个说法到底源自哪里,实难考证。饺子的历史也非常悠久,新疆吐鲁番的博物馆里,有唐墓出土的饺子。看起来,唐朝的饺子跟今天的外形一样,但不让吃(让吃也不敢吃),所以也不知道是什么馅儿的。后来的考古发现,又不断地把饺子的历史向前推,现在似乎已推到了春秋时代。

我吃饺子不怎么挑馅儿,觉得什么馅儿的都好吃,好吃不如饺子,最好吃的饺子,肯定是自己家包的。我不会包,擀皮调馅都不行。我妈包得快,从和面到出锅,最多半晌,就够一家人吃了。

山东的酒店,许多以饺子闻名的,还有专门的饺子宴,盘子摞盘子地摆着。个大，皮薄，馅足，好看，但吃起来总觉得少了一种味，家常味（或许，家常味才是饺子最好的味道），不如一些小店甚至地摊。比如，老家的马家水饺，多年前就是一个小摊，饺子个小，皮厚，但曾经是那么好吃，每个嚼起来，都有一股羊肉的鲜香。这家水饺后来开了门店，有一年，我过年回去，喝到了二三场，张罗着去吃水饺。一进门，店里满满全是人，一屋烟雾，一地油污，我顺着楼梯上二楼包间，紧扶着把手，还差点滑倒，接着又下来了，实在没有再吃的兴致。

  济南过去也有吃饺子的好地方。建绿地中心前，普利街旁的小胡同里，有家卖水饺的小店。我常在下班后过去，把自行车停门口，要上一碗羊肉水饺。店主是一位五十岁左右的男子，把一口小铝锅放在煤球炉子上，烧水时打开鼓风机，等水开了，把饺子一只只丢进去，盖上锅盖慢慢煮，中间添两次水，等鼓风机关了，饺子就盛出来了。这段时间，我正好可以剥一头蒜，小碟里倒上香油和醋，蒜瓣泡在里面，心中充满期待。

  幸福，就是在煮饺子的时候剥蒜。

  离这家店不远，共青团路的加油站旁的胡同里也有一家小摊，包水饺的老两口每天晚上才出摊，干到凌晨四五点，现包现下，水饺的口感恰到好处。只是老两口的脾气看上去挺大，对谁都爱搭不理，并且只卖饺子，别的一概没有，啤酒都

不提供。只有一次，老太太端水饺的时候，突然说，你不是那个节目的主持人吗？有时候还说美食。然后客气了一番，非不收钱，我非给，她只好收了。

这个小摊干了二十多年，有次我从那儿吃完，打车，出租车师傅说他开面的时，深夜就在那里吃水饺。前两年，老两口的小摊忽然没了，不知道现在有没有开，更不知道那位出租车师傅是不是已改开网约车了。我主持的那档节目，也停播了两年，原本播出的时间是周日早晨六点多，真不知道除了这卖水饺的老两口，还有谁能这么早看电视。

我在报社工作的那些年，楼后的胡同里有过一位专门包水饺的大姐，租了一间特别小的屋子，能坐不到十个人，每天都是满满的。大姐的水饺也没有多少品类，却特别有家的味道，所以生意一直挺红火。我有时候还在她那里订购，一次买上好几斤，拿回家冻起来，慢慢下着吃。大姐对报社的人非常熟悉，有一次，大姐突然问我，谁谁最近怎么没有来，我说那个同事辞职了，大姐说那等对方来这里给她说一下，她请对方吃饺子。

后来我辞职了，就再没见过这位大姐。听说报社迁到了新的地址，她也跟着过去了，又在附近开了家水饺店，现在怎么样，我不知道，但有时还会惦记。

曾经，报社附近还有家有名的饺子店，用餐的高峰期总要等位子。那家饺子味道过得去，但也说不上太好。我第一次去的时候，是一个前辈记者带着，除了饺子之外，还点了一盘蒜泥白肉。后来，我每次去都要点蒜泥白肉，再来一份素三鲜的饺子，总觉得这是荤素绝配，连蒜都配好了。

在济南，在家乡，甚至全北方，吃饺子，都是很简单的事情，简单到让人不觉得饺子的珍贵。近二十年前，我在江南的一座小城，当地根本没有冬至吃饺子的习惯，到了冬至那一天，我绕城一圈，去找吃饺子的地方，竟没有找到。那是我第一次，也是唯一一次冬至没有吃饺子，当时特别心虚，整个冬天，没事就摸摸耳朵，到第二年春天，才放心。

四时　155

饺子的灵魂包在馅里

食品之间是有亲戚关系的。比如馒头和包子，原本就是亲哥俩，跟《红楼梦》贾家一样，分出了宁国府和荣国府。

最早的馒头也有馅，没馅的叫蒸饼，后来叫过炊饼，武大郎卖的那种。按《红楼梦》人物关系表，代表宁国府的馒头，到贾敬下一代开始，贾珍为烧饼，当年叫炉饼；贾惜春为水饼，后来叫面条；贾珍的儿子贾蓉算是火烧。

宁国府花样多，荣国府自然也不少。贾代善算是包子单传，大儿子贾赦是馄饨，二儿子贾政是水饺，女儿贾敏算是锅贴。因相传馄饨出现比水饺早，女儿又是父亲的贴心小棉袄，还留下外孙女黛玉，姑苏长大，小巧酸甜，颇有生煎之神韵。

水饺不光是包子的儿子，还被包子格外疼爱。在包子家，老大馄饨虽降等袭爵，但过于轻浮，不像水饺，满肚子馅，能让人饱腹。所以，如今不少地方，把水饺还称为包子,比如济南,包水饺叫包"包子",包包子叫包"大包子"。多大?济南天桥下卖包子当年都这么吆喝:"刚出锅的大包子,一口咬出个牛犊子来!"

水饺出现比包子晚,虽然传说中,发明水饺的张仲景比发明包子的诸葛亮要早,但我一直不相信任何名人创造美食的故事,美食也许可以被名人改进、发扬,但一定源自民间的经验和智慧。包括著名的东坡肉,也非苏轼本人所创,而是因为他好这口,后人为纪念他,才如此命名。至于他那首半打油的《猪肉颂》,更像是为黄州做的广告:"黄州好猪肉,价贱如泥土。贵者不肯吃,贫者不解煮。早晨起来打两碗,饱得自家君莫管。"以苏学士的影响力,这一首诗差不多就能让黄州的养猪专业户扭亏为盈。

明末清初的文人方以智在《通雅》中考证,饺子就是西晋文学家束皙写的《饼赋》中的"牢丸"。其制作过程是先筛出"尘飞雪白"的细面,和到"胶黏筋韧"。再用羊腿与猪肋条做馅,肉半肥半瘦,切成蝇头大小,剁成"珠连砾散",再佐葱姜桂皮椒兰,和以盐豉。此时锅中水已滚沸,于是"攘衣振掌,握搦拊搏,面弥离于指端,手萦回而交错,纷纷驳驳,星分雹落"。按方以智的说法,饺子是从"粉角"转来的,后又作"角饵",北方人把"角饵"读成了"饺儿"。

随着年岁的增长,我对能做这般文字记录和考证的古人有了越来越多的敬意。没有他们,我们很少能了解到我们的祖先真正的生活。就像周作人当年感慨,没人知道西汉人的餐桌上到底都有什么。司马迁把鸿门宴写得那么惊心动魄,也没列上当日的菜单,只知道乱入的樊哙生吃了个肘子,仅此而已。

我们从小吃的饺子,都是家里自己包的。包饺子本身就带有一种天然的仪式感,要一家人一起,和面的和面,擀皮的擀皮,包的包,下的下。不管家里几口人,仿佛都会自动组成一道流水线,环节紧扣,运行流畅。确实,再也没有比包饺子更有气氛的团圆饭了,难怪过年要吃饺子,换成别的,总觉得不够尽兴。

饺子馅花样之多,恐怕也是别的食品难以比肩的。在宽容淡薄的饺子皮中间,几乎所有的食材都可被容纳,这些食材互相搭配,又会出现不同的味道。比如羊肉可配大葱,还可配洋葱,也可配胡萝卜;牛肉可配芹菜,也可配韭菜,也可以什么都不配,只用葱姜调味;猪肉可配白菜,可配茴香苗儿,可配青椒,可配芸豆,也可配牛肉和羊肉,组成三鲜。而且,不管是什么馅,每一家饺子的味道都绝不会完全相同,仿佛有一种遗传的DNA,被包在家家户户的饺子里。

和肉馅搭配的蔬菜中，最让人心情复杂的，便是韭菜了。说起来，作为素中荤蔬，韭菜特别适合出现在各种饺子中，作为味道的先锋冲刺在前。但胃不好者总会对韭菜心存忌惮，加上这些年过多的农药残留，韭菜开始在饺子中被疏远。不过，我总觉得，对那些拼死吃河豚、冒着风险吃果子狸的人来说，对韭菜的回避实在过于矫情。正因为韭菜的生命力旺盛，产量高，价钱低，若稀有昂贵，恐怕没人舍得不吃，吃完还会竖大拇指，盛赞其美味。

我在《文史资料选编》中，看到过一篇回忆张宗昌的文章，披露其做军阀时的奢侈生活，其中一条就是吃水饺喜欢韭菜，又怕伤胃，就让人把整根韭菜包到水饺里，煮好，吃时将韭菜抽出。这样，韭菜的味道可以保存在水饺馅中。这个办法我觉得今天也可以推广，如果你真的想吃韭菜，胃又的确不允许的话。

作为中国人，不吃韭菜水饺的人生必定留有遗憾，并且，韭菜还要嫩，才能充分发挥其在水饺中的作用。事实上，和肉一起煮熟的韭菜都会太老，为保持韭菜的嫩，我的一位作家朋友创造出一种新颖的做法：先将肉馅焯水，煮个半熟，再捞出来，加韭菜，再包成水饺。这样一煮就熟，肉烂了，韭菜依然鲜嫩无比。

当然，在吃水饺这件事上，大家都见仁见智。萝卜韭菜，各有所爱。像我这么一个爱吃饺子的人，也不是所有馅通吃。馅料本身，要互相制约，有中和之美，突出一点味道出来，就够了。若五味俱全，必然平庸。更何况，作为饺子的好朋友，蒜泥和醋还在冷静地等待着饺子的热情，进而增加饺子的香味。没有它们，几个饺子落肚之后，你很可能会心里空落落的，总感觉缺点什么。

除非是酸汤水饺。要提前在碗中配好调料：虾皮、紫菜、辣油，再撒上葱花香菜，用开锅的饺子汤一冲，再把水饺盛进去，边吃边喝，酣畅淋漓。另外，这种水饺也充分说明了其与馄饨的"血缘关系"，本是同根生，相煎变锅贴。

如今，"好吃不过饺子"确实成了很多年轻人无法理解的谚语。这并不是时代的错，单纯的怀旧本身就是不可取的，但总有一些美味会伴随着中国人的记忆永不消失，会让我们热爱这个国家，让我们想起故乡，思念起那些和我们一起包过饺子的亲人。

腊八的粥

腊八的粥也是粥，腊七、腊九都能煮，不在腊月也一样。但是，在腊八这一天煮，就成了腊八粥。

腊八蒜不同，虽不是腊八腌才绿，但在这天腌上，年三十一定是绿的，绿得恰当，不深不浅；辣得适当，不浓不淡，带着一点甜和酸，除夕就着饺子吃，至少能让人多吃半盘。

通常来说，腊八粥从做法上和八宝粥并没有本质区别，更无统一配方。每个地方做法都不一样，甚至家家不同。

和平常的粥比起来，腊八粥要复杂一些。不管是红豆、莲子、红枣、花生，还是杏仁、百合、枸杞、葡萄干，都可用在粥里。复杂的腊八粥，似乎是为了试验粥的兼容能力。结果是，一切能吃的，都能煮粥。哪怕乱点，顶多就是乱成一锅粥。

但有两样东西，什么粥都离不了。

一是米。粥这个字把"米"放中间，就说明米是粥的灵魂。就算是肉粥，也要有米。西晋的无知皇帝留下的"何不食肉糜"，就是肉粥，字面上看，"糜"也是有"米"的。今天常喝的肉粥、虾粥、鱼粥、蟹粥、皮蛋瘦肉粥都有米，巧妇难为无米之炊，是因为没有米，连粥都煮不了，就别提做饭了。

二是水。水能载舟，亦能煮粥。再简单的原料，没有水，不成粥。腊八粥不管多复杂，都不能没有水。先用水淘，再用水泡，最后用水煮。米为粥父，水为粥母。但不知为何，现在很多人以"水"为敌。比如网上那些号称全是"干货"的文章，就像是没有水的腊八粥，只是一把豆子和米，生吞下去，自然令人难以下咽。

真正的腊八粥不同，因为它是粥，有温度和营养。尽管，一碗粥这么复杂，可能也脱离了粥的本意，不过也难得。过去没那么多食材，等到腊八，家里能吃的全煮上，盛到碗里，再撒上一把糖，就算是过好日子了。其实，真要把腊八粥做好了，非常难。因为食材多，熟的时间不一样，更重要的是，必须把所有的食材都煮黏糊了，才称得上是好的腊八粥。

黏糊，是粥的境界，也是分寸。不管是腊八粥，还是简单的粥。

简单的粥，也养人。作为一项发明，粥堪称伟大。没有粥之前，吃饭可能很费劲，一口干饭嚼半天，靠分泌唾液往下咽。周公吐哺的典故就是这么来的，他听说人才来了，赶紧吐了嘴里的食物去迎接，最多的时候，一顿饭吐了三次。其实，我觉得有可能是饭不好咽。

周公的年代已经有粥了，但当时有用粥来敬老的风俗，因为老年人更怕噎。汉朝时送老人一种鸠杖，除了让老人拄着方便，很重要一点，就是杖上的鸠传说为"不噎之鸟"。

腊八粥的起源没那么早，说法也不统一。有说是"赤豆打鬼"，有说是悼念饿死在长城的民工，还有说是为了怀念岳飞，甚至说是朱元璋发明的，脑洞极大。认为纪念佛陀的人最多，还称其为佛粥，说释迦牟尼在菩提树下成佛，正是腊八这天。这自然也经不住推敲，类似微信朋友圈转的消息，如没可靠的源头，基本都是信口雌黄。但是，寺院和信徒在腊八这天施粥，的确是功德无量的事，因为腊八冷，民间谚语说"腊七腊八，冻死叫花"，或许，一碗施舍出去的腊八粥，会救一条命。

那么，腊八粥到底是怎么来的呢？毫无疑问的是，和腊八有关。腊八能够成为节日，来自古代的腊祭，时称"蜡祭"。《礼记》中有记载，这一天，人们祭祀祖先，期盼来年如意。只不过，当时的祭品，用的是猎物或家禽，而不是粥。具体为什么改成粥，我说不上来。

不管怎样，腊八这一天，喝一碗内容丰富的热粥，是很有幸福感的。虽然腊七、腊九都能喝，但是，腊八这一天喝了，脑海中总会升腾起一件事：哦，又快过年了。

真快，仿佛只是煮一锅粥的时间。

四方

SI FANG

　　每到一地，总有朋友带我去各种充满烟火气的地方寻觅美食。他们知道，大酒店，我确实没有什么兴趣，坐在富丽堂皇的包间，整个人都是蔫的。而那些深藏于市井的锅灶，总能让我一次次胃口大开，心花怒放。

锅盖的面

全中国，恐怕唯有江苏镇江有锅盖面。

不去镇江，是很难吃到的。镇江的锅盖面不像兰州牛肉面一样各地都有连锁——虽然味道比不上兰州，但至少也有个五六成水准。锅盖面，在别的地方，连名称都很难见着。甚至难以想象，锅盖面到底是怎样一碗面。用锅盖盛着吃？或是锅盖形状？听起来很具体，又过于抽象。

去镇江前，我倒是见过一个朋友发图，他在镇江拍电影，吃锅盖面。图片看起来没什么特别，就是一碗面，浇头挺丰富，让人舌尖生津，却也不至于垂涎三尺。

我在镇江没什么朋友。发图的朋友是山东人，专门投拍一些我没看过的电影，说是"网大"，什么霸道总裁苦恋贫家女反被情虐等。他说挺挣钱，曾想让我写剧本，我实在写不了，并非不喜欢钱，而是有自知之明。其实，那些剧情虽然看起来很傻，但对写作者是很挑剔的，只有自己真心相信那种傻事儿，发自肺腑写出来，才能感染更多相信那种傻事儿的人。自己不信，硬写，别人也不会信。

吃饭同理。有的店可能生意非常火，"网红"，真的有人认为很好吃，或者拍出的照片很好看，但我不会去。在济南时，我只去那些常去的地方吃饭，一般不敢贸然试新。还好，因为轻车熟路，济南哪里好吃，大概都熟悉，基本已够用。最怕朋友盛邀，去一些本不想去的地方，仿佛"身陷囹圄"，实在举箸难下，又怕辜负朋友的心意，只好闷声不响，硬着头皮胡吃一气。

不过，若是靠谱的朋友，气味相投，推荐的地方多错不了。有些朋友，因为靠谱的推荐，反让我刮舌相看。比如我有个师弟，之前在我印象中是不懂吃的，后来陆续带我去过两三家小馆子，都是特色鲜明、大隐于市的那种，因此，在我眼里，他后脑勺瞬间亮起一圈光环。我让他继续推荐，得到的回复很肯定：没了。

于是，光环闪烁了一下，短路。

到镇江后，我让那个拍电影的朋友推荐锅盖面。因为我虽没看过他的电影，但一起出过一趟差，那两三天时间，吃了朝天锅、肉烧饼、羊汤等，口味基本一致。他先是推荐了一家，镇南，老馆子。我查了一下，离我住的酒店不远。不过，看网上评价，这一家似乎偏咸，被镇江本地人说是游客才去吃。我心头一惊，庆幸自己还好查了一番，否则就和他一样成了游客。

对镇江来说，我本来就是游客，但在吃饭这件事上，只要和游客沾边的，似乎都不怎么好吃。不管哪个地方，游客都被放在了餐饮鄙视链的末端，成了最容易糊弄的人，以至于一些名吃，原本很好，却给游客留下的都是坏印象。本地人从不去游客去的店，做游客生意的，也不指望本地人去吃。所以，很多游客吃后会产生疑问：这么难吃的东西，怎么还会有名？难道是有名的难吃？

镇江最有名的，就是锅盖面。当然，美食之外，镇江还有很多有名的，比如有名的唐诗和宋词，多次描写过镇江。一座北固山，有王湾的"海日生残夜，江春入旧年"；辛弃疾的"想当年，金戈铁马，气吞万里如虎"。

四大名著，都写到镇江：《红楼梦》里张华出事的"京口地界"，刘备招亲的甘露寺，张顺夜伏的金山寺，唐僧母亲将小唐僧沿江漂流到的寺院……这些都足够让镇江名扬天下。然而，对我来说，到了镇江，不去吃锅盖面，还是觉得辜负了这个地方，也辜负了自己的胃。

我来镇江，是参加一个活动，日程很紧，算了下，只有一顿早餐的时间可自由安排，镇江的面馆太多，少说也得几百家，所以，去哪里吃锅盖面，得慎重。

据说，大华面馆是非常火的，就在西津渡附近。我一到镇江，就先去了西津渡。

对于镇江来说，西津渡是一个非常值得去的地方，因为码头而形成了一条古街；又因是清末就开放的通商口岸，还遗存了不少西洋风格的建筑。

另外，古街当中，还有一座元代的石塔，是全国唯一一座保存完整的过街石塔，过往行人都从塔下经过，很特别。

再加上救生会的遗址，这里把各种文化杂糅在了一起。

我到西津渡时已经是下午，大华面馆像很多本土面馆一样，只卖早午餐（晚上要熬第二天的汤），所以，没赶上去吃。古街倒是有许多卖锅盖面的，店门口摆着煮面的大锅，有的店家看见我们过来，嗖一下就拿起一个锅盖，扔到了锅里，嘴里喊着：镇江锅盖面！来一碗吧？

锅盖面名副其实，真把锅盖放在锅里，和面一同煮。锅盖是木头做的，老杉木，或是银杏木所做，比锅小得多。

有人说这个奇怪的煮法，可让面增加木香；还有传说是乾隆下江南时，煮面的人慌了手脚，误把小锅锅盖扔进了大锅，反而歪打正着。我最信赖的一种说法，是过去船家煮面，用漂在其中的小锅盖将面条隔开，让面不会粘连，同时还止沸焖面，撇去浮沫，防止溢锅。风俗，大多是从实用性开始形成的吧。

在镇江吃锅盖面，当然不是吃锅盖，而是吃面。镇江的锅盖面不同于江南的面，后者重视浇头，而忽略了面条本身。锅盖面的面条不是江南一般的碱面，而是用"跳面"，不光要面，还要跳：一个人坐在竹杠一端，上下颠跳，竹杠另一端固定在案板上，如此反复，将案板上的面压成薄皮，再用刀切成面条。"跳面"十分筋道，像北方的面条，浇头又是江南风格，丰富多样。这种南北融合的特色，和镇江的地理位置有关。镇江属江南，一江之隔的扬州就是江北，瓜洲就属于今天的扬州，正所谓：京口瓜洲一水间，精华交汇锅盖面。

在我还没有决定去哪里吃锅盖面时，我已到酒店入住了。酒店的自助晚餐就有锅盖面，不过，据我的经验，自助餐都不会太好吃，同样是锅盖面，和专门的面馆水平无法相提并论。但我还是打算先尝尝。

锅盖面的汤分两种：红汤和白汤。白汤是骨汤，红汤则是用酱油和中草药熬制的汤料，下面之前放在碗里，加上猪油、胡椒粉、蒜末。然后把浇头烫好，面熟时，先舀面汤和汤料兑在一起，再把煮好的面盛进去，撒上小葱、蒜叶、香菜，热腾腾一大碗，吃得人幸福感油然而生。

镇江能有锅盖面，最重要的还是位置。作为京杭运河和长江的交汇处，过去这里来往的人实在太多，锅盖面既能管饱，又有诸多口味，可满足人们的不同需求，因此沿着交通线声名远扬。在入住的酒店里，我吃了三碗。吃完之后，回房间研究第二天早晨去哪家继续吃锅盖面。拍电影的朋友又给我推荐了一家，叫"水漫锅盖"，我觉得名字有点像"网大"，便继续推敲。不过，他专门叮嘱，一定要吃块肴肉，我觉得没有问题。临睡前我才下了决心，去一家叫老赵面店的地方尝尝。于是，研究好打车路线，怀着满满的期待入眠。梦里，全是锅盖面的香味。

第二天一早，我在镇江吃了锅盖面。

真正的锅盖面，好吃得我不想再多写一句话。

连着云，连着港……

来连云港前，我知道这里是陇海铁路和连霍高速的东起点，但不知道这里有什么好吃的。海鲜，没什么稀罕，作为山东人，我不知道还有哪里的梭子蟹比莱州湾的鲜美，只是，正宗的即便去莱州，也很难买到。耳闻连云港有种食物，唤作豆丹，听起来有些嘎嘣脆，口感想必不错。网上搜了一下，大跌眼镜，甚至忘了自己根本没有眼镜。

所谓豆丹，原来就是豆虫。

说起来，对于吃虫，我虽没有云南人那么广的接受范围，倒还不至于恐惧。小时候烤蚂蚱，长大了炸蝎子，知了猴从小吃到大。但是，豆虫从未吃过，当年在豆子地里捉到，没敢吃，也不知道怎么吃，毕竟，看着它像毛毛虫一样蠕动，就心有余悸。小学时，我曾被毛毛虫伤害过，液体喷了一脸，然后，整个脸瞬间肿成了猪头，去医院回来，连吃猪头肉都没了胃口。

豆丹啊豆丹，我要不要吃呢？

连云港的饭菜挺可口，就算不吃豆丹，也不虚此行。全国重点文物单位，我去了三处，印象都深刻。孔望山的汉代摩崖石刻，文物专家认为其是最早的佛教题材的摩崖石刻，尽管其造型和犍陀罗的区别甚大，而是颇具汉画像石的风格，但弟子像、力士像，包括舍身饲虎的佛经故事，还真是那么回事。

不远处，还有一尊汉代的石象雕塑，在一块自然形成的岩石上，寥寥数刀，把一头行进中的大象雕了出来，越看越传神。

第二处在桃花涧将军崖，是新石器时代的岩画，表现了农耕场景及天文观察记录。崖上还有祭祀的社石，三块大石头搭起来，向一块更大石头行礼。据说，当初少了一块石头，考古专家在周围怎么也找不到。一位农民得知，就带专家去了一个地方，从地里三下五除二，把石头刨了出来。原来，这位农民盖房子时，想把这块石头做成石板铺地，拉回家，找石匠钻眼，钻了三个眼，石头也不裂，就觉得神奇，没敢再动，找地方悄悄埋了。

将军崖的石头上，还画着几个奇怪的符号，其中有一个像是手枪。我一问，才知道，抗战时，日本人曾在此处驻军，这几个符号是他们留下来的。

不管是爱还是恨，刻在石头上，再过很多年，也擦不掉。

第三处也是石头。在苏马湾的海边，有两处王莽时期的界碑，东海郡和琅琊郡从此处分界。我去了其中一处，界碑在半封闭的亭子里保护着，留了一条缝，正好让一只孔雀出出进进，隔着两三米看，字虽有些模糊，但还能依稀分辨。日期为始建国四年，即公元12年，那一年，刘秀十八岁，十年后，他与兄长起兵于南阳，和各路起义军一起推翻了新莽王朝。十年，真的很快，在历史中，只是一瞬。

> 前汉后汉新莽断，
> 琅琊东海一界分。
> 两千年碑今犹在，
> 不见当初王巨君。

我这次来连云港，是参加江苏省台办和新浪江苏举办的活动，"跟着诗词走江苏"第四季，也是这个活动的第四年。第一季去的南京和镇江，第二季是泰州和扬州，第三季淮安，原本我定好要去，临出发前，因为正在普陀山讲座，舟山普陀区出现一例密接，未能成行。这次还好，一切顺利，和疫情之前相比，对我来说，每一次有始有终的出行，都觉得不易。

所以，我还是想尝试一下豆丹。就像孙悟空当年吃太上老君的仙丹一样，机会并不是很多。

到连云港，不能不提孙悟空。花果山在全国有多处，然而，连云港的花果山和《西游记》描写特别吻合。"……东胜神洲。海外有一国土，名曰傲来国，国近大海。海中有一座名山……"连云港的花果山过去一直在海中，三百多年前，才因海水东退与陆地相连，尽管在海中时，还不叫花果山，而是苏轼笔下的"苍梧"，但符合《西游记》对花果山的基本设定。

至于山上的水帘洞、孕猴石等自然景观，也都和书中颇为相似。

更关键的是，吴承恩老家淮安和连云港是近邻，据灌南县博物馆收藏的吴承恩为其父及朋友写的墓志铭可知，吴承恩与连云港有着千丝万缕的联系。所以，《西游记》里，吴承恩把唐僧的父亲也设定为连云港人。《嘉庆海州直隶州志》里，唐僧的姥爷殷开山也是连云港人。再加上一些传说和方言的佐证，别的山花果再多，也不及连云港的花果山更能迸发出《西游记》的艺术之果。

花果山也是连云港的景区里最热闹的。孩子特别多，每人一根金箍棒，或许，这是中国所有景区最畅销的文创产品。若再设计一个带猴尾巴的虎皮裙，兴许也能卖得不错。

去花果山那天，有雨。雨说小不小，虽不是哗哗的水珠，但特别细密，仿佛是开了平方的毛毛雨，当然，也可能是孙悟空的毫毛。

连云港不光有《西游记》，还有《水浒传》里的故事。

《宋史》中，诱降宋江的，就是海州知州张叔夜。当初，宋江带诸好汉到连云港，抢了十几艘大船，把劫掠的财物放在船里，尝试从山贼向海盗转型。张叔夜招募了一千名死士，设下埋伏，然后派轻兵诱敌，宋江一出战，伏兵就抄后路，烧了宋江的大船。宋江这边军心大乱，副将被擒，宋江就投降了。因擒宋江有功，张叔夜擢升至济南当知府。

不知道张叔夜在连云港吃过豆丹没有，我看到那些做豆丹的画面，的确有些恐怖：一个活生生的豆虫，用擀面杖一擀，里面的肉浆从尾巴后面挤出来，一小团，白色，微黄，扔在盆里备用。我问厨师里面是否会有豆虫的排泄物，厨师说不会，隔着皮，他们能看出来，等豆虫排干净，才会下手擀豆丹。

擀好的豆丹，要用豆油炒，放上辣椒、花椒，做成一盆，我硬着头皮，夹了一块，先放鼻尖上闻闻，没有异味，放嘴里，口感好似蛤蜊的肉，带着微微的豆香，还不错，同行的两位从不吃虫子的台湾朋友也跟着吃了些。

豆丹在连云港卖得很贵，要一百多一斤，在饭店里更贵，所以，现在养殖豆丹也成了一门产业。因为豆虫对生存环境的要求很高，不能有农药污染，所以，在今天的豆子地里很少能捉到豆虫了。想吃野生豆丹，比吃到野生大黄鱼都难。

豆丹虽不是仙丹，但吃过豆丹，真感觉自己似乎有了仙气，再去海上云台山，顿时不一样了。我顺便还写了首打油诗：

> 山抬云，云台山，
> 云下有山上有仙，
> 我和仙人隔云见。
> 仙人笑我看不透，
> 我笑仙人太疯癫。
> 人间虽不似天上，
> 天上怎能比人间？
> 不喜云雾爱炊烟。
> 不服仙丹食豆丹。

游血旺和香辣蟹

成都双流机场离安仁镇大概一小时车程。我坐了"红眼航班",到酒店住下,已是凌晨三点。第二天下午,我参加论坛的对话,聆听了一位经济学教授的发言,晚上,又直播两场嘉宾访谈。结束后的深夜,我一个人到镇上转了一圈,下雨了,路上几乎看不到行人,沿街的店铺基本都关着门,挂着一排排红灯笼。我好不容易找了个烧烤大排档,赶紧要了一把串儿。

店主本来也要打烊,见我过来,重新生了火,就着点起来的炉子,自己也烤了几串豆干,边吃边等我。我就着串儿,喝了二两店家的散酒"土茅台",回去休息的路上,雨停了。

古镇有很多值得一去的地方,如建川博物馆、刘文彩庄园等。我没有时间过去,只在会场对面见一所学校的大门颇具特色,上前看介绍才知道,这所学校的前身是刘文彩捐建的文彩中学。那是1942年，他投资了200万美金，在当时可不是个小数目。

如今，这里成了宏文学校成都安仁校区，再看门口的宣传栏，上面列着的学校毕业生大学录取率，着实能吓人一跳。2021届，这里百分之二十的毕业生，考上了世界排名前十的大学，百分之九十七的毕业生，被世界排名前一百的大学录取。

离开安仁之前，还有半天时间，总觉得不能"善罢甘休"。也巧，一位朋友刚从安仁回成都，我问他这里有什么好吃的，他推荐了游血旺。

整个安仁，镇上的饭馆全是"血旺"，各种照片上的"血旺"加起来，看起来"血流成河"。游血旺是什么，我不知道，朋友也说不清楚，只是强调，绝不是毛血旺。

我溜达着，找到朋友推荐的那家游血旺，其门脸不大，门口支的锅却不小，进去一拐弯，就是一个大厅，摆着一二十张八仙桌，每张桌子都带着一层油渍浸出的包浆。

我去的时候，大概是上午十点，没客人，只有女老板和几个服务员。我问怎么点菜，女老板说，中午十一点半营业。

我十一点半就要往机场赶，只好恳求女老板，能否给我提前做一份。女老板犹豫了一下，说，你去里面坐下吧。我不知道"坐下"的意思是给我做，还是让我坐等到十一点半，徘徊了半天，见她找了一个盆，开始从锅里捞东西，心里才踏实。

一开始，我对游血旺没抱太大希望。毕竟是旅游景点，通常的特色美食也都只剩下了形式，以供游客拍照。见女老板从锅里捞出很多血块，我还想说，能否少来点血，多来点别的。只是怕她觉得我多事，再反悔了不做，我才没开口。

游血旺看起来很简单，只有血块和大肠，还有一层撒在上面的黄豆。跟着一起上来的，还有一小木桶米饭，和一碟泡菜。女老板看我没有经验，就过来示范，要用木勺轻搅，别把游血旺搅散了。

我先用筷子挑了一截大肠，确实好吃，大肠怎么做都好吃，这一点倒不出意外。对里面的血块，我并无兴趣，过去吃毛血旺，里面的鸭血，或者猪血，我都基本不动。但是，当我试着舀了一勺血块放进嘴里时，我一下子就被震撼了。

这是什么神仙美味啊！血块像豆腐脑一样嫩滑，和牙齿轻轻一碰，就化在了嘴里，麻辣鲜香，任何食材都难以比拟。

我甚至突然理解了欧美电影中的吸血鬼，原来血，是这般美味。同时也可怜他们，应该做成游血旺，才算是没有辜负食材。

我实在忍不住，对女老板说，太好吃了。

女老板一点也不惊讶，说她是第二代，从父亲干这一行开始,已经五十多年了。每天,她都要用最新鲜的猪血来做,数量有限,早上杀多少猪,才有多少血,才能做多少游血旺。

女老板的父亲当年在肉联厂工作过,那个年代,每个人分管猪的各个部位,她父亲分管猪血,所以她从小就被称为"猪血的女儿"。她说的四川话,"猪血"听着像"主席",让我不知道她是在忆苦思甜,还是要表达自豪。

她还解答了我的一个疑惑:她父亲姓游,当年,整个镇上只有两个姓游的,所以,才叫游血旺。

为了这份游血旺,我想,将来我还要再来安仁。

回到济南,我一直在想游血旺,这种让味蕾爆炸的美味,实在太难得了。

不过,若仔细筛选一下,济南泺水居的香辣蟹,能算一个。

前阵子,不断有人问虾老板,香辣蟹什么时候上,虾老板总说,再等等。有人实在等不及,买了泺水居的小龙虾,自己蒸好螃蟹,蘸他们甜辣的汤汁,也挺过瘾。

泺水居的汤汁是虾老板闷头研制的,非常独特,吃一次,就会留下念想。念念不忘,必有回响。所谓回响,其实就是像游血旺那样,吃完之后不能咂摸,咂摸起来,还得再去吃。

之前,不管吃什么螃蟹,都不需要任何料,总觉得螃蟹的原味，已足够鲜，生怕这点难得的鲜味，被调味品夺去。但是，香辣蟹的诱惑还是难以抗拒，想起那浸满了麻辣汤汁的蟹黄或蟹膏在唇齿之间嚼起来的滋味，实在让人欲罢不能。

所以，我也没少催虾老板。

离开安仁，在成都登机时，突然刷到虾老板发朋友圈，说香辣蟹已经上了，发了一堆照片。螃蟹一个个掀着盖，露着黄，像是在挑衅："大哥，快来啊……"

那一瞬间，我都想解下安全带，走到驾驶舱，对机长说："能不能开快点？它们在盘子里，我都等不及了。"

在路上吃

曾经畏出远门,因怕坐飞机,长途火车票订起来又麻烦,到哪儿去都逃难一般。读《围城》时,看到方鸿渐、赵辛楣等人去三闾大学,住拥有自带报警功能楼板的小旅店,吃肉芽蠕动的腊肉,一路窘迫,深有感触,觉得这么多年,中国人在路上似乎无太多改变。

我这种陋习是被高铁改变的。突然有一天,发现高铁如此便捷,几乎在一夜之间如阡陌纵横。于是,凡六七个小时之内的目的地,我基本上全选择高铁出行,自动取票机几乎成了我的工作日程表。今年出差最多时,用身份证去刷票,发现屏幕上的火车票可翻上两三页,目的地有大站,有小站,都是永远的下一站。

对一个爱吃的人来说,各地都有迥异美食,但时间匆忙,不可能每餐都深入大街小巷,寻到坊间至味,所以,高铁站或其周边常成为我的临时食堂。比如一大早从济南出发,如果去老站，我会步行十分钟，顺路到经三纬四喝碗赵家甜沫，他们家炸的小油条不错，掰开放甜沫里泡软了，越嚼越香，环境虽差了些，排队的人却越来越多。要去西客站，就吃不上什么老字号了，二楼有不少家餐厅，豆浆油条都有，却不好。有家肉饼我挺喜欢，特别是刚出来，烫着嘴吃，配碗荷叶粥和三丝咸菜，加一个卤蛋，也算是一顿有质量的早餐。我常看到刚来上班的列车员三五个簇拥着去那里吃，所以应该差不了。

平时在西客站里吃早餐，都是很方便的，但出行高峰就麻烦了。有一年"十一"，我坐最早一班车出发，六点多到站，所有的店，都卖得底朝天了，包括麦当劳，连薯条都卖空了，只好吃方便面凑合。

说起方便面，其实是一种神奇的食物。不管如何被批评，人却一直离不了。尤其在路上，总觉得特别想吃，就算自己不吃，也难避免看到别人吃，弥漫出的味道比自己吃还香。有资料显示，作为世界第一方便面大国，中国人年均要吃三十多包，而且大多会选择两种口味：红烧牛肉和老坛酸菜。

我只吃红烧牛肉面，尽管吃了这么多年，也没有从里面吃出过牛肉，但隔段时间还是忍不住泡上一次，用火车上带着消毒味儿的开水，加上两根脆脆肠，浓油赤酱的调料，还是能吃出满足感来的。

太原站旁边有个地摊，专门煮方便面，将近三十年时间，生意极佳，被称为太原的深夜食堂。我最近没有去过，不知道这家店破旧的灯箱上不断更新的"年份"是否还能持续下去。

我多次去山西，山西不光古建筑多，民风也独特。晋城的特色早餐就是肉丸方便面，到处都是，生意极好。肉丸是本地的，方便面产自河南，据说河南那家方便面厂全靠晋城的早餐撑着。

高铁站现在很少有卖方便面的，北方还好，南方一些站里的超市，方便面属禁售产品，车上自然也没有，否则我相信车上的盒饭很难卖出。客观地说，88元一份的牛肉盒饭味道还凑合，价格却实在偏高。据说有15元的盒饭，却从未听列车员

吆喝过。济南始发的高铁，商务座免费发的把子肉午餐有些特色，把子肉用的五花肉，肥而不腻，配两份小菜外加一筒蛋汤，可和西安发车的高铁上的羊肉泡馍有一拼。

在高铁上果腹，也容易，喝酒就没什么好肴了。要配啤酒，可提前在站里买锁鲜的周黑鸭，武汉站的最好，南京南站也有，上海虹桥站、北京南站有好几家，应该都差不多，我不知道哪家更好吃些。没有高铁的年代，绿皮火车上最馋人的是烧鸡，路过德州，车窗外全是卖扒鸡的；路过蚌埠，站台上全是卖符离集烧鸡的，打开车窗买时一定要小心，质量怎样不说，关键是得备好零钱。如递去一张大票让小贩找，有的小贩故意磨磨蹭蹭，钱还没找好，车就开了，只好望鸡兴叹。

站台上的烧鸡比如今软包装的德州扒鸡要香，一个人吃，半车厢的人咽口水。更确切地说，别人咽不咽我不知道，反正我咽。或许是我太馋的原因，肚子里的馋虫经常起义。我被馋得最厉害的一回，是在济南回老家的大巴上，正是午饭时间，路过一个叫黄安的地方，当地驴肉有名，路两边全是卖驴肉的小推车，大巴从中间开过去，恨不能被涂上一层驴油。那次有人从黄安上车，握着一个烧饼，里面夹的是刚煮出来的驴肉，冒着热气和香气。他上来之后，就开始大嚼，嚼得嘴角流油，牙缝里都是红色的肉丝。饥肠辘辘的我几乎当场昏厥过去，恨不能把烧饼一把夺来，说："哥们儿，让我来两口……"

那时济南到老家未通高速，汽车从国道上要开很久，经常是一早出发，黄昏才到。中午司机停靠一个路边店吃饭，通常都会是世界上最贵也最难吃的饭馆。乘客可以吃，也可以不吃，吃的话，一个茶叶蛋就要一斤鸡蛋的价格，但是，我认为茶叶蛋是其中最实惠也最让人放心的，别的菜看起来更是面目模糊、来路不明。这样的路边店对于司机和售票员是免费的，而且进单间，有小炒，相当于提成，所以司机总是乐于停靠。

只有一次，也是在济南和老家之间的国道上，我遇上了一位良心司机，或者是他没有相熟的路边店，在乘客一片叫饿的喊声中，他把我们放在了梁山的一家炖鸡小馆。菜的味道不错，只是老板大概从未见过这么多顾客，有些不耐烦，菜也上得慢。后来顾客一个个都到厨房门口等，不管出来什么菜都抢着端走，结账时老板大概也算糊涂了，对不上总数，骂骂咧咧把众人赶走了，颇有梁山好汉遗风。

自从有了高速，路边店就渐渐消失了。服务区吃饭虽然也不便宜，但不算宰人，只是要原谅其参差不齐的味道。比如济南到太原中间的井陉服务区，据说是五星级的，我在那里吃过两次自助，能吃饱，肯定没法吃好。印象最深的就是那里的啤酒，实在难喝，夏天也不冰。

全中国大概浙江的服务区最好。比如桐庐，有星巴克、肯德基，还有诸多浙江老字号的小吃。我去过一次，有一种想停下来在服务区住两天的冲动。至于让无数年轻人神往的川藏公路，别说服务区，沿途下来进城找吃饭的地方，都像是在多数服务区里吃的。

以前没坐过飞机时，我曾向往过飞机上的航空餐，觉得应该是高水平美食，到了不得不坐飞机时，发现几乎所有的航空公司，都能做出味同嚼蜡的盒饭。头等舱的饭菜确实不错，还可以喝啤酒，只是我在空中喝酒，总觉得不接地气，耳膜压力也大，所以不太敢喝。听说二十世纪七八十年代，乘飞机可免费喝茅台，我倒不奢望，如今能有普通白酒就很不错了。

机场倒是可以喝几杯。有一年，我和摄影师芜野去伊犁，在乌鲁木齐转机，需等四五个小时，恰好那天有发小从青海到乌鲁木齐出差。中午落地后，就在地窝堡机场旁边，我们找了家能喝酒的川菜馆子，又从旁边的维吾尔族饭馆要了大盘鸡和烤串，最后喝得……我赶到伊犁吃的晚饭，芜野第二天才到伊犁。

今年五月份，我从克拉玛依回济南，又到乌鲁木齐转机，找到那家维吾尔族饭馆，说是允许喝酒了，于是要了一份拌面，烤了三串红柳，喝了两瓶夺命大乌苏。酒足饭饱，我才恋恋不舍地离开。

在路上自己喝酒也挺有趣。去年我去海拉尔，回来在哈尔滨转机，进安检后看到有超市卖白酒，就买了一瓶，打开后，就着大红肠喝了三四两。喝的时候有点不好意思，总感觉过于粗鲁，对瓶抿一口，就赶紧把瓶子藏在腿后面，若无其事地看着周围的乘客。

机场的餐厅也不少，但不如高铁站的丰富，质量也逊色许多。兰州机场的牛肉面就不如北京南站的牛肉面，北京南站有家东方宫牛肉面，虽比不上兰州市里的马子禄，但比各地的三江源还是好很多。前年我在五棵松那边创作春晚的小品，晚上突然想吃牛肉面，附近几家都关门了，我一咬牙，坐地铁直接去了北京南站。快过年了，晚上车厢里几乎没人，轰隆隆的声音如此清晰，我想那是因为地铁也饿了。

还有一年，在衢州的廿八都古镇，和一位历史学者一路畅聊，临走那天吃早餐，我发现他吃了好几个鸡蛋，我问为何？他说从小出门时，就会多吃鸡蛋。因为母亲总会煮鸡蛋给自己带上，那些鸡蛋平常家里也不舍得吃，母亲念叨着"穷家富路"，就把鸡蛋和嘱托一起装进了孩子的行李袋里。

是啊，母亲煮的鸡蛋，那曾是无数人路上最熟悉的食物。在轰鸣的汽笛声中，在迅驰的车厢里，在苍茫的大海上，在三万英尺的高空，很多人一上路就无法回头，一上路就是一生。

佛冈美食小记

佛冈，属于广东省清远市，有许多难得一见的美食。比如当地特产粉葛，平常用来磨粉，若用来烧肉，口感很好，比山芋硬，比土豆脆。

佛冈的腐竹也非常好。有一个家家都做腐竹的村子，在四九镇涖江村。每家一排灶台，放着铁锅，盛满浓热的豆浆，正对着铁锅的墙上，有风口，豆浆一会儿就结一层皮。然后拿一个绑在细木棍上的刀片，在皮的中间划一刀，再铲边儿，用手捞起来，挂在锅上，晾成腐竹。

一锅豆浆能取三四十次腐竹，前面取的叫头竹，颜色最浅；接着是二竹，三竹，最好；后面的称为尾竹，颜色比较深，呈焦黄色。尾竹价格最低，不过，也有人专门选尾竹，直接吃，下酒尤好。

腐竹可生吃，之前从未试过。这个村里的孩子天天拿腐竹当零食吃，比吃薯片健康多了，纯绿色食品。

我留了一个微信，回济南后，买过几次他们的腐竹，价格虽比超市里的腐竹贵很多，但味道完全不一样，只是路远，每次快递发来都能碎一小半。

碎腐竹泡好了，凉拌，也很可口。

佛冈的村子，大多是远处有山，近处有稻田。村口一棵大榕树，一洼水塘。榕树是一个村的"出生证"，其粗细程度，就是这个村子的岁数。

和别的村镇的水塘不同，汤塘镇的水塘是有温度的。那里到处是温泉，纯天然，水温最高能达到80℃。在那里的汤塘围村，我头次见到一种"暗黑料理"——臭屁醋。

顾名思义，这种醋闻起来有股臭屁味。而且，制作起来不太稳定，有时不太臭，有时臭得厉害。我问村民怎么控制，他们说靠运气。

臭屁醋要把大米在锅里炒熟，再放进坛子里，加水，一个月，就变成了臭屁醋。这种做法应该和当地的气候有关，如果在北方，估计只有臭屁味，变不成醋。

我吃了臭屁醋炖的猪脚，解腻，汤很酸爽，有助于消化。难怪佛冈县县长说："吃过佛冈菜，没人说不爱。"

佛冈既然在清远，自然少不了白切鸡。说起来，鸡，是一块任人发挥的画布，煎炒烹炸，可红烧，能黄焖，但检验鸡是否好吃的最高标准，一定是白切。

佛冈民安镇白切鸡的做法看似简单，烧开水，水里除了姜片，什么也不放，然后手握鸡头，把整只鸡身放水里，来回涮三下，再放进去，盖上锅盖，四十分钟即成。鸡肉会带一点血丝，过去带的血丝多，如今少了，要求必须全熟，有血丝，也只是在骨头上。切鸡也有讲究，要边切边摆，切成块，还要摆成整鸡模样。

白切鸡最重要的有两点，一是蘸料，用的葱油是当地汤塘的红葱头。还有葱花、香菜和碎姜，分开盛，让大家各取所需。二是必须用本地散养的鸡，六斤左右，养一百多天，据说是因为吃稻谷，所以皮金黄。

平日里，我们吃得最多的是白羽鸡，四十天就要宰杀。在养鸡场里，不分昼夜都开灯，让鸡不停吃饲料，还有各种药物，令其不停长肉，很多鸡都站不起来。比起那些鸡，佛冈的鸡也难免一死，可平均寿命长一倍多，活的质量还是不错的。

鸡，也得生对地方，才能死得其所。

除了鸡，佛冈还有鹅，在佛冈龙山镇涆镇村。这里许多地名都带"涆"字，涆，音bàn，就是很稀的泥地，人踩了就陷进去，鹅踩了没事。

都说没有一只鹅能活着出广东，佛冈农村基本上都养鹅，当然，这些鹅也不能活着出佛冈。佛冈人爱吃鹅，逢年过节都必须吃，平常也吃，吃碌鹅。

碌鹅的碌，就是翻的意思，碌的是本地的乌鬃鹅。这种鹅要养九十天以上，十二斤左右，杀掉，拔毛，取出内脏，然后挑出鹅油，铁锅里化开，整只鹅放进去，反复翻个儿，等鹅的表面黄了，加腐乳汁、蚝油，再加水，没过鹅的一半即可，盖上锅盖，炖四十分钟。中间加鹅杂，还有手指头粗的蒜苗，用来提鲜。

我吃的鹅，是村主任做的，肥美无比。村里人操持宴席，常请他来做。问他有什么做鹅的诀窍，他说："没有啦，我放的什么你都看见啦！"

我确实都看见了，也没发现诀窍。或许，碌鹅最关键的诀窍，是锅要大。

佛冈的锅都不小，很多人家用的都是烧柴的地锅，烧的是荔枝树枝。佛冈产荔枝，紧挨着的从化荔枝更有名，其实佛冈荔枝不比从化差，荔枝树枝烧出的菜，自带果香。

有鸡有鹅的佛冈，自然也有鸭。佛冈有个甲名村，原名叫鸭𡚸坑村，𡚸的发音为nǎ，"雌性"的意思。顾名思义，这个村最初鸭子多，鸭蛋多，后来，出了很多读书人，吃着鸭蛋长大，考试从不得鸭蛋。因此被人称道：鸭𡚸坑，多先生。或许，读书不光需要鸭蛋，也需要基因，村里很多人姓朱，是朱熹后裔，有家谱，靠谱。

甲名村还有许多古老的传统。比如那天，我一进村，就见一群孩子在村头学舞"鸡公狮"。所谓鸡公狮，就是外形像公鸡，面似狮虎，狮身是用被面做的。狮子前面有两个戴假

四方　193

面的,一个戴大头娃娃,一个戴鸡头,这种舞狮是客家人的传统。

鸡公狮看似简易,却有许多高难度动作。比如采青,要竖一根木杆,五六米长,杆头挂一片青菜,舞狮人头戴沉重的狮头,爬到杆上,摘下青菜。当年,村里有舞鸡公狮的高手,最有名的叫朱如雅,一身功夫,是可以采青的,可惜人已不在。我见到了他八十多岁的弟弟,还在他家吃了顿饭,一种类似汤圆的米粉团,个头很小,没有馅,用鸡汤和牛肉煮,很香。

客家人有很多传统的美味,比如酿豆腐,名气很大,高岗镇社岗下村的豆腐,个头最大。

2011年,这个村制作了一块巨型豆腐,长宽都三米多,六吨重,创造了当时的吉尼斯纪录。

这里的豆腐除了吃,还有别的用途。每年正月十三,大家互相往身上投掷豆腐,为"兜福"的意思,被扔得越多,福气越多,一代代传承下来,就成了豆腐狂欢。如今,这一

天，要投掷上万斤豆腐，是最有豆腐味儿的豆腐节。

佛冈县城里，还有一种难得的美食，就是土窑烧猪，烧的是整只猪。我专门去现场观摩了一下制作过程：整只猪去了内脏，成袋的盐撒在上面，用手把盐味搓进肉里，同时释放一些水分。随后，把猪钩起来，放进一个砖砌的土窑烤。中间要提出来几次，贴上湿纸，再放进去，纸糊了，换纸，继续烤。反复三四个小时，最后，烤得皮焦肉嫩，好吃极了。

烧猪从凌晨三点开始，天亮后分割好，运往各个熟食店。不过，这种传统的烤法，今天还在坚持用的并不多，改用电烤炉烤出来的，味道确实有差别。

佛冈的美食应该远不只这些。那次，广州的朋友听说我在佛冈，专程开车来，一起去了个农家乐，问老板什么最有特色，老板说，鹿肉，上来发现，是驴肉，发音和"鹿"相同而已。

那次去佛冈，是2020年1月中旬，我去拍摄央视农业农村频道的《地球村日记》，大概五六天时间，结束时，就要过小年了。回到济南，和朋友聚会，喝了场大酒。记得有朋友写了几副春联分给大家，其中有一个朋友半开玩笑地问了一句："你去哪里出差了？没去武汉吧？"

我当时不知道他为什么这么问，几天后，突然就知道了。

宜宾的宜

宜宾，宜人。因为宜饮，宜食。

宜字最初就是两块肉，放砧板上。后来才有了宝盖头，有解释是屋顶，颜泽文先生说是盖碗，也挺生动，肉吃了，茶可解腻。他是叙府龙芽传统制作技艺第八代传承人，言语间，自然离不了茶。

宜宾古称叙府，叙，出自《尚书》："西戎即叙。"历史上，宜宾是各族交聚之地，三江汇集，地势险要，诸葛亮入蜀后南征，在宜宾留有点将台。宜宾过去也叫过义宾，和叙府一样，既体现了各民族一家亲，又不像恩施、宣化，从起名时就带着一厢情愿：我是对你好，你得听我的。而宜宾，或叙府，都仿佛在表示：不分主客，相敬如宾，有事好商量。

在叙府，最适合来一个酒叙，茶叙，边喝，边聊。"万丈红尘三杯酒，千秋大业一壶茶"，宜宾，都有。

宜宾的好酒，无人不识。在我印象中，五粮液一度比茅台更受欢迎。至少，二十世纪八九十年代，大部分人更欣赏醇正的五粮浓香。所以，后来很多酒厂，但凡出款高端酒，都自称原酒是从五粮液拉来的，且故作神秘，欲说还休——这里哪能酿出这么好的酒，其实就是五粮液，换了瓶而已。

事实上，这只是一种虚假宣传，五粮液哪还能换别的瓶子？只见过用五粮液的酒瓶装别的酒。老家有家酒厂，甚至直接把酒改名为"八粮液"，不过，很快就倒闭了，可惜了曾经一个还不错的品牌。

不过，宜宾除五粮液之外，酿酒的企业很多，大量的原酒输送到四面八方。有水土和工艺加持，有些原酒还真是不错，但被酒厂买回去勾兑，最终包装出来的品质如何，就不太好说了。

和四川的原酒一样，许多名茶，茶叶原产地往往是四川。尤其是宜宾，种茶历史悠久，东晋的《华阳国志》中就提到了这里的茶。更关键的是，宜宾的茶早。立春后一周，头采茶便下了。赶上立春早，年前就能喝到新的春茶，不像山东，日照青或崂山绿，明前只有大棚里才会出茶，露天头采，要晚好几个月。张爱玲说"出名要趁早"，出茶也要趁早，"名帖藏中古，珍茶试早春"，早出来，就有个好身价。人们对春的期盼尤其迫切，即使气温反复，寒流去了又来，但第一阵春风，第一场春雨，第一口春茶，总使人无限欣喜。

宜宾自己的茶品牌，最有名的，是叙府龙芽。

龙芽，指茶的芽形，"婉若游龙"，为明末天宫寺住持明尚大师命名，大师在传统制茶工艺上进行了改善，借鉴了唐代蒸青团茶制法和宋代干热提香制法，独创"炒烘结合"，使这款茶"色更翠、香更郁、汤更亮、味更鲜"。唐宋元明清的气息，都在一杯茶里。

喝这款龙芽时，我想起一句词："口不能言，心下快活自省。"出自黄庭坚的《品令·茶词》。黄庭坚嗜茶，写过五十多首与茶有关的诗词。

黄庭坚曾在宜宾蛰居三年，那是他人生中最失意的时候。二十三岁就中进士的他，到宜宾时，已经五十四岁了。他被诬陷为修《神宗实录》不实，有损帝王之罪名，谪贬至此，满腹悲愤，一身病痛。

他把自己的住所，称之为"槁木寮""死灰庵"，他经常"谢病杜门"，准备接受这枯木死灰的生活。只是，他没有想到，宜宾给了他许多温暖。不论官员还是士子，都对他关照有加。有人请他吃荔枝，有人请他观芙蓉，饮酒采莲，投壶弈棋，让他"恩义千万，感激无以为喻"。

温暖了这位诗人的，一定还有这里的茶。

黄庭坚在宜宾写过《煎茶赋》，也写过《苦笋赋》。

宜宾的苦笋，确实是非常好吃的。我在宜宾，几乎顿顿都吃苦笋，炖汤，凉拌，清炒，爽滑鲜嫩，苦味恰到好处。如黄庭坚所言："僰道苦笋，冠冕两川。甘脆惬当，小苦而反成味；温润缜密，多啖而不疾人。"

不过，很多外地人初去，确实吃不惯，觉得凭什么要吃苦？其实，五味之中，酸甜苦辣咸，今人吃"苦"最少，久而久之，就把"苦"忘了，而苦中有甘，才是人生之趣。

宜宾最有名的小吃，肯定是燃面。单从形式上来看，和重庆小面以及武汉热干面相似，都是沿着长江下来的拌面。但燃面油更重，据说点火即燃，故得名。其中，最独特的，就是所用的芽菜。

宜宾的窖香芽菜尤其好，用的是"二平桩"青菜，通过弯月划条、晾晒风干、明火熬糖、三腌二窖、抖菜拌和、层菜层糖、装坛发酵等工艺，有着上百年的传承。我离开宜宾时，专门带了两包，不知在家里做出来是否也能有宜宾味道。

我只在宜宾待了三天。其实，还可以多住一段时间，宜宾是适合多待的，宜宾，宜人。因为宜饮，宜食，不宜匆忙。

浦江小记

浦江是浙江金华的一个县,和义乌临近,我从济南过去,四小时左右到杭州,下一站就是义乌,下来,再坐半小时汽车,就到了。

曾经,浦江的交通没这么方便,通杭州的盘山公路要走很久。再之前,要走马岭,通过建德。这条古道如今还有,保存得相当完好,古道一旁是曲折的盘山公路,另一边是车来车往的隧道,对比着看,宛然一部道路的进化简史。

去浦江之前,我对这里并没多少印象。浙江我去过的地方不算少:嘉兴、绍兴、台州、温岭、衢州、金华、宁波……以及数不清多少次的杭州。像乌镇这样的"著名景点",和一些知名度没那么高的"江南水乡",我早已审美疲劳了。所以,去参加新浪在浦江的活动时,我并未奢望这里可以给我惊喜。

然而浦江出乎我的意料了。这个并没有太大名气的县里有太多值得品味的东西,尤其是古村落,名气不大,面积不小,错落有致地分布在浦江各个山清水秀的地方。

我先去的新光村,一进村口,眼睛就亮了起来。斑驳的石墙、精致的木雕、一座座老宅,让人觉得时光一下子就慢了下来。那么多建筑都在风风雨雨中保存了下来,和那些新建的、泛着"贼光"的古村相比,真让人感慨:岁月才是最牛的艺术家。

在新光村生活的人们也是那么平静、安详。女人们在溪边洗衣服,孩子们在石板路上玩耍,老人们晒着太阳聊天。村里的祠堂正在办白事,门口贴着白纸黑字的"当大事"。

祠堂后面,请来的师傅为参加白事的亲朋好友做饭,大盆的菜,大碗的肉。村里的红事也在这个祠堂办,逢年过节,自然也到这里祭祀。

岿然不动的祠堂流动着一代又一代人的生老病死、喜怒哀乐,悠长的岁月中,近三百年似乎只是刹那。

新光村的惊艳让我对浦江的古村落一下子来了兴趣。原计划的行程还有一个古村落,我们又多去了两处,都非常有特点。一处叫马岭脚,离新光村不远,就在省道边的山坡上,正在修缮,很不显眼。但从山坡上去,进了村口,就能看到几棵高耸云天的古树,其中最古老的榧树,树龄已有一千多年,其余古树树龄也都有数百年,单看树,这个古村就"古"得名副其实。

整个马岭脚其实并不大,房屋不像新光村那般气派,顺着山坡错落不齐,但被石阶小道和小石头桥连了起来,乡野之气更为浓郁。

由于老屋过于破败,不再宜居,原来的村民已经搬出这里,如今正在整修之中。负责整修的是"外婆家"的创始人吴国平,据说他投巨资要把马岭脚打造成超一流的民宿。

不知道马岭脚的未来会怎样"超一流",但吴国平的眼光应该是不错的。

浦江的古村里,最有名的要数"江南第一家",这里自然也名不虚传。

同样是一个古村落,这里拥有好几处全国重点文物保护单位,内涵尤其丰富:这一家族十五代同居生活,三百多年不分家,鼎盛时期三千多人同吃同住。自宋至清,家族一百七十三人为官,无一人因贪污而遭罢官,难怪被中纪委网站推荐。

离开浦江前,我又去了嵩溪村,这更是一处让人去了就不想走的好地方。

村里基本上都是明清建筑,能看到各种书法、壁画,皆来自历代村民,说实话,水平一点不亚于当今的某个省书协或美协。印象尤其深的一处院落,其窗格全部用六角形,每个窗格的六角形都不同,让人感慨这是何等匠心。

问起本地人,自然也有遗憾,建筑毕竟也难永生,更少不了人为破坏。对这些古村落来说，最严重的破坏有两次，一次在抗战期间，日本人烧了不少，还有一次则是在太平天国时期，几乎所有的村落都在那时经历过重创。

还好，还好。

还好留下了这么多，让人们看到了苦辣酸甜的往昔。还好在丧失是非的年代，总有人手下留情。

两天时间，在浦江看了这么多古村落，真是收获颇丰。即便这样，还是有些遗憾。有名的古村落，浦江还有个登高村，我已来不及去了。这个村名听起来似乎只有登高望远的意思，却是动画片《神笔马良》灵感产生的地方，下次有机会，一定要去看看，或许能在登高村登进童年的回忆里。

除了古村落，浦江小吃也不错。有名的小吃很多，我尤其喜爱的是牛清汤，有些像牛杂汤，但必须要有牛血，汤是清的，要趁热喝，喝着热，喝完更热。冬天，在没有暖气的浦江，不用开空调，一碗牛清汤下来，晚上睡觉还会蹬被子。

除了牛清汤，浦江还有羊清汤，和中原一带的羊汤相似，只是不配烧饼吃，若吃不饱，可加盘白切羊肉，蘸酱油吃，味道陌生又熟悉。

我猜，牛清汤和羊清汤的做法都是从北方传来的，浦江本地并不产牛羊，为何会有这样的特色美食？就像登高村，据说就是宋太宗赵匡义的后人创建的。这也难怪，让我这个从北方来的外乡人在浦江的一碗汤里，依稀看到了故乡的影子。

淮安的掼蛋

掼蛋,据说起源于淮安。淮安我去过——奔着吃,那是淮扬菜的发源地之一。我尤爱那里的"软兜",鳝鱼去皮去骨,做出的美味,无处能比。

淮安还出名人,近代的,有周恩来总理;古代的,有淮阴侯韩信。韩信要打掼蛋,应该是高手。明修栈道,暗度陈仓,比"炸 5 不炸 4,打 7 不打 8"更高级。背水一战、十面埋伏用在掼蛋上也不错。牌不好时,胯下之辱也能忍受,真是好牌品。

吴承恩也是淮安人,打掼蛋需四个人,不知是否受《西游记》的影响,团队都是同样的人数。如果掼蛋早几百年流行,当初他们西天取经路上,没事时打打牌,倒也能增进交流,消磨时光。

打掼蛋需要配合,默契最为重要。就算孙悟空有火眼金睛,唐僧肯定还是愿和猪八戒一伙。因为以孙悟空的性格,一般人是没法和他搭伙的，谁上，都得被他一口一个"呆子"骂死。

和沙僧同伙最舒适，虽然他牌出得差点，但总是说那句话："大师兄打得对！二师兄打得对！"最后突然一声大喝："大师兄被妖怪打到 A 了！"

发明掼蛋的，不是唐僧师徒，而是淮安四位村民。他们创造性地把几种扑克打法融合起来，就成了掼蛋。掼的本意，是摔、砸，源于农活中的掼麦把，就是把扎好的麦把朝碌子上用力打过去，充分说明打掼蛋要先有气势；蛋最初为"弹"，即"炸弹"，后来慢慢演化成了"蛋"。毕竟，炸弹易爆，比电动车停楼道里充电还危险。

这四位发明者，有说是漕运镇的，还有说是南闸镇的，总之都和大运河有关。曾经，淮安是运河漕运重镇，南船北马交会于此，也融汇了南北方文化，美食代表淮扬菜，就兼具了诸多风味。掼蛋也是如此，其中有"跑得快"的元素，也有"升级"和"斗地主"的痕迹，还包括山东人爱打的"够级"的影子，几种打法交集为一体。所以，不管是谁，只要会打扑克，第一次打掼蛋，都能很快上手，这也是掼蛋能够如此火爆的原因之一。

但是，把掼蛋打好，则没有那么简单。首先要善于组合，并根据打牌过程中出现的情况随时进行优化调整。这一特性，和中国传统的麻将有相似之处。也很像用人，领导最重要的事，就是把人用好，放到最合适的岗位上，才能发挥其最大能力。就像韩信当初在项羽手下不得重用，投了刘邦，终被封为大将军，打下了汉朝的大半壁江山。

其次，掼蛋的牌虽有大小，但大小并不是最关键的，手上有四个王，未必就能走在前面，这也是掼蛋的有趣之处。进了上一把的贡，用最大的牌换了张小的，但说不定就配成了"炸弹"或"同花顺"，翻身的速度，比咸鱼还快。这也导致了无论每局输赢，局势并不固化。一两张别人看似无关紧要的牌，自己恰好用到，就能迅速破局。看起来牌特别好的一方，一点失误就会大好局面尽失，特别符合中国古典哲学中的福祸相依、物极必反、否极泰来等观念，难怪中国人打得不亦乐乎。

掼蛋最有魅力之处，在于每局都有不同的"等级牌"。除了大小王，打2的时候2最大，打7的时候7最大，每一张牌都有成为"等级牌"的可能。这又颇似交朋友，大小王可能是寥寥几名知己，但不同时候，真正能提供帮助、解决问题的，还需要其他领域里形形色色的朋友。

在每局不同的"等级牌"中，大家最喜欢的，是红桃花色的那两张，因为可以配任何牌，关键时刻解人之危、疏人所困。在生活中，这样的朋友最好，他们不光有一颗红心，还有一腔热血，即使没有轮到做"等级牌"，也值得深交。

人生，很像一把牌，背面看起来都一样，正面却大小花色各异，打出怎样的结果，谁也难以预料。有人看起来一般，没想到最后成了王牌，竟然做了赢家；也有人一把好牌打稀烂，眼睁睁看着别人一级级往上升。每个人的牌都握在自己手里，但很多时候，就永远握在了自己手里，再也打不出去。

武当山寻仙记

金庸先生去世的第三天,我去了一趟武当山。

当初,决定去武当山的时候,已是一个多月之前了。济南遥墙机场和十堰武当山机场恰好有直飞,等我排好日程,航班竟取消了。十一月是旅游淡季,飞机不够成本,所以,我只得选择转机,先到西安或武汉,再换一架飞机,路上至少折腾大半天。

不过,武当山是值得折腾的。我小时候,电影《少林寺》刚火,就有了电影《武当》,印象中不如《少林寺》好看,或者说没留下什么印象,却也种下了"北少林,南武当"的草,总归要拔。

后来读金庸小说,对武当山又产生了新的向往。《倚天屠龙记》开头,那名还叫张君宝的少年,逃出少林,路过武当山时,看农村小两口吵架,女的责备丈夫不能自立门户,而是依傍姐姐和姐夫,寄人篱下,天天受气。于是,张君宝留下来，创立了武当派。

于一家"大公司"辞职，从无到有，开创了另一家"大公司"，张三丰算是"创业"成功的典范。金庸先生离开《大公报》，创建《明报》，走的也是这个路线。

可惜，金庸先生没来过武当山。他对武当山景色的描写一带而过，远没有张三丰寿宴那么精彩。但《倚天屠龙记》这部小说，最妙之处就是名门正派突然变得不那么可爱了，正邪之间没有了明确的界限，或许，这才更接近一个真实的江湖。

忘了这句话出自哪里：人就是江湖，怎么退出？

我从济南出发，下午五点多的飞机，到西安七点，咸阳机场巧遇一位老友，他正好要去重庆，候机口聊了半天，各奔东西，互道珍重。

落地十堰机场，已是晚上十点多了，离武当山景区，还有四五十分钟的车程。一路上黑乎乎的，没路灯，看不清两边什么样，甚至也看不见山。直到发现前方亮着"武当山宾馆"几个字，方知到了。房间倒是很安静，我抽了两根烟，甚至都能听到烟雾升起的声音，疲惫中睡去。早晨，感觉身体和枕边的手机一起充满了电。拉开窗帘，唰地一下，闯进半室山色。

秋天的武当山，色彩是很丰富的。红黄绿交相呼应着，远远看去并不高，却好看，带着一股仙气。

这种仙气，入画，也入梦。接下来的两个晚上，在武当山里，山脚下，半山腰，不同的酒店，做的都是小时候的梦。童年的小院子，县城的小胡同，春天的香椿，秋天的石榴，梦中的场景和武当山无丝毫关系，那时，我连山都没有见过，但不知为什么，竟在此时的梦里叠加。

武当山的古建筑也带着一种仙气。作为世界文化遗产，武当山不负盛名。现存的诸多明代建筑，规制和气势都了不得。太和宫、南岩宫、紫霄宫、遇真宫，错落着在山中分布，哪一处都让人难忘。

去过武当山的人，大概都会记得天柱峰悬崖峭壁上的宫墙，金顶上中国最大的铜铸鎏金大殿，太子坡的九曲黄河墙，一柱十二梁的五云楼，气势恢宏的紫霄大殿，探出绝壁的龙首石……

一路下来，我一直想，几百年前，一个初去武当山的人，会生出一种怎样的感动？他先是跋山涉水，到达如今已沉在水下的均州古城，从净乐宫出来，走七十里的官道，终于看到了武当山的玄岳门，那是一座建于明嘉靖年间、三间四柱五楼式的石牌坊，雕满了形态如生的花鸟，牌坊像是从地上生根长出来的，牢牢卡在那里，让人仰望，仿佛一道分割线，走进去，就入仙界。

接着还要经过漫长的山路蜿蜒，在神鸦声中，看到满山苍翠，古木参天，一座座殿宇巍然屹立，一尊尊神像庄重肃穆，他会不会泪流满面，会不会长跪不起？

几百年过去了，他和他这一路上遇到的所有人，都已不在世间，但他的足迹，他的祈祷，他的心愿，或许依然留在这座山的仙气里，亦成为仙气的一部分。

武当山虽很早就有人修炼，但明朝才达到鼎盛期。因为明成祖朱棣，在靖难时，号称化身真武，后来取得帝位，于永乐十年征三十万军民工匠大建武当山。历时十二年，耗费亿万钱粮，并于永乐十五年敕封武当山为"大岳"，地位在五岳之上。

武当山上的真武大帝造像，和朱棣画像颇为相似。明中晚期的，则像嘉靖了。道理大家都懂。

武当山有永乐的野心和志忑，也有嘉靖的侥幸和虔诚。有皇帝的雄才大略，也有庶民的血泪白骨。正所谓：兴，百姓苦；亡，百姓苦。当岁月擦去了兴亡，当历史抹平了胜负，武当山更加安静、淡泊，仙气之中也多了几分烟火气。

要感受这种仙气之中的烟火气，需在武当山小住几天，看看日出，观观日落，练练太极，听听晚课，使劲闲下来，闲得只能闲逛，就是最好的修身养性。

闲逛的话，一定要去玉虚宫，离市区近，也无登山之累。玉虚宫虽曾数次遭受水火之灾，破坏严重，但原址重修的正殿基本保持了明初原貌。重檐歇山顶（导游说是庑殿顶，我和她确认了一下，她坚持这么说，或许是培训介绍有误），虬柱龙梁、云藻槺井，保持了明初原貌。

由于这里不要门票，故能看到很多附近的居民过来遛娃，在草地上，在遗迹中，在阳光和秋色里，闲散舒适。

武当的太极也可以感受一下，我去了几处武馆，看到有不少专门来学太极的老外，一招一式，有模有样。我也跟着玄武派的传承人练了一早晨无极桩，虽不得精髓，却也多少感受到其中妙处。

有人说，作为传承人的这位道长只要站好桩，十个人也推不动。我提出试试，果然如此。不过，道长没有故作玄虚，而且大笑一番，说不过是因为你们力是分散的，所以其实几个人都一样。

这次与我同去武当山的，有汉语桥冠军贝乐泰，还有阿根廷的帅小伙功必扬，奥运跳水冠军刘蕙瑕等。武当山还有一个可以蹦极的水上乐园，蹦极最勇敢的是刘蕙瑕，别人都是到了台子上就不敢跳了，只能靠教练推下去，只有她是自己跳下去的，就差在空中转体了。

蹦极确实是一件很有趣的事，尤其是看别人蹦。

在空中的那些时间，不知是否有成仙的感觉。反正，我这辈子不会体验。

我更愿意体验吃。和很多景区不同，武当山景区里吃得还不错，没有那种以次充好、漫天要价。或许是山里人对神仙的敬畏，体现在了对游客神仙一样的尊重上。当地有一种

特产,叫小花菇,类似小个头的香菇,香气不像香菇那么浓烈,口感又比香菇要脆生。还有一种火烧馍,是类似锅盔的一种饼。发面发好,烤熟撕成一块块。吃起来,外皮焦,里面暄,有点酵母香,就着微臭的腐乳,堪称美味。

正式的宴席自然也少不了特色,这里主打的是道家主

题宴。我一直觉得，带着主题包装的宴席，口味往往不会太好，所以期待值并不高，谁知还有些惊喜：菜品很精致，食材尤其好。

更关键的是武当山的道士多是全真派，吃素，但上了几道肉菜，都很好吃，就连仙丹一样的山鸡蛋，都别有风味。

还有太极湖畔的全鱼宴，是名副其实的全鱼，各种鱼：白鱼、草鱼、嘎牙、胖头鱼；各种做法：清蒸、红烧、油炸、水煮。除了刺身，做法基本全了。因为湖里没有适合做刺身的鱼，否则也会跳到盘子里来的。

这次在武当山，我还偶遇一位教古琴的墨白老师，其人骨骼清奇，面容俊秀，长发及腰，颇有仙人之风。他平日在武当山采药、煮茶、养猫、酿酒，那天凑巧被一民宿的老板请来煮茶，于是，喝了半晚他煮的药茶，聊得甚欢。

他说自己刚酿出了一种桃花颜色的高度白酒，已喝倒了好几个，我有心想尝试一下，只是时间已晚，他要回住处喂猫，只好江湖再见。

还有一位做手工艺品的姑娘，曾北漂数年，到了武当山，就不想走了。停在这里，做印染，制陶器，过着仙人般的生活。

然而，俗世间，容得下仙吗？真有仙的话，是否也会变得俗不可耐？不管这个问题到底是何答案，在武当山，我算是寻到仙了。

武当山的仙，是敢为天下先的先，是浮生难得半日闲的闲；武当山的仙，是味之鲜，是人之贤。

仙，是人和山。武当有人，有山，人山一体，就有了仙。

临走时，送我去机场的朋友上错了高速，眼看就要误机。我说，没关系，慢慢开，或许能赶上，实在赶不上，说明武当山不想让我走，就再住一日，后面的行程就推一推，多采些仙气。等到了丹江口的口上，车调过头，又往回走。看着路边的标识牌，飞速倒退的树，一片片的红叶，那些来时夜里未能看到的景物，突然又产生了错觉，仿佛几日时间就这样倒流过去，此时要离开武当山的我，其实刚刚抵达。

此时的五岳

有些事物,曾无太多兴致,现在喜欢了,大概是年龄到了。

酒和茶如此,山川河流亦这般。年少时,爱的是极致高远,比如雪山,只能遥望,阳光下镶着金边,梦境一般。还有沙漠和草原,视野中的一望无际,心想,未来岁月也会如此,有太多的奔腾和驰骋在等待,根本不信海子那句诗:远方除了遥远一无所有。

那时候,觉得五岳是很老土的。不但老,而且土。山似乎没多高,亦无奇相。最要命的是,植被都不够浓密,像一个个脱了发的中年人,有的是谢顶,有的是斑秃,还都端着架子,派头十足,有莫名的优越感。如同今天的年轻人讨厌的油腻男一样,五岳所谓的文化底蕴,不过是身上挂满的珠子,盘得越润,越显脏。

倒不是我对手串界有歧视,我只是至今也不懂。然而,曾经不懂的五岳，最近重走了一遍，却有了和之前大不相同的感触。

说是重走，也不准确。五岳之中，泰山去得最多，衡山、嵩山、华山也都到过。北岳恒山，早些年只是路过，并未停留。这次为拍一部纪录片，每座山一集，每集十几分钟，各拍三天，加上前后的准备与收拾，每座山要五天时间。原以为拍摄会很轻松，等开机了，才发现体力消耗远超预期。整整三天，基本都在山上，或是围着山转圈。从日出，到日落，几乎一刻不停。

好久没有这样爬山了，或者说，从来就没有过。因为慵懒，许多山我即使去了，也只是在山脚停停，住下，最多坐缆车兜一圈。前几年，有两位诗人朋友去登蒙山，回来兴奋地说："我们在山里转悠了三天，太过瘾了！幸好你没去，要不肯定影响我们！"

我真没有想到，自己竟把五岳坚持走下来了。三个月内，东西南北中，白皮晒成黑脸，冬雪化作春风。

写五岳很难。关于五岳的文章太多，从古至今，每座山都有一摞厚厚的书，让人实在难添新笔。斟酌良久，寻思着在一个短的时间段，对比着看五岳，似乎还没人如此写过，哪怕只是一些零散的见闻，或粗浅的感受。

五岳各有大庙，今天留下的建筑多为明清造，因此导游常与故宫对比。岱庙天贶殿和中岳庙大殿为重檐庑殿顶，级别最高。论香火，南岳大庙最旺。过年时，同时来烧头香的，有十几万人，在全国的庙宇里排第一。当然，这和南岳大庙的面积大有关，占地九万多平方米，拥进去十万香客，人均还将近一平方米，至少，后面的人捧着香，不会把前人的屁股点着。另外，衡山，是唯一一座在江南的"岳"。除湖南本省，两广、福建也有香客专程过来。还有一种可能，就是相对北方，南方的善男信女比例高。

当然，"灵"也是很重要的，到底有多"灵"，我没体验过，却似乎和这里也有神秘的缘分。

几年前的春晚审查，小品被毙了，就到衡山来看雾凇。刚进山，就接到电话，说节目复活，让我抓紧去剧组参加联排。这次来之前，同样是春晚的节目未能过审，我给郭冬临老师打电话，说或许还会复活，因为我又要去衡山，他说完全不可能。结果——我从衡山接着就去了北京。

衡山的主神是祝融，掌管火，和春晚一个色调。如歌里唱的：红红的小脸儿温暖我的心窝，点亮我生命的火火火火火火……

相对南岳大庙的红火，衡山香炉峰下的忠烈祠则非常冷清。这座建成于1943年的祠堂，是抗战的纪念地，祭有中华民族阵亡将士总神位。"抗战以来，各忠烈将士，即日入祠，岁时奉祀"，第一批入祠的就有张自忠、郝梦麟、佟麟阁、赵登禹等三十八名将领。

祠堂规模很大，里面空空荡荡。我进去鞠了三个躬，又专门找到赵登禹的碑拜上几拜。这位用大刀和日寇在喜峰口长城血战的英雄，是我的菏泽老乡。

青山处处埋忠骨，岁月静好谁人知？

五岳里，南岳衡山是最秀美的，整座山透着水灵，树多，枝繁叶茂，时时能看见溪流，就算看不到的时候，也能听见水声。

北岳恒山恰恰相反，因为太靠北，常年的干旱让整座山呈现出一种土黄色，即使有水库和湿地，也遮挡不住深处的荒凉。

恒山改过好多次户口本，还搬过家。因为其古名甚多，比较正式的第一个名字，叫太恒山，到汉文帝刘恒的时候，犯了讳，改为常山，不然，三国名将赵云就应是太恒山赵子龙了。

那时恒山作为北岳，祭祀之处在河北曲阳，直到宋以后，元明清都建都北京，曲阳在京之南，对不上北岳之位，就在清朝移祀到其主峰天峰岭，在今天的山西浑源。

不仅是恒山，五岳的名称，跟随都城方位，也调过。中岳最早是华山，因周建都于丰、镐，东迁洛邑以后，嵩山才成了中岳，东岳泰山一直未变。南岳开始是安徽的天柱山，隋统一天下后，诏定衡山为南岳。

山是不会动的，动的是人，变的是人给山取的名字，包括人对山的态度。

恒山的游客最少，当年倒是有个有名的游客——徐霞客。据说李白也去过，留了"壮观"二字，还留了诗。"危楼高百尺，手可摘星辰"，写的就是悬空寺，我觉得不太可信。悬空寺对于恒山来说，是最热门的景点。旅行团很多，只能限量参观，入口处，排满了大爷大妈。纷纷着急上去，又着急下来。

这座古建筑确实结构巧妙，在峭壁之上，靠横着揳入其中的悬臂梁支撑着几乎所有的重量。相对工匠高超的技巧，也许，想象力更加重要。

或许，正是因为悬空寺始建于北魏，鲜卑人才会有如此大胆的想象。深受儒家思想影响的汉人，是不会这样盖房子的。建筑对于汉人来说，顾虑的东西太多：等级、朝向、风水，等等，把一座寺庙钉在悬崖上？就算是搭积木，也不会考虑吧。

对于恒山，人们尤其应该感激。相当长的一段时期，恒山帮了汉人的大忙。因为其跨河北、山西，从东北，到西南，绵延几百里，形成一道天然的军事屏障，其间分布的倒马关、紫荆关、平型关、雁门关、宁武关以及长城的烽火台，一次次阻挡着侵犯者的铁骑。

从这个意义上来说，恒山仿佛手机上的钢化贴膜。虽然有时候并不好使，但作用还是明显的。

我的手机是在嵩山摔坏的。早春天气冷暖不定，各处拍摄时，多披着厚厚的外套或大衣，有时甚至要在内衣上贴暖宝宝，才不至于冻出毛病。在嵩山脱外套时，手机不小心掉出来，屏幕摔得粉碎。

嵩山今天最有名的是少林寺。因为电影和武侠小说，少林成了许多人心中的武学圣地。其实，对佛教来说，少林寺最大的意义在于禅宗的确立。没有禅宗，佛教在中国是发展不下去的，更难以延续至今。

禅宗解决了许多中国特色问题，和儒家、道家思想达成共识，引发了更多人的共鸣。少林寺的石碑里，有一混元三教九流图的石碑，内容就是这个意思。

这块碑早不能随意拓印了，购物点都在卖缩小了一号的印刷品。我更喜欢另一块石碑，刻画了达摩一苇渡江，线条简单有力，人物形象生动，达摩瞪着眼睛，头发卷卷的，像小时候邻居家的大爷。

嵩山所在的登封市，有非常珍贵的古建筑汉阙，在国家重点文物保护单位中，占了三名。之前都不对外开放，据说位于少室山庙前的少室阙过阵子可能会允许参观，很期待。

除了登封，河南的正阳县也有一处汉阙，我前几年去看过。诗人石生开车，跟着一位给我们带路的当地朋友，印象最深的就是他骑着一辆电动车，在县城的胡同里转来转去，我们看着他车尾扬起一溜尘土，似乎电动车可以喷气一般。后来到了一间破房子门口，看门人把锁打开，近两千年前的汉阙就在里面。

我尤其喜欢河南的县城，到处是胡辣汤、烩面，人们说话像豫剧念白。有一天晚上，我从一家烩面馆出来，见门口有两个男人刚喝了酒，一个推着自行车，对另一个说："你看恁哥这几年是不中了，早几年中不中？"另一个拍着他的肩膀说："中！中！"

在登封修手机时，老板说大概要一个小时，让我把手机放下，先去附近转转，可我身无分文总觉得不踏实，就跟老板借了几百元，手机修好再转给他。在旁边一家超市，我看到有旅行箱，正好自己的行李有点多，想买一个，现金还差一点，又回去找老板借钱，老板又拿了两百元给我，还嘱咐我去旁边那家看看，说是更便宜。去了之后，发现果然如此，买回来，我对老板说，你可真中！

这是我第三次到登封。客观地说，少林寺并没什么好看，越来越像商业化泛滥的景区。但我喜欢登封，曲剧《卷席筒》中，小仓娃离开的登封小县，嵩岳寺塔、嵩阳书院、观星台和汉三阙都是世界文化遗产，值得细细体会。

嵩山本身也是很美的。"少室如凤舞，太室如龙眠"，嵩山地质构造复杂，能看到从太古代到新生代的各种岩层。可惜我看不懂，只觉得这些沟壑美不可言。

华山给人印象最深的，就是险，确实如此。所谓爬山，在华山最形象，经常要手脚并用。如果走长空栈道，还需绑上安全带。所以，游客在华山出的事故最多。但是，几乎所有的事故，都是游客本人的问题，翻过安全栏杆，故意到禁止通行的地方，明知是险，偏偏铤而走险，才导致悲剧发生。

华山有五座主峰，东西南北中，我们坐缆车上了北峰，在金庸先生笔下的华山论剑处拍到黄昏，再经擦耳崖、天梯、苍龙岭，天色一点点暗下去，到了西峰，已经黑透了，栈道上灯若繁星。一路，偶尔能遇到夜攀华山的游客，他们要走到东峰，等待日出。中间我多次坐台阶上休息，有位好心的游客说，别坐，越坐越不想走。我没听他的，从兜里取出一小瓶白酒，咕嘟了两口。他说，千万别喝多了，腿软。我说，就两口，就两口。

酒还是有用的，尤其在这种时刻。

我们住在了西峰。酒店很贵，标准间一千元一间，没有热水，只配了一个暖水瓶和两个塑料盆。上厕所要出酒店，再上一段台阶，才有公厕。因为要保护生态，山上早就不允许建新酒店了，所以条件只能如此。泰山顶上稍微好些，至少房间里有洗手间，虽然我们去的时候水管冻上了。

最难适应的是温度，华山的晚上很冷，房间没有空调，只能插电热毯，盖两床被子还是不暖和。所以，自古华山一条路，最好别在山上住。

华山的五峰，南峰最高，人也最密集。制高点是一块平坦的大石头，站满了各种姿势拍照的人。除了仰拍天空，照片背景很难没有陌生人。

金庸先生当年来过华山，没有上南峰。他笔下那些侠客之所以来华山决胜负，或是因为华山高险，武功不够，连比赛场地都到不了，只能在山下的西岳庙打个群架拉倒。

泰山在五岳里，是最骄傲的。所谓"五岳独尊"，自然有它的依据。或许是接待任务繁重，景区管委会的级别也最高。

华山和泰山都有挑山工，泰山挑山工的知名度更高，数量也最多。在"紧十八"，我看到四五个人抬着一个冰柜上山，实在不易。在汽车和缆车都已经比较方便的情况下，挑山工的生意可能不如从前，也或许终会消失，这也是没办法的事。

挑山工精神，是谋生的力量。

泰山在管理上还是非常严格的，五岳都禁带火种和烟，泰山控制得最好，随时巡查。山顶上没有任何一家店敢卖香烟和打火机，这一点尤其值得学习。

其他四岳都有摩崖石刻，但都比不了泰山。经石峪的《金刚经》最绝，比大观峰的《纪泰山铭》精彩。

《纪泰山铭》皇家味道太浓，毕竟是记载唐玄宗的。论八分隶书，不如嵩阳书院前的大唐碑，是徐浩的书法作品。

华山也有一处唐玄宗御制华山碑铭，已残破得不像样子。

泰山脚下有一摩崖石刻博物馆，名叫汉字记忆空间，收藏了许多拓片，去泰山时不妨看一眼。

这次在泰山，看到了日出，还有云海。那一刻，依然感动。

五岳的岳，初指管山的官吏，后来成了山的代名词。唐玄宗封五岳为王，宋真宗封其为帝，明太祖则把五岳封为神。其实，山就是山，不是帝王，也不是神仙。做帝王的，没有一个活到今天，五岳都还矗立着。那些供着神仙的殿堂，建了又毁，毁了又建，五岳都在看着，沉默如山。

此时的五岳，还是从前的五岳。未来的五岳，也只能是从前的五岳。而世间，已沧海桑田。

坚硬的江阴

江阴，名取得大。江之南皆为阴，听口气，整个江南都划了进去。实际上，江阴只是县级市，由无锡市代管。但江阴人提起无锡，总各种不服。张口即是"无锡菜难吃的哩，勿有江阴烧得精致"。再论经济发展，无锡固然好，却比不上江阴抢眼。

无锡最大的民营企业就在江阴。新桥镇的海澜集团，曾经的江阴第三毛纺厂，如今每年营收破千亿，利税近百亿。其投资建的飞马水城，让人恍然以为置身欧洲。

离着不远，就是大名鼎鼎的华西村，且不说其328米的摩天大楼，里面一吨黄金铸造的金牛，村下面各种企业，仅其每年的产值便让任何村庄都难以比拟。

多年前，江阴就有十几家上市公司，全国百强县中，始终数一数二。一百多万人的县级市，不到一千平方公里，GDP超过西部许多省，江阴人底气足，和腰包鼓不无关系。

江阴方言也能代表江阴人的性格。同样是吴侬软语，上海话嗲，苏州话糯，江阴话硬得厉害。所以，都说宁跟苏州人吵架，不和江阴人说话，不是没有道理。比如江阴话管"什么"叫"刀子"，一天到晚地"刀子"来，"刀子"出，言语中，藏着一座刀山。

江阴话再硬，也没江阴人的骨头硬。江阴在长江和太湖之间，离海也近，过去乘船，顺风，一夜入海。

矗立在江湖海中的江阴，是商业重镇，更是军事要塞，战事频繁，躲不过兵戈的江阴人，凭自己的硬骨头挺身而出。

抗金时，岳飞、韩世忠都曾驻兵江阴，辛弃疾也曾在此任职。明朝，江阴屡破倭寇，嘉靖年间，知县亲率乡勇与倭寇血战，力竭身亡，可见江阴人之刚烈不屈。清兵马踏江南，江阴人"留发不留头"，全城百姓守孤城八十一日，无一人降。

清初状元韩菼写过《江阴城守纪》，日记体，非常翔实地记录了那次战争。在二十四万清军的强弩、炮轰之下，江阴经历了史上最残酷的八十一天。史料中，大量细节震撼人心。比如，数名白发老人带人出城诈降，称献银买命，以免遭杀戮，清军亲王大喜，吩咐开营门，将银抬入帐中。谁知炸药藏于银箱中，突然之间，火发炮裂，烟焰蔽天，清军伤两千余人，亲王被炸得只剩下了一个人头，慷慨赴死的江阴父老与清军同归于尽。

即使最终城破，江阴人也宁死不降。《江阴城守纪》载："四民骈首就死，咸以先死为幸，无一人顺从者……男女老少，赴水蹈火，自刎投缳者，不能悉记。内外城河、泮河、孙郎中池、玉带河、涌塔庵池、里教场河处处填满，叠尸数重。投四眼井者，二百余人。"

那场战争，让人记住了江阴人的铁骨铮铮，这座城池，留下了汉人王朝最后的尊严。

抗日战争时，一场罕见的海空大战，又发生在江阴。持续一个多月的惨烈战斗，中国海军的第一、第二舰队几乎悉数被击沉，以巨大的代价延缓了日寇的侵略速度。

亲临要塞观战的德国军官法尔肯豪森说："这是第一次世界大战以来，我所见到的最激烈的海空战。"

俗语称，江阴强盗无锡贼。其实，是因为江阴遇到的强盗太多，只有让自己比强盗更狠，才能让真正的强盗畏惧。

施耐庵曾流寓江阴教书，据说，《水浒传》中的祝家庄，其实就是他所生活的祝塘镇，让梁山好汉差点折掉的祝家庄，确实刚猛如江阴。

江阴的文人，骨头也是硬的。明代，宦官刘瑾擅政误国，在朝的三位江阴人——主事黄昭、御史贡安甫、史良佐，或冒死进谏，或以奏章忤。李诩在《戒庵老人漫笔》中称之为"江阴一时三忠"。魏忠贤时期，"东林后七君子"中的缪昌期、李应升也是江阴人,与阉党势不两立,慷慨赴狱,死于酷刑。

江阴的坚硬,除了悲壮,还有一种让人敬佩的坚持。

比如,有一个江阴人,热爱旅行。他不跟团,不自拍,不发朋友圈,他探索地理,考证长江源头,写游记,成为中国最有名的旅行家。

他叫徐霞客。生在江阴,死在江阴,以所有人都从未想过的方式,度过了诗和远方的一生。

在徐霞客传奇的一生中,最让我感动的是这么一件事:崇祯九年,徐霞客和同乡好友静闻法师从江阴出发,同去云南的鸡足山。这一行,是为实现静闻法师的心愿,将他刺血写成的《法华经》供奉于此。路过湖南湘江时,遇上盗贼,徐霞客被倒翻入江中,静闻法师被盗贼砍伤,两人脱险后,继续向前,到达广西南宁时,静闻伤势加重,弥留之际,嘱托徐霞客将自己的骨灰埋到鸡足山。就这样,徐霞客背着好友的骨灰和《法华经》,艰苦跋涉,终于到达目的地,将静闻法师安葬,实现了自己的诺言后,感叹道:

西望有山生死共,东瞻无侣去来难。
故乡只道登高少,魂断天涯只独看。

这次从云南回来没多久,徐霞客就去世了。五十六岁的他,假设能活到花甲,恰好就遇上了江阴八十一日。或许是上苍有意安排，不忍让他亲历惨烈的炮火，否则，故乡的大难之中，他是否会亲手让自己珍贵的文字付之一炬？

徐霞客故居，如今是全国重点文物保护单位。江阴的全国重点文物保护单位有七处。在潮湿的江南，这个数量已经很不容易。我印象最深刻的，是刘氏兄弟故居，即刘半农、刘天华、刘北茂，他们都是江阴人。留下的故居并不大，也没有多少园林景致。但是，其位置却非常特别，在一条宽阔的马路正中间，钉子户一样伫立着。据说，当初修路时，原想将故居迁走，但最终还是留了下来。

四周，还有一小片专为故居打造的小花园，青草依依，鲜花盛开，川流的车辆之中，小院落似乎在安静地沉睡。我想，或许，只有在一座坚硬的城市，才能做出如此柔软的保留。这种保留，经得住岁月考验，足以让很多人对江阴刮目相看。

江阴经济上的奇迹，是有文化支撑的。这种文化坚硬、有力，从古至今，一直沿袭下来，在金光闪闪的江阴，这是白银一样的秘密。

普通的义乌

义乌，听上去很普通，普通人也都听说过。用普通话连读义乌，读快了很像一个音，yǔ，这样的地名，虽不多见，但似乎也不算什么特别。

义乌最早建县，是在秦朝，当时叫乌伤，这个普通的县名，来自一个普通人和一群普通的鸟。

那个普通人叫颜乌，祖上从鲁国迁来，受儒家思想影响，安贫乐道，孝顺父母。父亲去世时，颜乌没钱请人安葬，甚至连造墓穴的工具也没有，就自己用手挖坑，运土。此事感动了乌鸦，一只只普通的乌鸦衔土相助，精卫填海般，让颜乌的父亲入土为安，最终一只只乌鸦的喙都受了伤，这便是乌伤县名字的由来。

今人常以"乌鸦嘴"骂人，岂不知乌鸦嘴也成全过人的孝心。而且，看似普通的乌鸦，却是动物里反哺的典型。

从南宋开始，历代新县令或知县上任，第一件大事便是到颜孝子墓前祭奠,"展拜墓下"且"礼容甚肃"。同时,给孝子墓添土。因此,孝子墓越堆越高大,到明清时已经像座小山。

这是一个普通人在义乌流传的历史。普通人,做自以为很普通的事,有了完全不普通的结果,还让一代代人铭记、感动,并学习着。

义乌其实出过不少名人,但义乌的名人似乎都来自普通人家,比如唐代的骆宾王,生在义乌寒门,却成为"初唐四杰"。宋代的名将宗泽,也出自义乌的一个农家。包括民间信仰的神仙,最初也不过普普通通。

义乌最有名的神仙,原名黄初平,是晋朝一位放羊的孩子。他偶遇一位道士,被带到金华山中修炼,四十多年和家里断了音信。后来,哥哥找到了他,他把满山的白石头都变成了山羊。这就是黄大仙的传说。

近现代,又有一位义乌的普通人,干了非凡的事。这个人就是陈望道先生,也是农民家庭出身,学习优异,原打算去欧美留学,因家境一般,卖田去了日本。回国后,他当过《新青年》编辑,做过教员,也是他最早把《共产党宣言》翻译成中文。

义乌的普通人,之所以不普通,源自骨子里的坚持。不管坚持的是孝心,还是抗金,或者是反对女皇,哪怕是修仙,也是咬着牙坚持下来的。

陈望道先生更是一位坚持原则的学者。这种坚持，不仅仅体现在自己当复旦校长时，儿子差三分没考上就坚持不录取；也不仅仅体现在为了满分作文坚持破格录取后来的著名学者张啸虎上。有两件事，如果没有他的坚持，恐怕今天很多事都会改变。

第一件事是在1952年，全国高校院系大调整，有关部门准备停办复旦新闻系。与复旦同样有名的燕京大学新闻系并入北大后，只在中文系设了个编辑专业。当时，上海市高教局的理由是参照苏联，只有党校才能办新闻系。陈望道两次去北京，找到教育部，教育部也没有办法，陈望道又去找周恩来总理，周总理请示毛主席，毛主席说："既然陈望道要办，就让他办。"这样，复旦大学新闻系才坚持办了下来，成了全国新闻院系历史悠久、唯一薪火不断的院系。

第二件事也在那个时期。因为全面学习苏联，在制定汉语拉丁化字母时，苏联专家提出要加一些斯拉夫字母，中国专家慑于政治压力，无人敢反对，陈望道先生和苏联专家辩论了一个上午，才顶住了这种大国沙文主义的压力。

前些天，我专门去陈望道先生在义乌的旧居参观，房子普普通通，比起同在义乌的黄山八面厅简陋太多，但先生的故事却让我感慨万千。

如今的义乌，更是普通人创造的奇迹。那些普通人，曾经是"鸡毛换糖"的小贩，拿着拨浪鼓走街串巷，做着小本生意，没想到，却改变了世界。

其中有一个叫冯爱倩的普通人，在1979年，卖掉十担谷子，获得八十元"本金"，又从信用社借了三百元，开始摆摊谋生。但当时政策并未完全开放，她经常被当成"投机倒把分子"被赶、被抓、被罚。有一天，她实在干不下去了，就去理发店堵县委书记谢高华，谢高华顶着风险和压力，和县委班子开会决定开放小商品市场，领了全国风气之先。

今天，几乎所有去过义乌的人，都会被义乌商贸城震撼，其强烈的程度，去之前难以想象。

一个挨一个的摊位，如果一个人在每个摊位停留三分钟，每天逛八小时的话，需要一年半时间才能逛完。小商品城经营着二十六个大类、二百多万个单品，商品辐射二百一十多个国家和地区。单是儿童玩具，世界上大概每四件，就有一件是义乌制造。

莫名其妙，无中生有，点石成金。这就是普通的义乌，既"普"，又"通"，普遍到千千万万的家庭，通向全世界。普通人创造的义乌奇迹，改变了几乎每一位普通人的生活。

普通的义乌最可爱，最可敬。因为，我们远比义乌更普通，恰恰因为普通，才更应该坚持。任何一件看似普通的事，经过坚持，或许才会成为奇迹。

小小的留坝

留坝很小，从地图上找，要用大屏手机，双指向外拨拉好几下。留坝很美，深藏在秦岭之中，百分之九十多的面积全是森林，县城也被染得绿油油的。

留坝很小，全县只有不到五万人，相当于北京回龙观或天通苑社区的八分之一。留坝很美，到处都是野生动物，自在地生与活。小小的留坝，业主少，野猪多；衣冠禽兽很少，飞禽走兽极多。山里，遇见大熊猫都不算稀奇。去年，就有一只大熊猫下山喝水，被人看到，被拍了不少照片，熊猫不愿拍照，愣了半晌，扭头走了。

留坝是一个县，中国的一个县。只是，大多数中国人都不知道这个县具体在哪里，甚至不知道留坝是一个县。留坝作为县的历史很短，刚过一百多年。有文字记载的历史上，留坝属于过梁州，也归过雍州、凤州、沔州……更多的时间，留坝由汉中管辖，尤其是在其成为县之后，直到今天。

我乘高铁到了汉中，再去留坝，有一小时的车程。这是一条刚开通不久的高速路，穿山而过的隧道，最长的有五千多米，一段一段，连接着四周的满目葱翠。就在半年之前，走国道，还要两三个小时。历史上，这是由陕入川的要道，从留坝的镇名就能看出来：马道、武关驿、江口、青桥驿……见证着千百年来无数从此经过的人。尽管，这里并非他们的目的地，但至少可以避一场雨，喝一顿酒，做一夜梦。让山涧的溪水洗去满面风尘，让晨起的云雾抚慰心中孤独。

这条路上，有跋涉，有寻求，有躲避，也有追赶。最被津津乐道的一次，发生在两千多年前。一位分管粮草的小军官感觉前途无望，从队伍中不辞而别，独骑北上。当他跑到今天马道镇的时候，突然停住了。

这里有一条寒溪，夜晚水涨，他难以渡过。就在此时，他听到了身后的马蹄声，在月光下，他看清了追赶他的人，正是要挽留他的萧何。

今天的寒溪之畔，还残存着几块石碑：萧何追韩信至此。或许，位置不会像GPS那么精确，但路线大概是没有错的。难怪后人感叹：不是寒溪一夜涨，焉得汉室四百年。

韩信不知道，他的命运决定了汉朝的命运，但他却决定不了自己的命运。比起韩信，张良显示出了更大的智慧。相传，留坝的留侯祠曾是张良隐居处，亦是第一座祭祀张良的庙宇，始建于东汉，当地人俗称张良庙，是一个很值得一去的地方。

尽管，今天的张良庙是明清时从山上迁下来的，但整座庙宇萦绕着幽幽的古意。布局不像一般的古建筑直来直去，而是依山顺势而建，沿着山路，刚好可走一圈。里面古木诸多，石刻遍布，从米芾到于右任，或楹联，或石碑，皆留字迹。我最喜欢其中两个字，堪称对张良一生的最高评价：知止。

人这一生，或精彩，或平庸，然知止最难。韩信不知止，如走狗烹；张良知止，功成而退。"知止而后有定，定而后能静"，说说简单，如何才能做到呢？

张良庙的竹子也是独特的，每一根都先弯，后直，因此叫"拐拐竹"。我是第一次见到，不知道哪里还有这样的竹子，至于到底寓意了什么，并没有那么重要。

张良庙所在的这座山，石材为汉白玉。难免让人产生矫情的想象：没有张良，就没有汉，汉白玉就不会叫汉白玉。君子如玉，张良是汉代的君子。

这座山属于紫柏山，山上的柏树发紫，风景顺其自然地秀美。留坝还有个镇叫火烧店，据说那里常出现红色的火烧云。这两个地名连起来特别好，让人有红得发紫的感觉。在留坝的两天晚上看世界杯，提前买了足彩，竟然都猜中了，不知道是张良帮的忙，还是"红得发紫"的缘故。

留坝很小，县城更小。有条老街，就叫"老街"的老街，从一头走到另一头，也就十分钟时间。脚下是不规则的石板路，两边是各种小店，都很小，名副其实的"小店"，货真价实的"小吃"。最有名的，要数热面皮和菜豆腐。

热面皮是现做的，再来上一层油泼辣子，在嘴里滑溜溜地香。菜豆腐我这次没有吃，因为肚子实在盛不下，也因为我相信还有下一次。

留坝很小，小得让人想到童年。童年的县城就是这样的，没有特别高的楼，也没有特别多的车，每个机关单位都在一个小院里，骑自行车一刻钟，就慢悠悠地穿过了整座县城。留坝很小，唯一的广场也小，其对面有一座影剧院，相对留坝，已经很大了。而今经过了修葺，还保持着过去的风貌，放着老电影，还展示着旧电影海报、放映机、一盒盒胶片，让人仿佛回到旧时光。

留坝很小，像一个纯真的小丫头，笑盈盈地望着你，让人越看越觉得可爱。来留坝的人，眼睛里仿佛自带了滤镜，总是摘不下，干脆就随着它变幻：下雨时是一个样子，下雪时又是一个样子；春天是一个样子，秋天又是另一个样子。不管怎样，留坝，都是又小又美的那个样子。

龙虎的山

去龙虎山，若乘飞机，要在南昌落地，转汽车，还有三个小时车程。高铁就方便了，到鹰潭北站下车，距龙虎山大概二十多公里，来不及打个盹，就进了景区。

2017年秋天，我去了两趟龙虎山，都是坐高铁，从济南出发，早晨七点多，一路向南，经过泰安、徐州、宿州、南京、杭州、衢州、上饶，时间虽稍长了些，但比坐飞机舒服得多。高铁的商务舱尤其适合睡觉，不过要把手机静了音，否则一路收到各地欢迎短信，连响带震，一遍遍提示你短信并未消亡：从好客山东，到美好江苏，穿插着难忘安徽，再到诗画浙江，风景独好的江西，直到手机出现了华夏道都鹰潭欢迎你，才消停了。

鹰潭称华夏道都，自然是因为龙虎山。中国道教名山中，龙虎山的人气不如青城和武当，或许是因为过去交通不便，游客比同在江西的三清山也少许多。但论起来，龙虎山可是历代天师居住之地，从汉末第四代天师张盛开始，奕世沿守一千八百余年，和世居曲阜的衍圣公一样，一直延续着血脉和香火。蒋介石败退至台湾时，把六十三代天师和末代衍圣公孔德成一起带走，足以见其重要性。

六十三代天师叫张恩溥，命运颇为坎坷，有风光无限的时候，也有颜面扫地的经历，人生颇似起起伏伏的龙虎山。

《水浒传》开篇就是龙虎山，那是我最早知道此处。洪太尉奉命来请张天师，顺便公费旅游，非要打开伏魔殿的门，不小心放出了一百单八个妖魔，成了后来的梁山好汉。这件事发生在宋仁宗年间，宋江起义是宋徽宗年间的事，隔了六十多年，妖魔们从江西来到山东，减去投胎转世的时间，速度够慢的，难怪一个个都憋出了急性子。

我怀疑《水浒传》的作者根本没去过龙虎山，书中那些描写更像是套话。"千峰竞秀，万壑争流，瀑布斜飞，藤萝倒挂"，并不是龙虎山"一条涧水琉璃合，万叠云山紫翠堆"的神态。这座山最突出的特点是丹霞地貌，山体是沉积岩，泛红色，石头硬度很低，崖壁上有不少洞穴或裂隙，里面还有许多春秋战国时期的悬棺。那时还没张天师，就产生了这种崖葬的习俗。如施耐庵去过，多少也得提上两句吧。

龙虎山的崖葬确实有些神奇。把棺材放到那么高的悬崖峭壁上，难度系数极大。目前只有各种猜测，比如"悬吊法""竹木搭架法""云梯架岩法""架天梯法""网绳搭架法""栈道法""后山挖隧法""楼船安放法"等,并无确切答案。景区找了几个世代生活在山中的采药人,每天让他们模拟表演安放悬棺的过程:从峰顶顺着绳子往下爬,到岩洞时,摇晃着绳索往里荡,然后再把悬棺垂下来,从半空中往里晃,上下合力,把悬棺装进去。表演颇为惊险,看得人心惊肉跳。

我去龙虎山之前,是计划着要进崖葬的洞里看看的,看了他们的表演之后,立刻断绝了这个念想,改去博物馆看取下来的棺木和陪葬品了。

考古人员在安放悬棺的山洞里,发现了几百件文物,博物馆里陈列了一些。木制品多,竟未朽。其中有一架十三弦木琴,颇为特别,弦虽没了,犹可闻声。还有两具干尸,看不清模样,但在展柜里却仿佛很害羞的样子。

他们不知道这两千多年,世界到底都发生了什么,怎么会有如此大的变化。

就算是八九十年前,也和现在有着太大差异。比如《围城》中的方鸿渐,也曾来过鹰潭。当时他们要去三闾大学任教,就从上海到宁波,从溪口到金华,又从金华到了鹰潭,本要从鹰潭到吉安,却买不到汽车票,要等三五天,就在鹰潭一个小客栈住下。

从济南到鹰潭的我,在龙虎山遇见了一位济南老乡,曾经的央视新闻主播杨柳。

那次是去参加在龙虎山举行的"金足迹"旅行峰会,杨柳主持。头天晚上,在主办方准备的欢迎宴上,我们恰好坐一桌,聊起来,他家和我家大概也就一站路,甚是亲切。第二天活动开始,他在台侧休息时,发微信,说晚上找地方喝喝。我做完演讲,晚上又临时被拉去主持一个论坛(后来才知道这个论坛原本是让他主持的,他不去),结束时差不多九点了。他一条又一条微信发来,说已在酒店旁边找到了一家饭馆,先去点菜等着。我本已经约了两位好友,就凑一起,用手机打车,有司机接单后,等了十分钟也没来,我打电话问司机,电话那边懒洋洋地说:"这个点你们打车去夜宵,肯定是喝多了,我不可能去接你们。你赶紧取消订单吧。"

然后,我们再也打不到车了。那天下着雨,还挺急。后来,饭馆老板开着车来了,拉着我们过去,好歹凑成了这个局。记得大家喝了不少酒,杨柳酒量惊人,还有一哥们,东北人,喝到后来去吐了,然后很文雅地回来,继续喝,似乎什么事都没发生。我记不清怎么回的酒店,后来还下不下雨,印象最深的是菜不好吃,可能是离景区太近的原因,这让我对江西菜留下了盘子那么大的一点阴影。

说起来,龙虎山也有特产,最有名的是板栗,名为天师板栗,说是根据历代天师祖传秘方结合现代科学原理研发的。而且,第一代天师来龙虎山就种板栗树,甚至以栗代饭。这事儿不好考证,但天师板栗的口感和味道确实不错,比北方的板栗更结实，发黄，也甜，炖土鸡尤其美味。我离开时，从鹰潭北站买了几小包，剥好皮的，吃了一路。

龙虎山，并非孤零零的一座山，而是连绵起伏的许多山。之所以叫龙虎山，是因为第一代天师张道陵曾在此炼丹，传说"丹成而龙虎现，山因得名……"

其实，龙虎山的龙虎，后来的很多天师都没有见过。比如第三十代天师张继先，曾被宋徽宗召见，宋徽宗问他："你从龙虎山来，可见过龙虎？"他的回答特机灵："虎见过，龙，今天第一次见。"

宋徽宗龙颜大悦，心想：噫——恁咋恁会说嘞！

宝鸡的宝

这些年，在博物馆和文保单位之间乐游，我常会想这样一个问题：至今为止，中国哪座城市出土的珍贵文物最多？这个看似简单的问题，却越想越让人迷惑。脑海中一旦浮现出一个答案，很快又被另一个否定。假设是那些历经王朝更迭的古都，如西安、南京、洛阳，那一定是忽略了许多发现惊世大墓的地方，如满城汉墓所在的保定、马王堆所在的长沙以及近几年发现海昏侯墓的南昌。就从这种城市选一个，必然还有许多地方不服，比如安阳，殷墟的妇好墓，里面出土的青铜器恨不能占国家博物馆半个展厅。

文明古国绝非虚名，若想从文物角度在其中争得一席之地，实在不容易。

其实文物还好，毕竟是看得见摸得着的物证，玩不了虚的。要是论文字记载，在正史野史加上各种民间传说的佐证下，许多地方都对自己是中华文明的起源深信不疑，尤其是一些当地的地方史专家，不少人经过长年累月的资料收集，深信三皇五帝的身份证号码前几位数字和自己是重合的。

再回到"哪座城市出土的珍贵文物最多"这一问题，在我前几日从宝鸡回来后，我突然觉得，宝鸡是有这个实力让别的城市服气的，至少，我自己对这个答案心悦诚服。

可能乍一说，人们还难以置信，因为从地理概念上，大多数人对宝鸡是模糊的，只知道它是陕西的一座城。论文化底蕴，它显然不如西安，论革命历史，更不如延安，陕西省有许多名片式的景点，似乎都和宝鸡无关。就像这次同去宝鸡的蒙曼老师所言：宝鸡被大西北遮蔽了，被西安遮蔽了，被观念遮蔽了。

然而，这只是世人对宝鸡的误解。宝鸡之所以叫宝鸡，并不仅仅是因为唐玄宗在逃难路上"宝地神鸡"的御口金言，于今人来说，宝鸡之国宝，实在是天下无双。

宝鸡的国宝，得先从青铜器说起。和如今泛滥的各种"之乡"完全不是一个概念，宝鸡作为青铜器之乡，绝对是世界公认的。在青铜器上，宝鸡称"之乡"，没有地方敢称"之城"或者"之都"，任何地方，出土过再多的青铜器，拿来和宝鸡相比，能算个"之村"就不错。

众所周知，大型青铜器一直是各个博物馆的镇馆之宝，比如国家博物馆里的虢季子白盘和大盂鼎，台北故宫博物院里的散氏盘和毛公鼎，上海博物院里的大克鼎。这几件国之重器都曾让无数人膜拜，看过的人或许没有留意，它们有一个共同点——都是清代从宝鸡出土的。

除青铜器外，让杜甫、韩愈、欧阳修称颂的石鼓亦发现于宝鸡。那上面有中国最早的石刻诗文，从先秦时期隐匿了一千多年，被唐朝的一位牧羊老人发现，至今又是一千多年，辗转多地，最终进了故宫，不仅是镇馆之宝，更是当之无愧的镇国之宝。

在宝鸡，我不止一次发出这样的感叹，但也听到另外一种似乎更加冷静的声音：宝鸡虽有宝，却不在宝鸡。的确，很多地方都是这样，出土文物当地留不下几件，就藏到了省级或国家级的博物馆，尤其是珍贵文物，留在出土地的太少。

但是，用这种惯性思维去判断宝鸡，又是大错特错了。宝鸡青铜器博物院的对外标识是中国青铜器博物院，是中国最大的青铜器博物馆。敢称"中国最大"是需要勇气的，一不留神就会被认为是妄自尊大，但是，走进博物院，你就会发现，宝鸡称得起这个大，而且不仅仅是大。

博物馆面积大，青铜器体量大，展出规模大。但是，大部分文物依然存在仓库里，因为馆藏数量实在太多，一些放在别的博物馆都可以当镇馆之宝的青铜器，在这里却很少有机会示人。我想起团队比赛中的一个词语，叫"板凳深度"，指的是替补队员的实力，往往决定了球队可以走多远。在青铜器上，宝鸡的"板凳深度"相当于鼎盛时期的巴西，替补组一个队也很可能拿世界杯冠军。

进了第一展厅，上来看到的一组杨家村窖藏青铜器，立刻就让我目瞪口呆了。所谓窖藏，从考古上来说，就是同一批文物被埋在一个窖穴里。和陪葬文物完全不同，这些文物往往具备更高的价值，因为战乱或者别的特殊原因，埋进去之后，没有机会再挖出来，直到后世偶然发现。

这组窖藏青铜器，是宝鸡市眉县马家镇杨家村五位农民在2003年发现的，共有27件。

喜欢青铜器的人都知道，青铜器上有没有铭文尤其重要，铭文字数多少，所记载事件的重要性往往决定了器物的价值。

这27件青铜器全部有铭文，共4048字。

铭文上都记载了哪些内容呢？单说一件西周青铜逨盘，盘内底铸铭文21行，约360字，记载了单氏家族8代人辅佐西周12位王（文王至宣王）征战、理政、管治林泽的历史，其中一一记载的周朝12位王，和《史记》是完全一致的。

而且，这批窖藏青铜器中，许多并没有氧化，青铜还泛着最初的金色，两三千年的时光并没有留下太多岁月的痕迹，它们似乎真的是穿越历史而来。

还不得不说一下博物院的镇馆之宝，就是西周早期的酒器何尊。就像一些造假的古董贩子编的故事一样，何尊是在1963年被当地农民一镐头刨出来的，然后卖给了废品收购站。两年后才被博物馆工作人员发现，三十块钱买了回来，最初，只是觉得其年代久远，造型雄奇，图案精美，称得上一件精品文物。

1975年，何尊在巡展时被上海博物馆馆长马承源发现了藏于尊内的122字铭文，其中有两个非常重要的字，第一次连在一起。

"中国"。

最早的"中国"，就在宝鸡。所以，宝鸡一直以来的对外宣传语"看中国，来宝鸡"并不是一句空话，而是一句实话。

宝鸡不光是周王朝的"龙兴之地"，更是秦国近三百年的都城。雍城遗址和秦公陵区都深藏着太多无价之宝。其中，让人震撼的秦公一号大墓，历经了汉、唐、宋各代盗墓贼的二百多次骚扰，依然出土了3500余件文物，金器、玉器、铜器、铁器、漆器、石器，还有历代盗墓贼遗留下的工具，有的也成了文物。

然而，宝鸡的宝还远远不只这些。有一个地方，往往会被游人在宝鸡的地图上忽略，想当然地以为是在西安的范围之内，那便是法门寺。

法门寺位于扶风县，是属于宝鸡的。这座曾经的皇家寺庙历经沧桑，虽然曾经的地上建筑荡然无存，却有一个封闭了千年的地宫，其中不光有世界仅存的释迦牟尼真身舍利（佛教界和考古界共同认可的只有此处），还有大量的唐代佛教法器和唐皇供佛珍宝：金银器121组，其中唐懿宗、唐僖宗亲供的上百件。唐宫秘色瓷14件，揭开了陶瓷考古上的秘色瓷之谜。琉璃器20件，是世界琉璃考古史上的重大发现。荟萃唐代丝织工艺的丝织物700多件，其中有武则天绣裙。还有400多件珠玉宝石及诸多艺术品，均为绝世珍品，称得上"穷天上之庄严，极人间之焕丽"。

在法门寺博物馆，我一边惊叹连连，又一边感动不已。因为，这座千年玄宫之所以能够给今天的我们带来如此大的惊喜，恰恰是因为有一代代人的信仰和坚守。

关于地宫，在唐代一直不是秘密，即便是在封存之后，后世也多有记载或传说。被今人发现，是因为地宫上的砖塔坍塌重修。

然而，地宫上的塔明朝就已经坍塌过一次了。《扶风县志》上记载了当时人们看到的地宫："深数丈，修制精工，金碧辉煌……"然而，当时有位"痴僧"，不但没有打开地宫取出宝藏，反而为了修塔化缘，用铁链穿透肩膀，拖着它周游四方，历经三十年将塔修成。

民国年间，国民党元老朱子桥来陕西赈济，见寺院荒废、宝塔倾斜，亲自主持修缮，民工从石缝中看到了塔下地宫，朱子桥要求在场所有人保守秘密，并把石缝封死。

法门寺的地宫石门上那把唐代的锁，锁了一千多年。锁住了欲望，锁住了贪婪，锁住了历史，锁住了时光。

每个时代，都有像锁一样的人，他们看似冰冷、固执，不识时务，却让人敬仰。他们用生命捍卫着信仰，知其不可为而为之。数千年中华文明之所以没有中断，正是因为有这样的人锁住了文化的血脉。

宝鸡的宝，是宝藏的宝，更是文明的宝；宝鸡的宝，是物质的宝，更是精神之宝。

平潭的风

五年前，第一次去福州市平潭县，那里给我留下最深刻的印象，就是风很大。

回来，我写了一篇文章感叹：平潭的风很大，可吹动风车的叶片，也可掀起姑娘的裙角，可发电，也可来电。

平潭的风不是一般的大。渔村的石头房子顶上，每块瓦片都用石头压着，以防被风吹走。

那次，我们一行人去了平潭的石牌洋，孤零零的小岛上，伫立着两块石碑一样的花岗岩，如同被风吹来。船夫把我们放下，就先走了，说等涨潮时再开船来接。等候时，风一刻不停地吹，每个人都似乎展翅欲飞，我甚至担心整个小岛都会飞起来，落到国内还好，万一落到国外，没有签证该如何是好。

五年过去了，平潭的风依然很大。

作为大陆离台湾最近的"千礁岛县"，平潭年平均风速每秒六点九米，湾海地区最强劲，每年有一百多天，全是七级以上大风，超过百米短跑冠军博尔特的速度。这意味着如果一个人体重为八十斤以内，随时都可能会被风吹走。所以，在平潭，减肥是一件特别危险的事。

曾经，平潭的风更大，大得恐怖。"狂风过处风沙起，一夜沙埋十八村"，据民国版《平潭县志》记载："相传清初，浦尾十八村，一夕风起沙拥，田庐尽墟，附近各村患之。"那时平潭几乎寸草不生，更没有树木可以抵挡风沙。因风太大，树会被风吹走；又因没有树，所以风更加肆无忌惮，一次次洗劫这些无辜的村落。

在平潭植树，很不容易。自然环境对树种要求苛刻：既要耐干旱，也要耐潮湿，还得能耐贫瘠，抗盐渍，并且必须根系深广，生长迅速。许多被歌颂的树木，都不适合这里，比如伟岸的白杨，常青的松柏；那些名贵的树种，如紫檀、花梨，更与此处无缘。还好，有一种叫作木麻黄的树，漂洋过海，来到了平潭。

木麻黄，原产地为澳大利亚和太平洋岛屿，是一种常绿乔木。树并不漂亮，但是高大；知名度也一般，却十分坚实。它的根系具有根瘤菌，在瘦瘠沙土上即可速生，插条而活，见风就长。从1954年开始，木麻黄植根于平潭，在数代平潭人的努力之下，形成一道绿色的屏障，小心翼翼地呵护着这里。

一排排的木麻黄，让平潭的风温柔了一些，不再凶悍、粗暴、残酷。尽管,平潭的风还是大。

风大,也有风大的好处。平潭太适合风力发电了,因为风始终不知疲倦,可谓取之不尽、用之不竭。在风轮的转动下,风把平潭吹成了一块蓄电池,不管怎么用,风永远为其充电,仿佛在为自己犯过的错误赎罪,洗心革面,重新做风。

其实,平潭的风,还是挺美的。它吹过礁石,吹过沙滩,吹过渔村,吹到精致的小城里,在街巷里回转,在木麻黄和各种建筑的缓冲下,从摇滚变成摇篮曲,在人们困倦时敲敲窗,在人们孤独时敲敲门,让人们在风中感受生命的存在,然后,风又像风一样地走了。

风,吹动晚霞,吹起落日,把鲜活的思想吹过来,把海水如心事一般吹皱,没有风,大海也不过是死水一大潭。

去平潭,一定要被风吹吹,最好在风口上站一会儿。因为,如今的人们离风越来越远了,大部分时间都钻在高楼和汽车里,偶尔,感受一下风,纯粹的大风,也是一种难得的体验。

迄今为止,我遇到过最大的风是在新疆。哈密的大海道,那是古丝绸之路上最传奇的一段,如今早已荒废,没有公路,也没有手机信号,是一片荒凉的无人区。有一年,我和文化乐旅的团友乘越野车过去,停车时,车头要逆风而停,不然,车门会被风吹掉。我用胳膊硬撑着开车门,钻出来,风吹得人几乎无法蜷曲,脸都变了形。顶着风,身体故意往前倾都摔不倒，风直接就把人吹直了。

但我还是拼命地睁开眼睛，因为眼前，是让人永生难忘的雅丹地貌，一片片高大雄壮的戈壁，被暴风和狂沙打磨得像一座座城堡。我去过几处新疆和甘肃的"魔鬼城"，都远不能和这里相比。那绝对是风带来的奇迹。

当地的司机师傅说，每次大风之后，戈壁上都能捡到很多玉。不知道美丽的戈壁玉，是风带来的，还是风发掘的。

我不知道，大海道的风能否跨越祁连山、太行山，吹到平潭；也不知道平潭的风能否穿越长江、黄河，吹到大海道。但我总觉得，风和风是可以连在一起的。就像蝴蝶效应所说的：一只南美洲亚马孙河流域热带雨林中的蝴蝶，偶尔扇动几下翅膀，可能在两周以后引发美国得克萨斯州的一场龙卷风。

世界被风连在了一起，也曾被风吹开。

就像平潭，东边就是被风吹开的台湾。曾经，风大浪高，是一道跨不过的鸿沟。如今早已通航，两三个小时，就到了海峡对岸。

通往台湾的船，曾承载多少人的一生，有数不清的骨肉别离，爱恨情仇。现在，船又使人重新相聚，在平潭的风中。

不妨，平潭的风再大些，把整个台湾岛吹过来，这样至少省了船票和风浪，不用再苦苦守望。哪怕每年吹来几天，再吹回去，像一次次轻吻。

吃吃武汉

武汉三镇，武昌、汉口和汉阳，名字里都有"口"。汉口的"口"是一个；汉阳的阳，两小拼一大，三个"口"；武昌的昌，可拆并成六个"口"。所以，来武汉，得长十张嘴，否则实在吃不过来。

和许多地方相同，武汉的特色也是从早饭开始的。不同的是，武汉的早饭种类之繁、花样之多，令其他城市只能仰望。

武汉人对早饭的重视程度，更是全国罕见，管吃早饭叫"过早"，听起来颇具仪式感。如同一年里的"过年"，"过早"是武汉人一天里的大事，风吹不动，雨打不变。从清道光年间的《汉口竹枝词》中出现"过早"，武汉人习惯了"过早"，已有小二百年。

在武汉，"过早"的便捷程度让人羡慕。大街小巷，菜市场内，小区里面，到处都是卖早饭的小店和摊位，各具特色，让人眼花缭乱。哪家好吃，看排队的长度就能知道。一堆人排队的，肯定错不了，没几个人排队的，也未必就不好。

武汉人"过早"，会根据这一天的工作日程来调整。坐办公室不出门，就吃清淡易消化的；体力消耗大，就得吃能撑时候的，以热干面为代表，武汉人吃得最多，名气也最大。

许多外地人对热干面是有误会的，这种误会主要来自各地卖的"热干面"，确实也是面，而且"热""干"，有的干得甚至咽不下去。但是，任何一个武汉人，说起来都会皱眉头：那也配叫热干面？如重庆人鄙视各地的火锅，武汉人认为，只有武汉的热干面才是热干面。这种鄙视，透露出武汉人对于家乡的自信和热爱。

武汉的热干面用的是碱面，制作看似简单，工序却一样不能少。面条先煮七八分熟，捞出来用油拌，最好是香油，好了，放在案板上醒，吃时锅里一烫，浇上麻酱调料。各家调料都不一样，有卤水、炸酱，也可加点肉或下水，但是，必须要有萝卜干咸菜，虽然只是一点点，却可以全面提升面的滋味和口感，如同画龙点睛。

论起来，热干面在武汉，名气最大的是蔡明纬，这家老字号，也是热干面创始人留下的，如今有很多家连锁店，装修非常好，除热干面外，还增加了各种武汉的小吃。不过，要论好吃，别家热干面都不差，甚至特色还更突出一些。

我吃过蔡林记、曾麻子，还有无名小摊上的，感觉水准差异不大。问武汉人哪家热干面最好,得到的回答总是:我家楼下。

武汉人吃热干面,并不太挑地方,因大都不差;餐馆的环境更无所谓,因大多不好。再加上,武汉人的就餐地点经常在路上——大街上,地铁口,站牌旁,都能看到武汉人端着一个个一次性的纸碗,边吃边走。走着吃,是武汉人熟练的"过早"技术。

武汉大概是一次性纸碗消耗最多的城市。纸碗里,可能是热干面,也可能是豆皮或面窝。

面窝有点像北京的炸焦圈,形状和配料又不相同,是用大米和黄豆混合打成的面浆,加上葱花和盐,炸成一个外圈厚软,内圈薄脆的圆窝形。我在余记精粉世家吃过两个,很耐吃,又酥又面的口感别具一格。

豆皮听起来容易让人以为是豆腐皮,却远非那么简单。作为这座城市独特的美食,豆皮选用了非常丰富的食材:米浆、鸡蛋、糯米、肉丁等,做一大锅,再切成一个个方块。遗憾的是,我去过数次武汉,都未来得及品尝。上次到武汉图书馆讲座,一早从济南飞去,到武汉简单吃了点东西,离讲座还有两个多小时,抓紧回房间补觉。我刚睡了十来分钟,就听见门铃响了,开门看到图书馆的工作人员,一位刚工作不久的小姑娘,她提着四五个饭盒,说:"魏老师,我刚才排队给您去买了旁边的王师傅豆皮,您要不要再吃点?"

我虽很感动，但实在困得痛不欲生，又不愿辜负了她的好意，就把豆皮接过来，放到房间的冰箱里。一觉醒来去讲座，结束后也忘了豆皮的事，第二天想起来，发现冰箱其实没有通电，豆皮已变了味道。

这件事让我颇为愧疚。对不起，武汉的豆皮，对不起，王师傅，还有买豆皮的小姑娘。

或是我那些关于吃的文章，暴露了自己的口味，所以，每到一地，总有朋友带我去各种充满烟火气的地方寻觅美食。他们知道，大酒店，我确实没有什么兴趣，坐在富丽堂皇的包间，整个人都是蔫的。而那些深藏于市井的锅灶，总能让我一次次胃口大开，心花怒放。

武汉的大酒店，论宴席，并无太大特色。或者说，最大的特色就是没有特色。这似乎也是一个传统。美食大家唐鲁孙在民国时的武汉工作过五六年，他写的《武汉三镇的吃食》，盛赞了武汉的美味。但是，整篇文章提到的，有江浙口味的"大吉春"，四川口味的"蜀腴"，还有福建酒馆"四春园"，广东菜馆"冠生园"，云南饭馆"醉乡"，甚至宁波菜馆、保定菜馆，却偏偏没有武汉特色的大饭店。这说明，在近百年前，武汉菜就已经融合了，过早的融合，让本地菜面目模糊。

我对武汉酒店里的菜品印象也不清晰，但在亢龙太子酒店吃过的武昌鱼，新鲜，别处确实少见。

沔阳三蒸有特点，但据说吃正宗的要到沔阳，也就是今天的仙桃市，我未曾去过。武汉人办红白喜事常去的艳阳天，也没什么可吃的。倒是有家小蓝鲸，里面有道财鱼捞饭，米饭用的五常大米，微缩的锅灶摆在桌上现蒸，熟了盛出来，用鱼汤浇透，鲜香无比。

大江大湖的武汉，按道理应该是精于做鱼的。但事实似乎并非如此。唐鲁孙提到过武鸣园的河豚，用百年老汤，宋子文特别爱吃。只是在抗战期间，酒店在日军的空袭中化为灰烬。如今武汉人吃得最多的鱼，却是看不见的。鲜鱼糊汤粉，类似于北方的胡辣汤，用的是鱼汤，把鱼一条条熬化了，再加上胡椒粉，提味增鲜，和油条是最佳搭档。武汉浓厚的市民气息，像鱼，连肉带骨一同化进了滚滚的汤里。

外地菜在武汉倒是受欢迎，比如川湘，小吃就难了。武汉本土的实在太好，不说随处可见的鸭脖、卤味，一条雪松路，就有许多美味小吃，磁铁一般吸引着排队的人。如阿宝生煎包、沈记蟹脚面，还有汤包、牛肉粉等。我最难忘的，是沈记蟹脚面，好吃，又好看，面上盖着大卸八块的螃蟹，实在美味至极。牛肉粉我吃过两家，一处在吉庆街，骏骏牛肉粉的分店；还有一处在一个小区里，叫龚太婆牛肉粉面馆。相对来说，龚太婆的味道更重一些，也更接地气。那天，我在龚太婆的长凳上吃牛肉粉，汤辣粉滑，却总觉得缺点什么。吃完才发现旁边有家炸肉盒的，武汉话叫炸饺子，买了一个尝尝，很香，后悔没有就着牛肉粉一起吃。

武汉的炸饺子是炸肉盒，水饺则是馄饨。粮道街有家熊太婆水饺，卖的其实是骨汤馄饨。这家馄饨有八十年历史，屋里挂着二十世纪八十年代初《长江日报》对他们的整版报道。我没见到当年卖馄饨的熊太婆，据说她已经九十多岁了，偶尔还会去店里，亲自动手包。最早的时候，熊太婆就是挑一个馄饨挑子，每天出现在黄鹤楼的角上，吆喝着卖馄饨。抗战时期，许多国民党伤兵聚集在那里，她每天给伤兵送馄饨，边送边叹气："好多人今天还在，明天就没了。"麦壳视频的陈玄拍过一个熊太婆短片。那天他带我过去，我们点上馄饨，他便出去了，说是附近有一家大连烤鱿鱼极好，他先去那边排队。等我们都吃完，他还没回来，我险些以为他去了大连。过去找他才发现，队实在太长了，还没有轮到。那可能是武汉最火爆的外地小吃，有朋友端午节来武汉，队伍排到主路上还拐了弯，只好望队而退了。

武汉的夜宵店也常排队。上次，和泺水居小龙虾的老褚一起来，他感触颇深。在济南，同样的季节，晚上八点多，泺水居门口有等座的，而这里，到了晚上十一点半，最火的几家龙虾店门口还坐着等待吃虾的男女。

中国的小龙虾产量，湖北名列第一，且和第二之间保持了不小的距离。吃小龙虾的热情，武汉人更是表现得淋漓尽致。武汉规模最大的几家龙虾店，我几次去，也算走马观花吃

了个遍。靓靓蒸虾，巴厘龙虾，肥肥虾庄，还有来自潜江的虾皇。每家店在做法上并没有太大差异，最常见的就是油焖、蒜蓉和清蒸，标配是毛豆、变蛋和凉面。毛豆用辣油凉拌，变蛋和豆腐一起，凉面我吃过的，数巴厘龙虾的最佳。

各家做小龙虾，都去虾线，头部也会剪掉一点，更加入味，只有清蒸的例外。不管哪家店，清蒸小龙虾总是最贵的，用的小龙虾个头大，弹性足，直接上笼屉蒸熟，蘸调料吃。各家清蒸小龙虾的差异，在于蘸料，配方各有不同。有个好吃勤做的武汉朋友专门研究各家蘸料，集其精华做出来一个配方，发给过我，我一直没有尝试。因为我自己从未做过小龙虾，总担心被夹到手，太疼。

油焖小龙虾，我觉得虾皇的味道最足，是比较正宗的潜江做法。潜江离武汉有一百多公里，以小龙虾闻名于世，那里不光产小龙虾，还成立了龙虾学院。该学院隶属于江汉艺术职业学院，开设小龙虾专业，可见其专业程度。

武汉的小巷子里，也不乏做小龙虾的高人。经朋友介绍，我去了一家叫汤老四的龙虾店，其门头很小，里面摆了几十张桌子，中午几乎没有客人。那天我点了一份蒜蓉小龙虾，味道很好。鱼杂也很过瘾，盖着一层厚厚的鱼子，不知是不是汤老四亲自做的。负责点菜的服务员有言语障碍不会说话，一直光着膀子比画。

武汉的夏季，简直就是"虾季"。到了秋天，就成了"蟹季"。梁子湖的大闸蟹不比阳澄湖差，膏肥黄多，我有一次正好赶上，驱车到湖边，吃了个痛快。

中国有很多烧烤重镇，武汉堪称重中之重。纪录片《人生一串》来武汉拍摄，被一家摊主直接拒绝，理由是没时间，要打麻将。武汉人有性格，烧烤摊主多是暴脾气。我去的一家戴记烧烤，推荐的朋友早早打了预防针，说坐下后，千万不要催，否则很可能会被老板直接撵走。结果，那天我过去，从头吃到尾，喊服务员上酒都没敢大声。

武汉的烧烤品种极多，几乎能想到的一切食材，都可以烧烤。鸡爪、生蚝、扇贝、虾仁、豆皮卷等，在不同作料的包围之下，烤出了新的层次。只有一点比较奇怪，一般以烧烤闻名的城市，羊肉串终归是基础，武汉却不是这样。这里的羊肉串并不好吃，也不是烧烤的主力军。或许，武汉一带本身没有好羊，在江湖的丰富食材中，羊便被渐渐忽视了。

我常因为美食，对一座城市念念不忘。还有这座城市里的朋友，如果他们同样对吃怀有热情，那一定会让我留下深刻的回忆。毫无疑问，武汉是吃货的天堂，城大、人多、嘴杂、口刁，几乎所有的人，谈起吃来，都自成体系。在这样一座城市生活，酸甜苦辣咸的日子，皆为幸福。

2000年，我第一次去武汉。从济南坐车去广州的路上，我在一辆金杯面包车里睡得昏天黑地，凌晨时分，迷迷糊糊听车上的人说到武汉了，要乘轮渡过长江。我赶紧醒来，睁大眼睛看，车窗外黑漆漆的，不见孤帆远影，也看不到汉阳树和鹦鹉洲，只有前方的码头上，隐约亮着几盏灯，如渔火闪烁。那时，我无法想象这座城市亮起来时，会是怎样的人稠物穰，更不知道在城市深处，有那么多后来让我迷恋的市井烟火。

四方

常吃常熟

常熟的宣传语好：常来常熟。简练，准确，亲切，又蕴含了信息量。

为什么要常来呢？景色是不变的，江南水乡固然好，小桥流水，精巧园林，但这些对大多数人来说，来看看，拍拍照，足矣。降维入画，总还要出来。

吃得好才能常来。

常熟吃得太好。一碗面，就有几十种浇头：海鲜、蟹粉、双虾、响油鳝糊、小青龙、虾爆鳝……价格从十几块到几十块，最贵的要数蟹粉小青龙，要一百三十八块。别人请客，我没好意思点。

我最爱的，是蕈油面。蕈，是一种野生菌，附生在松树根部。常熟的虞山多松林，每年春秋，一场雨过后，就生出许多蕈来，像是松树对人们的犒赏。蕈的口感仿佛嫩肉，又似野味，因此号称"百素之王"。

据说，过去吃蕈油面的，主要是常熟兴福寺的和尚。兴福寺又名破山寺，唐诗"曲径通幽处，禅房花木深"写的正是此处。

1947年，宋庆龄和宋美龄来兴福寺，吃过一次蕈油面，赞不绝口，从此蕈油面声名在外。今天的兴福寺旁边，也有卖蕈油面的。最早一家叫兴福老面馆，可能是名称没注册上，改成了兴福望岳楼老面馆，环境极佳，可能是离寺庙近，味道比较清淡，没有市里的常吉兴更对我口味。

我之前读陆文夫写的《美食家》，知道在苏州吃面有许多术语。常熟是苏州的一个县级市，术语基本相通。多要浇头，叫"重浇"；多放面，叫"重面"；多要小葱、香菜叫"重青"；不要小葱、香菜叫"免青"；浇头单独盛在一个碗里叫"过桥"；多要汤叫"宽汤"，少要汤叫"紧汤"……我在常熟待了几天，这一套术语已娴熟：老板，我要野生蕈油面，"重浇""重青""过桥""宽汤"，加素鸡和荷包蛋！

常熟人吃面相当奢侈，一碗面要两三种浇头很正常。偶尔也有不可思议的，要"四浇"或"五浇"，然后"免面"。这不是吃杂烩菜吗？

常熟的面，每一份浇头都是单做的，现场做，带着刚出锅的热气。面用碱发，软硬度可以选，"软些"或"硬些"。汤每天煮一大锅，用鸡、鸭、火腿等，从中午开始，煲到第二天清晨。有挑剔的吃客，专门一大早来吃"头汤面"，我没试过，不知能有多大差别。

记得儿时，洗澡都是公共浴池，冬天，天不亮，家人就带着我去洗"头汤"，相对来说，"头汤"比较干净。我只记得，雾气蒙蒙的大池子里，人就像一排排白花花的饺子，自动跳进"头汤"里。

常熟的菜也精致。最有名的酒店，要数王四酒家，光绪年间就开始经营，来过的文人墨客、高官显要数不胜数。原本酒店不叫这个名字，而叫王万兴酒店。后来的店主人姓王，排行老四，常熟话"王黄"不分，有人引杜诗"黄四娘家花满蹊"，建议改名为"王四"，简洁风雅。于是，这个看似市井气十足的"王四"，一下就有了意犹未尽的文化底蕴。

有一年，我和对杜甫颇有研究的丁启阵教授聚在一起，经过对黄四娘身份的考证，他认为杜甫很可能是去喝的花酒。

王四自然没有花酒，却有常熟有名的叫花鸡。小说《美食家》里，几次写到朱先生让人从常熟买叫花鸡，当初看得我眼馋，恨不能钻到书里，抢只鸡腿吃。

叫花鸡的做法古老而又精细。要用当地的三黄鸡，每只三斤半左右，杀好后先腌，再塞进火腿片、肉丁、香菇、虾米、冬笋片和葱姜调料，荷叶包好，再涂上黄泥。泥是尚湖的湖泥，封过黄酒坛子，本身就有香气，一层层涂严实，再把鸡放火上烤四五个小时。

吃的时候先用锤子敲开，剥去泥壳，再打开荷叶，香气扑鼻。

我尤爱藏在鸡腹之中的肉丁，夹一块放在嘴里，能感到各种香气在慢慢融化：鸡香、荷香、酒香，还有鱼虾的香气，堪称美味中的极品。

蒸菜也是常熟一大特色。其来源，和我老家的蒸碗颇为相似，算是过去一种便捷的烹饪方法。把肉和菜搭配好，放盆子里，加作料，盖蒸笼，下面煮粥，粥好了，菜就出锅。办红白喜事，招待客人，提前做好，上桌快，不管是做还是吃，都方便。

不过，今天的常熟蒸菜也和这座城市一样，处处透着讲

四方　269

究。常熟人像对待一件艺术品一样对待一盆蒸菜，细致的刀工，精美的摆盘，让蒸菜看上去如苏绣一样华丽。

自然，味道也是非常精细。我吃了三四家酒店的蒸菜，都不错，梅林饭店的更专业，一品锅用白菜托底，摆着爆鱼、过油肉、蛋饺、笋片、鸡块、咸肉，上面是肉皮、蛋卷、鸽蛋、瑶柱丝，看得人都不忍心下筷子，只要一动筷，就顾不上再看了。

我去常熟，是参加新浪微博的读城活动，借机又拍了几期《美好食光》。我不知道自己"读"得如何，只好安慰自己，观城用眼，听城用耳，闻城用鼻，读城，原本就应该用口吧。

美食的产生离不开地理和历史。常熟作为鱼米之乡，物产丰富，江河湖海各种食材都是现成的，花样自然也多。

更重要的是，这里富庶已久，至少从明清开始，很多人在吃上不差钱，才能下功夫琢磨吃。

今天的常熟，这个县级市有十几家上市公司，虽比不上相邻的昆山和江阴，以及这两年的张家港，但在全国百强县里，差不多也就这三个地方排在常熟之前。

这次我还遇到一位中学校友，在常熟开工厂，每年利税达千万元，我说你这也算是大买卖了。他连连摆手，说："可不行，我们镇上的企业一起开大会，我只能坐到第三排。"

一个地方是否好吃，要看是否有好吃的人，好吃的人的品位也决定着美食的格调。这一点，常熟也很有代表性，光是清朝，就出过翁同龢在内的七八个状元，还有一大堆进士，都见过大世面。

常熟的糕点据说就是翁同龢带给过慈禧，结果成了贡品。而明末清初文坛领袖钱谦益初次招待柳如是，用的就是鸭血糯。当然，这或许只是传说，但比起乾隆下江南成就的小吃，常熟的故事增了几分才子的文气与雅趣。

有材料，有银子，有文化，有视野，有闲情，才得美食之真要。

常来常熟，常吃常熟。

此口安处是吾乡

十五岁，我第一次出远门，坐汽车去商丘，转火车，站一夜，到了上海，眼冒金星，胃冒酸水，吃米饭包油条，牙齿缝里全是人挤人的怪味。又吃生煎，乍一看，我以为是县城的水煎包，心想应该错不了，无非个头小点，咬一口，差点吐出来，馅里怎么还放糖？甜不嗦的咋吃？

第一次去广州，我早晨转悠了几条街，寻豆浆油条，竟都没有，被本地的朋友笑话一通："确实不好找啦，因为好吃的实在太多啦。"

第一次去成都，我吃完火锅就开始发烧，接着去乐山、雅安，胃口全无，闻到辣椒味就浑身发麻。朋友从当地饭店里打包来的鲜美江鱼，我也懒得动筷子，一连几天，觉得最可口的，还是一家拉面馆，至少，汤不是红的。

不知从何时起，我发现自己彻底变了，去上海不光爱上了生煎，还专门找本帮菜，配着黄酒细品；到广州，粤菜必须大快朵颐；到成都更不用说，有时间就去钻苍蝇馆子，冒菜、脑花、蹄花……让我依依不舍的，是麻辣鲜香的温柔。

味蕾之所以发生这种变化，一是它可以接纳的味道的确更多，不再过分拘于地域；二是我可以准确地找到当地真正的美味，这一点尤其重要，美食不是一个空泛的概念，而是历经考验后的口碑，要具体到一家家店里。比如外地游客来济南，若在景点买个冰凉的油旋，不会觉得有什么好吃，但要到小聂（聂书恒）那里，趁热逮几个，感受则大不相同。寻访鲁菜，去错地方，只能吃出九转大肠的腻，爆炒腰花的骚，但找到类似魁盛居这样的名店，就大不一样了。单是那里必须提前预订的烤鸭，其味道比北京很多名店都有过之而无不及。

包括在济南，如足够熟悉，别的地方的特色美食也大都能找到。不管是川菜，还是淮扬菜；粤菜，或者徽菜，都有相应的店家，味道和原产地差别并不太大，甚至一些小吃经过改良，比原产地还好。比如油泼面，我在陕西各地吃过无数次，不比朝山街那家同济和更对胃口，可惜就那么一个店。我也曾推荐过一个在西安生活多年的朋友去吃，一个小时后，他发了一张照片给我：面碗里干净得连根菜叶都不剩。

那些没有特别明确地域的特色美食，济南更是有很多，我最熟悉的便是泺水居的小龙虾，和湖北、江苏的小龙虾做法都不一样，生生开创了一种龙虾派别，甜辣的味道难以替代。难怪在荆山东路常年排队，最近又在云泉中心开了新店，我已经去了两次，虽在商场的三楼，门口照样排队。

甚至，老家的特色美食，在济南也能找到。我家方圆一公里，就有两三家单县人卖的羊肉汤，虽说不如老家那么地道，也足以在冬天温暖一下胃肠。有一家，也卖现打的烧饼，用的还是石灰糊的炉子，烧饼虽比老家要薄一些，但趁热吃，还是麦香十足。菏泽电厂二板面，在济南开的第一家店，也在我家门口，花生浇头颇有特色；还有郓城的壮馍和糊粥，刚开业我就去了；前年有老乡还开了家"曹县名吃"，卖杂烩菜，也有烧牛肉和羊肉垛子，可惜没能坚持下来。

当然，如果回到老家，自然还有更纯粹的味道：早晨在苏记鱼汤浓浓的胡椒味里；中午在一勺热气腾腾的杂烩菜里；深夜在一碗撒着碎芹菜丁的马老四拉面里……

过年时的各种蒸碗，平常连骨带肉的大块烤全羊，出了那座县城，就再也找不到。

不过，如今的物流和交通都已相当发达，想回去，也就是半天时间。如今，我在济南生活的时间，已经超过了在老家县城，这座包容的城市处处都有了家的味道。苏东坡说，此心安处是吾乡。尽管在吃上，我依然不忘初心，但济南的口安也足够让我心安。

甚至，无论在何地，每次吃到特别的美味时，都会产生一种错觉，觉得有一种家乡的味道，尽管在家乡从未吃过。

四野

SI YE

我第一次喝啤酒，是在老家县城；第一次喝扎啤，是在上大学时的济南。后来就有了无数次，无数杯，和无数人，醉了无数回。如没有扎啤相伴，那些狂歌纵饮的日子，都不知道用什么器具可以容纳得下。

花生的米

花生米是一个富有诗意的名字，万物生花，花生万物。被花生出的米，一定随花，好看。和米生出来的花不同——米花随爹，脾气暴，老是膨胀。

把花生米叫花生仁也好，儒家五常，仁者爱人，也爱花生仁。花生仁是君子，披单衣，居陋室，闭门苦修。

在我老家，花生米又称"罗森豆"，叫起来拙朴可爱，一下子就接了地气。当初，有个走街串巷卖花生米的，声音沙哑，辨识度极高，县城的人都听过他的吆喝："哦——罗森豆！焦咸罗森豆！"前面托着长音，像是在捏一颗花生，后面一声闷响，如花生开壳。

他卖的"焦咸罗森豆"，是干炒出的五香花生米，没法在酒店当成一道菜，只能算是很多人爱吃的零食一种。小时候去看电影，影院门口卖的就是这样的花生米，用报纸卷成一个火炬形状，装满了大概一两毛钱，边看电影边吃，畅销程度不亚于如今影城卖的爆米花。那时候还没有"爆米花电影"

的概念，相比起来，我觉得还是"花生米电影"更亲切，有质感。

那时大人单位上经常包场电影，和父母去看电影时，总会在影院门口碰见他们工厂的同事。那些年轻的叔叔阿姨把崭新的自行车存好，就大把大把抓起花生米，塞满我的裤袋。当时的影院里全是硬邦邦的木头椅子，一场电影下来，花生米吃不完，腿都硌麻了。

数年后，工厂开始停产，工人下岗，县城的电影院一度全关了门。我也考上大学，离开了县城，来到济南。

毕业后，我在工人新村租房子，小区中间有条街，有位中年男人经常在那里卖花生米，他紧挨着一家扎啤摊做生意。以前，济南有好多仅卖酒的扎啤摊，没有肴，而爱喝酒的人肯定都喜欢花生米，所以，这位中年男子的花生米卖得不错。

有一天，不知道为什么，中年男人和几个在扎啤摊喝酒的年轻人发生了冲突。大概是他多说了几句，几个年轻人一哄而上，抄起马扎，几下就把他砸倒在地上，花生米血珠一样滚落一地。

那次我以为他不会再来卖花生米了，至少短时间内不会，谁知没几天，他就出摊了，头上贴着一块纱布，站在老地方。那天，我专门买了些他的花生米，炒得特别咸。

其实，花生米应能起到提醒人不要过量饮酒的作用，喝

太多，花生米就用筷子夹不起来了。但人喝起酒来，就不愿意听任何劝阻，更何况是沉默的花生米。

济南的杆石桥花生米最有名。那里属于老西关，卖花生米的多是回民。最初，我在路南一家小店买，卖花生米的老头不管什么时候，总是阴沉着脸，一副爱要不要的神情。后来，我改去路口西北角的"老黑"买，那是一家有十几平方米的小店，花生米有好多花样：白蘸的、黑皮的，都是十块钱一包。我觉得最好吃的还是五香的，口感酥脆，入口即化。我前两年去春晚创作小品时，中间回来，就去买几包，晚上排练完，回酒店房间里捏着花生米，喝二两白酒，紧张的情绪也就放松下来了。

郭冬临也尤其爱吃这种花生米，每次拆了袋，他都抓上一大把，双手仔细把皮搓掉，吹去，大口大口嚼，越嚼越香。有次我离开北京，花生米断了，他们在北京买了一袋，发现完全不行，原来花生米和花生米看起来都一样，味道却有很大差距。

有一年，我在睿丁岛书店做新书分享，现场边喝酒边聊。我让书店的工作人员专门去买了几袋花生米，那晚很冷，北风凌厉；书店很热，酒酣人闹。

后来，我知道睿丁岛关门的消息，觉得实在遗憾。他们曾每周拿出一天来，24小时营业。也巧，当年山东高考作文题目就是从一家24小时营业的书店写起，其实睿丁岛还真沾点边，只可惜高考那天，睿丁岛已泯然去矣。

前阵子，我去"老黑"那里买花生米，发现那家店也被列入违章建筑，被拆成了一片废墟，碎砖瓦花生壳般散落一地。我不死心，过两天又专门去，看到他们在废墟里支了一个摊，我赶紧过去买上两包，问他们这个摊能干多久？老板说不知道，干着看，实在不能干时会在这里留个新地址的牌子。

那就好，那就好。我想，不只是老黑，还有好多和记忆相关的地方，都只好成为心中的遗址了。

诸多遗址中，花生米是蕴含着丰富故事的化石。

比如过去，老家县城的夜市，随便哪里，总少不了一盆水煮花生米。和济南烧烤摊上的花生米不同，老家的花生米都是剥了壳的，在茴香和八角等大料煮出的汤水中浸泡着，尤其入味。这种做法虽然常见，但不管在哪里，我吃过的水煮花生米都没有那种味道。

老家还有一道用花生米做的名菜,叫"皮杂"。这道菜要去掉花生米的外壳和内皮,把花生米、肉末和切细了的绿豆粉皮用香油炒,尤其下酒。喝酒的人还给这道菜起了个雅号,叫"经叨",意思就是经得起用筷子"叨"(夹),在没有那么多条件置办更多酒菜的情况下,一盘"经叨"就可以伴人宿醉,全是花生米的功劳。

其实,每个人心中都有最好吃的花生米。有人喜欢干炒,有人喜欢油炸,有人喜欢醋拌。"灰姑娘"酒吧的老板三哥,每次去酒店,点炸花生米时,都得给服务生交代,要在油里放花椒和干辣椒,才能把花生米烹好。据说,金圣叹临死前交代儿子的最后一件事就是:花生米和豆腐干一起吃,能嚼出火腿滋味。

上周去北京,看人艺的《茶馆》。第三幕中,濮存昕扮演的常四爷胡子都白了,还掏出把花生米,颤颤巍巍地说:"我这儿有点花生米,喝茶吃花生米,这可真是个乐子!"杨立新扮演的秦仲义也满头白发,正要把花生米往嘴里放,突然意识到不行:"可是谁嚼得动呢?"梁冠华扮演的王利发叹着气说:"看多么邪门,好容易有了花生米,可全嚼不动!多么可笑!"

观众的笑声不免让人感伤,珍惜可以嚼得动花生米的日子吧,或许,人们终会发现,它是多么美好,多么短暂。

扎啤往事

一

来济南之前，我没喝过扎啤。

我长大的那个县城，啤酒出现得很晚，也就比制作汉服和棺材稍微早些，有限。小时候，大人们都是喝白酒，管白酒叫辣酒，所谓"吃香的，喝辣的"是人们艳羡的生活方式。名菜"皮杂"要用香油炒；羊羔肉得用香油淋；烧牛肉也用香油炸，吃起来香得流油，再配上辣酒，辣得龇牙咧嘴，脸红脖子粗，才过瘾。

父亲说，他最早听说啤酒，还是从在上海工作的伯伯来信中，称其有健胃作用。但是，父亲在县城转了一圈也没买到，还去药材公司打听了一下，药酒倒是有，啤酒他们也未曾见过。

关于啤酒的健胃功能，我一直不得其解，后来看到一个知名啤酒的老广告，才发现果然是这么吆喝的，不光健胃，还说能治疗风湿和脚气。

那时还没有《广告法》，一些地方生产的可乐也敢自称保健饮料。之前更夸张，某啤酒还曾用过桃园三结义的海报，刘关张喝了啤酒拜把子，以他们的酒量，喝到拜把子的程度，得上不少次厕所。

直到二十世纪八十年代末，啤酒才开始在县城的年轻人中间流行，仅限于夏天，喝冰镇的。在饭店不具备空调或暖气的岁月里，啤酒在冬天几乎无人问津。我唯一听说过一次冬天喝啤酒，是两个邻居，都是单身汉，除夕在工厂值班，一商量，大过年的，总要庆祝庆祝，可外面的饭店全关门了，他们好不容易找到一家开着的小卖部，只有两瓶啤酒，于是，一人对着吹了一瓶，打着哆嗦回去值班了。

至少要到二十世纪九十年代，县城才有越来越多的人接受啤酒。我正式开始喝酒时，喝不出好坏，只是纯粹喜欢那种酣畅淋漓。印象中，当时啤酒特别贵，要两块钱一瓶，一人喝两三瓶，加起来就不是一笔小数。白酒则是从家里"偷"的，不用自己的零花钱，只是咽不下去，一瓶白酒就能晕一桌小伙伴。

那时，对我们来说，有钱才会喝啤酒。几个人凑起来，去夜市的大排档，炒一盘土豆丝，一盘豆芽，再去旁边的小推车，拌上一塑料袋凉菜，多放麻汁，多放蒜泥，多浇香油，三四个人要上一捆啤酒，为了畅聊而畅饮，不知不觉就喝多了。如不能及时收场，继续要酒，最后就有难以结账的可能。要酒的时候，手指头伸得越痛快，结账的时候，兜里就翻得越干净。

有个朋友每次要酒，都是高举起胳膊，伸四根手指，意思是四瓶。这个朋友号称"八瓶没事"，当然，每次说"八瓶没事"的时候都已经有事了，因为没事的时候很少，不管喝没喝到八瓶。因为喝多了结不了账，他在夜市抵押过两辆自行车，后来为了过生日请客，还卖过一辆自行车。也就是说，至少有三辆自行车，被他当啤酒喝进肚子里了，喝过金鹿牌，飞鸽牌，可能还有永久牌。

有次，一个在济南上大学的朋友回来，说济南的扎啤好喝，又便宜，一块钱一杯，很多摇滚乐队混不下去了，就跑到小摊上，一口气闷四杯扎啤，什么也不吃，回家睡一天，也饿不死，因为啤酒是液体面包。我们一边听，一边羡慕无比，心想还是济南好，混不下去还有液体面包。

二

我们县城当然和济南没法比。从文字记载上看，清末，济南就有人喝啤酒了。

根据曾任山东学务处文案兼议员的宋恕日记中记载，他在1907年6月底于历下亭请人吃饭，那顿饭非常奢华，菜单中有鱼翅、海参等大件，酒也喝了三种：烧酒二斤、绍酒两坛、啤酒半打。相对来说，啤酒最便宜，还花了四千文，在当时大概能买三十多斤猪肉。

我不知道宋恕喝的啤酒是什么牌子，那时济南也没有啤酒生产厂，所以，最大的可能是来自青岛。青岛啤酒创始于1903年8月15日，登州路56号，一个名为"日耳曼啤酒公司"的酒厂开始正式投产，啤酒通过胶济铁路运到济南，应该比海参、鱼翅还要简单一些。

济南本土的啤酒厂，历史最早追溯到1942年，是侵华日本人办的一个酒精厂，最初叫"华北农产化学工业公司"，济南解放后改名为济南酒精厂。

从1975年定名为济南啤酒厂，3月20日，投入第一批原料，5月28日，隆重召开趵突泉啤酒品尝鉴定会，当时有市委书记等二百人参加，济南人第一次喝上了本土生产的啤酒。

济南的扎啤，也是从那时候开始的。

当时还不叫扎啤，而是被称为散装啤酒。不论扎，论碗，八分钱一碗，后来涨到一毛，一毛五。啤酒装在铝制的桶里，外形类似煤气罐，绰号"小炮弹"，能在地上滚，不会炸，一直到二十世纪九十年代初，铝桶才被不锈钢桶取代。

扎啤桶的更新，堪称扎啤的一次革命。因为在"小炮弹"的后期，出现了很多自制的铝罐，商家兑水非常方便，所以扎啤一度有些衰落。济南啤酒厂在二十世纪九十年代初，从

国外进口了新的设备，用封闭严实的不锈钢桶，经过瞬间灭菌，让扎啤有了三个月的保质期。再后来又有了塑料外皮的扎啤桶，不但可以保温，还改变了物流方式。

扎啤的称呼，也是出现在那个年代。从此，一个属于扎啤的辉煌年代开始了。

二十世纪九十年代的夏天，济南啤酒厂每天销出三百吨左右的扎啤，加上二厂的二百吨，周边还有七八个啤酒小厂，每天也有三百吨销到济南，济南的扎啤每天能达到八百吨。

我第一次喝扎啤，喝的就是这八百吨中的一杯。现在想来，竟有些"弱水三千，我只取一瓢饮"的禅意。

和瓶装啤酒相比，扎啤格外新鲜、清爽，就像一个人的青春。如今想来，如没有扎啤相伴，多少狂歌纵饮的青春，都不知道该用什么器具容纳。

三

扎啤在济南如此风靡，绝不是偶然。扎啤最符合济南这座城市平民化的气质，可上宴席，也可入排档，可打上几杯用塑料袋提溜着回家，也可随便找个摊儿，马扎一坐，喝上两杯，又解渴，又降温。

济南有好多扎啤摊，分布在各个小区里，这些地方不卖菜，顶多有些花生毛豆，拉出两三个桌子，就有人来喝。

我最早在济南工人新村租房子，那里就有好几家这样的扎啤摊，尤其是夏天的晚上，一条街两边，至少有四五家，我下班后，经常换上大裤衩，溜达过去。街边有个卖烤鸭的，味道不错，十块钱出头，能买半只，老板片好，带葱、酱和小饼，连鸭架一起，我提溜着，找个扎啤摊坐下，吃得满口香，喝得一身爽，回去就打开电脑写诗：

> 我不相信我们荒废过的春天
> 会像地铁那样回来
> 我不相信我们挥霍掉的梦想
> 会像电视剧那样重播

> 这个夏天异常炎热
> 我藏在一群穷人中间等夜幕降临
> 去摊上痛饮扎啤……

那里的扎啤摊有一家生意最火,我去的次数也最多,却没觉得他家的扎啤有特别之处,后来总算琢磨明白了,小区里有一家公厕,离他的摊最近。

扎啤摊,是济南人身体的口岸,抑或海关。

一个人喝扎啤看似无趣,但那时在济南并没有几个朋友,大学同学毕业后去了四面八方,除了有限的几个同事,我在济南几乎没有认识的人。扎啤也只能散喝,很少有机会几个人包上一桶。等后来朋友多了,我又没有去扎啤摊喝酒的兴致了。

四

除了扎啤摊,济南还有很多扎啤屋。济南的泉水多,名士多,扎啤屋也多。和扎啤摊一样,当年的扎啤屋也只卖扎啤。

如今最有名的扎啤屋在于家桥,因为小桥流水的环境,那里成了网红打卡地。其实在济南的老居民区附近,都有类似的扎啤屋:沿街,一间门头,讲究点的,挂个招牌,或用块木板写上"扎啤"二字,就够用了。

过去在济南教育学院门口就有一家,一进门,就能看到墙上挂满了杯子,每个上面都贴着名字,这些贴着名字的扎啤杯,全是他们的VIP客户留下的。那些客户一来,连名字都不用报,老板就能把他们的杯子准确地取下来,其人脸识别功能不亚于支付宝。

在扎啤屋喝扎啤,算是一种极简主义的娱乐方式。很多人过来,并不仅仅为了喝酒,而是当成一种社交,类似老北京的茶馆。每个扎啤屋都有一批熟客,有的甚至每天都过来,比送扎啤的三轮车还准时,进门就先买"酒牌",将其像孔乙己的大钱一样摊在桌上,用手指夹起一个,边递边喊:"老板,来一杯!"

第一杯扎啤,他们喝的速度很快,先解解渴,也解热,顾不上别的,接着就开始放慢速度,聊起天南地北——从国际形势分析,到体育赛事评说,从外星人到领导人,各抒己见,极其热闹。几杯下去,还会突然因为一个话题,激烈争执起来,公说公有理,婆说婆有理,乍一听都有理,又全是强词夺理,实在难分胜负,这时就会有中间人调和。大家一人一口气干上一扎,就转到了别的话题,不出三分钟,刚才为何争执,也想不起来了。

扎啤一干,不愉快忘完。

五

济南的扎啤之所以盛行，曾经的济南啤酒厂功劳不可磨灭。从他们生产散装啤酒开始，一直把扎啤当成高档啤酒生产，用料和工艺都讲究，才有纯正的口感、突出的麦香，也才有了让人们在夏日里难舍的惬意。

除了扎啤，济南还有各种不错的啤酒。"趵突泉"名气最大，"北冰洋"也曾经名头响亮——这款啤酒产自白马山啤酒厂，也就是我第一次来济南乘火车停靠的白马山火车站附近。

1990年，白马山啤酒厂和济南啤酒厂合并，组建了济南啤酒集团，"趵突泉"啤酒尽管未能如其泉水成为天下第一，但集团产量、产值、收入等，都跃居全行业前五名。

诸多"趵突泉"啤酒中，济南最流行"黑趵"，那确实是一款非常优质的啤酒，不管是口感还是味道，都颇为特别。在我老家县城，也一度流行起"兰趵"，比别的啤酒贵一块钱，当年那个八瓶没事的朋友，喝"兰趵"，还真的做到过八瓶"兰趵"没事。

只可惜，2009年，济南啤酒厂趵突泉商标被卖给了青岛啤酒，济南的扎啤市场被数家品牌割据，不再有曾经的味道。

那是一个啤酒巨头四处跑马圈地的时代，突然有一段时间,济南几乎所有的酒店都没有趵突泉啤酒,只卖青啤。问起原因,都说根据顾客反映,喝"趵突泉"上头。

这个传言无法考证从何而起,但传着传着,喝"趵突泉"仿佛就真上头了。过去没觉得上头,却越说越上头,渐渐地,顾客在选择啤酒时,也改成了"崂山"或"青岛",至于"趵突泉",在啤酒市场似乎"停喷"了。

后来我才知道,当时趵突泉啤酒的麦芽度数和酒精度分别是12度和5度,青岛啤酒分别降到了10度和4度,同样一瓶酒,"趵突泉"自然更上头一些。

平心而论,青岛啤酒厂的实力远在济南啤酒厂之上,两者同台PK,完全不是一个级别。所以,在啤酒市场上,济南输给青岛也属正常,只是偶尔还会怀念,济南啤酒辉煌的那段时光,还有"趵突泉"曾经的味道。

六

我已经有很久没有喝过扎啤了。这些年,一度对精酿产生了浓厚的兴趣,喜欢IPA,微苦的啤酒花,散发着浓郁的芬芳。

济南的精酿和齐鲁工业大学有着密切关系。在"趵突泉"啤酒销声匿迹时,这所大学的学生"实习作品",一度小范围流入市场,相比市场上的扎啤,他们的扎啤味道更纯粹。

今天济南可以买到的本土精酿，也多和这所学校有关。因为这所学校的酿酒专业，为济南培养了一大批人才，我有几个酿酒专家朋友，都是这所学校毕业的。去年，我被这所学校聘为客座教授，接过聘书的那一刻，有一种接过扎啤杯的感觉。

天热想喝扎啤时，我就会想到这所学校，据说，他们已经开发出了自己的品牌，"酵爵"精酿，我喝过几种，都不错。还有趵突泉酒厂原副总刘俊杰，也是该校科班出身，其研发的"趵突印象"精酿系列，也能代表这座城市的精酿水准。

曾经，因为喜欢精酿，我和一个朋友一时冲动，开了一家精酿酒吧，初衷是能做成一个精酿啤酒的"扎啤屋"。前期我们考察了几家店，朋友就张罗起来，好不容易准备就绪，在即将营业之前，搞了一个跨年活动。那天晚上很热闹，又是唱歌，又是朗诵诗，到了凌晨，所有人一起倒计时，在欢呼声中，2020年到来了。

最终，这家精酿酒吧的命运和新冠病毒一样不了了之，我和扎啤的距离，继续渐行渐远。

前几天，我出差回来，深夜依然很热，口渴难耐，见家门口开了一家精酿啤酒屋，就进去打了三扎，用塑料袋提回家，看着电脑空喝，倒也舒爽。喝完后，我就躺下睡觉，谁知半夜突然胃里阵阵泛酸，就觉得啤酒如泉水一样要从口中喷出。我急忙从床上起身，缓了半天，已经涌到喉头的酒又慢慢回去，如此反复两三次，胃才和身体握手言和。

我想，一定是我对那天的精酿没有足够尊重，或者说，没有把它当酒，它才用自己的方式来抗议，警告我，它不是水，而是啤酒，度数尽管没有白酒高，但也绝不容蔑视，否则，就要付出代价。

从来如此。

世上什么最好吃？

我问还不到五岁的儿子，什么最好吃？他说，棒棒糖。我又问，羊肉串呢？他想了想，说，和棒棒糖一样，都是最好吃的。

对他来说，这种选择的确有些难，对我亦然。朋友曾问我，吃过的、最好吃的肉是什么？我回答不出，他说，自己未戒荤之前，认为有两种肉最好吃：一是兰州的羊羔肉；还有就是曹县烧牛肉，米家，刚出锅的，拎起来一块，热乎乎的，塞嘴里，实在不能再香了。

朋友说这番话时，在一个素食馆，当时他已吃斋念佛多年。我听了，立刻产生夺门而出的冲动，哪怕先去旁边买块猪头肉嚼嚼，哪怕不咽，也过过嘴瘾。

《舌尖上的中国》总导演陈晓卿写过，世界上最好吃的是人，一语双关。

陈晓卿肯定没吃过人，齐桓公倒是吃过，还赞不绝口。

为齐桓公烹制人肉的，是厨师易牙，他听国君说吃遍天下佳肴，唯独没尝过人肉滋味，他就把自己儿子杀了，炖汤。

烹子献糜的事，令人不可思议。我看到儿子见什么都想吃，甚至还担心别有天把我给啃了。然而，在齐桓公看来，易牙却是忠心耿耿，最后他被易牙关起来饿死，倒也活该。

最好吃的，不一定是最奇特的。老祖宗早研究透了，什么植物好吃种什么，什么动物好吃养什么，偏僻的山海，才有山珍海味，没吃过的吃个稀罕，只剩这些，真没什么吃头。

有人说，最好吃的，是最早吃的，小时候吃惯了什么，长大了就爱吃什么。这个观点也不科学，除非是为了提倡母乳喂养。当然，童年时，的确有许多难忘的美食，只是回想起来，美味对应的是贫穷，呼应的则是亲情，似乎并没有更多意义。

比如，我和儿子同样年龄时，最爱吃的是蛋卷和饼干。蛋卷是那种特别薄的，金黄金黄，饼干是青岛钙奶的。父亲有同事到青岛出差，托他带回来一些，干吃，或泡水。即便是今天，吃起来也不错。但，和现在的各种零食，其实没有可比性。我也尝过儿子的零食，那种舒适的酸甜，仿佛初次吃川菜时的麻辣，对孩子来说，一定比饼干、蛋卷更难以抵御。

倒是有个道理，颠扑不破：饿的时间越长，东西就越好吃。光武帝刘秀落难河北，眼看着要死了，吃了冯异献来的豆粥，"饥寒俱解"，后来刘秀一直惦记着豆粥的恩情。传统相声里，朱元璋的珍珠翡翠白玉汤，也是这个道理。上中学时，学校分"大伙"和"小伙"，"大伙"，就是大锅菜，一份蒜薹炒肉，五毛钱，舀到饭缸里，看不见肉，蒜薹像是盐水里煮出来的。"小伙"算是教职工食堂，以小炒为主，同样是蒜薹炒肉，要贵一半，但吃起来确实是蒜薹炒肉，每一根蒜薹都有肉香、油香。那时候，对我来说，"小伙"就是世上最好吃的。

当时，有同学在校外租房子，房东阿姨可以做饭，单独收钱。有年冬天，我们几个同学凑了十块钱，让房东给我们炖了一大锅白菜，用辣椒羊油，白菜炖得软糯，又香又辣。我们围着炖白菜的铁锅，每个人都吃下了至少三个热馍。

今天想来，比那锅羊油白菜更好吃的，还真不多。

所以，老家话说一个人不好好吃饭，就三个字："饿得轻！"

山水画与西瓜酱豆

作为一位青年画家，刘明雷堪称"烟酒糖茶，样样精通"。2022年暮春，和我一起回曹县，他一边开车，一边说，我最近根据四五个"老妈妈"说的话，研究出了西瓜酱豆的配方，准备腌一下试试。

刘明雷知道，我对西瓜酱豆的热爱，到了"除却巫山不是云"的程度。作为一种咸菜，那种豆子发酵后的酸咸，实在没有味道可以取代。小时候，家里没少腌酱豆，但因为流程烦琐，这些年很少有人自家腌了。我也试着找替代品，可超市里的豆瓣酱完全是两回事，临沂的豆豉略有接近，区别却比陆俨少和张大千的作品都大。《舌尖上的中国》拍过郓城一家，我买过多次，总觉得还是不太到位。据说，导演陈晓卿小时候在邻居家吃过，十分难忘，后来在郓城吃到，他称之为西瓜酱："屏幕上出现一位菏泽老太太，正在自己家里做'酱豆'，而且，就是西瓜酱！这段影像填补了我多年的知识空白,原来西瓜酱是这么做的。"

这些年,交通和快递发达了,家乡的味道不再遥远。烧牛肉最简单,蒸碗、红汤羊肉也成了冰箱里的常备食品。有朋友从老家来济南,早晨接一暖壶油茶,中午到了,还是热的。然而,西瓜酱豆总是可遇不可求,我求过几次,回去托朋友打听谁家腌酱豆子,硬要两瓶带着,每次都来路不明,质量自然不稳定。

所以,我对刘明雷充满期待。因为他的口味和我基本相仿,只是更偏咸(西瓜酱豆本来就是咸菜,咸点倒无妨)。另外,他下厨水平挺高,也具备钻研精神,尤其擅长老家风味。十五年前,他带着一包羊肉垛子来济南,住进我租的两室一厅里,除了画画,就是琢磨做什么菜。记得有一次,他为了做出麻汁蒜味的籴丸子,光肉馅掺着蛋清就搅和了俩小时,还必须顺时针,单向,搅得像一团糨糊,虽没用来贴对联,但还真吃出了年味。

那时他的画也卖不少,大多换肉吃换酒喝了。有不少朋友经常过来,聊艺术,聊文学,聊乱七八糟,聊到饭点,他就拨拉俩菜,一块喝点。当时物价也便宜,有一次,他炖了只鸡,加上粉皮香菇,一大盆才花三十块钱,五六个人边吃边喝,最后全高了,有人小跑着去卫生间吐。我还好,喝到后半场就去睡了,半夜上厕所,见刘明雷横卧于一屋杯盘狼藉之中,呼噜震天,还说着梦话:"都别走,我再调个黄瓜,大大的麻汁……大大的蒜……"

当时还没流行能拍照的智能手机，否则，拍下来，很像一幅好画。

不过，我确实不懂画，更不懂那个画之后的世界。那几年，书画市场火爆得不正常，很多人做书画发了横财，一些画家成了印钞机，随便一幅，比唐伯虎的还贵。正所谓"闲来写就青山卖，'全是'人间造孽钱"。我天天看着刘明雷挂了一屋子的画，心想，要有一天，他不能靠画画谋生了，转行卖胡辣汤兴许更好。

当时，我都想从单位辞职去摆摊卖羊肉串了。倒不为别的，因为周围的烧烤水平太低，刘明雷又不能在家里烤，容易把房子点了。

后来，书画市场渐回正轨，不再有那么多潜规则，对刘明雷来说反而是好事。他通过日复一日、年复一年的努力，渐渐画出了自己的风格，求画的人络绎不绝。2014年，他去国家画院学习深造，在卢禹舜先生的教导下，学艺精进。回到济南后，他又得到了张志民先生的悉心培养，成为入室弟子，作品更进一步。用刘明雷常说的一句话："兔子上了路，一步顶两步。"

张志民先生对刘明雷作品中的时代感和社会责任感十分赏识："通过这种充满命运感和时代感的抒写，让我们感受到一个青年画家对社会现实的关注和思索。"

得到名师指点，是刘明雷的造化，真正取得艺术成就，要靠自己的修行。

腌西瓜酱豆，也如此。据刘明雷所说，他寻访的"老妈妈"，年龄都在八九十岁，多为地主家大小姐出身，留下了许多珍贵的家传经验。然后，他按照整理出来的配方，开始付诸行动。他先到村里寻找本地黄豆，其个头比菜市场卖的略小，买回来，用清水清洗两遍，再放锅里煮二十五分钟，焖十分钟捞出，放在干净的凉席上晾，等豆子冷却，上面的水分也基本干了，再撒面粉拌匀。其中，最关键的是天气，要提前看天气预报，选连续一周气温超过24度的晴天，才能实施。豆子连续发酵的过程要注意观察：第一天长白醭，四五天后长绿醭，七八天后醭干了，豆子就发酵好了，才能正式腌制。

西瓜酱豆少不了西瓜，刘明雷买了几个大西瓜，按一斤豆子四斤西瓜的配比，连皮带瓤放入缸中。这口缸也不一般，据说是他在阳信水落坡淘来的，一个清末民初的老缸，吸热性尤其强。倒入豆子和西瓜后，再放盐（比例是一斤豆子四两盐），再放酒（比例是一斤豆子二两酒），然后加入花椒、小茴香、大料、桂皮、姜丝、秦椒（陕西品种辣椒，个大色红，辣度轻微），搅拌均匀，盖上口，每日早晚各翻一遍，让里面的盐彻底均匀溶化（否则会下咸上酸），坚持一个月，再封缸，闷上两个月即成。

据刘明雷描述，还有更多细节，如盐选用的是大颗粒海盐，酒用的是茅台镇酱香等，我觉得并无必要。我之所以让他说得尽可能详细，也是为了方便读者收藏，如有时间精力，都可以做做试试（试好了可让我帮着尝尝），至于老缸也不是必需的。有一点很关键，就是西瓜配比，小时候家人不舍得放瓜瓤，都是只放西瓜皮，将瓜皮削去外面一层，切块放入，刘明雷放的是整个西瓜，所以成品的汤略多，可以减去一些瓜瓤，盐也可适当少放，尽管是咸菜，少放，才能多吃些。

就像中国画的留白，多一点含蓄内敛，才能意境深远。

不过，刘明雷腌出的西瓜酱豆已经相当好了，不亚于其主攻的山水画，好到我第一次要了二斤，连续几顿馒头稀饭就着吃，还是没吃够。

至少，我已经很多年没吃过这么好吃的西瓜酱豆了。我都想给他说，要不，别画画了，开个酱菜厂吧。

这当然已不可能，在绘画这条路上，他经过崎岖蜿蜒的攀登，尽管尚未登顶，但脚步已然稳健，成就已经斐然。作为一位自由画家、新阶层人士，刘明雷又被济南大学聘为客座教授，得知这一消息，我的第一反应就是：难怪他对西瓜酱豆的研究颇具学术实验性。

当年尝过刘明雷手艺的苏州大学教授、博导房伟，对他的画也一直很关注，认为他"认知进一步深化"，其代表作"古塬通灵"系列在中国画传统的基础上，借鉴了"现代绘画之父"塞尚那种注重形体轮廓的表现，让立体主义的画面创造出一个二度空间的绘画特色，并在线条刻画的同时产生了抽象感。"近代以来如林风眠、徐悲鸿等大师同样借鉴了西方的绘画技巧，刘明雷充分继承了他们的思想，没有将山水拘泥于一家，在中国当代山水画坛闯出了一片新天地"。

塞尚、林风眠、徐悲鸿，还有做西瓜酱豆的"老妈妈"，都好着嘞。

食性大发

有次回老家,陈总请客,他有个自己专门搞接待的小地方,那几天不巧,厨师失恋了。

失恋的人是没心情做好菜的,走出阴影,倒有可能大彻大悟,像周星驰扮演的"食神",做出"黯然销魂饭"。

有心事的人不要煮粥,容易糊锅。悲伤的人不能和面,否则会蒸出过咸的馒头,这是《少林足球》里的情节。但不妨让他尝试一下炸丸子,万一有泪掉进油锅,溅出来,可当作一种提醒:悲伤不如烫伤疼。

有些坏心情,倒有利于下厨房。比如让一个生气的人去捣蒜泥,可能捣得出乎意料的黏糊。当然,剁饺子馅也行,心如刀绞,比绞肉机好使,可戴上口罩,一边骂,一边剁馅,不管精肉肥肉,哪怕是软骨,都能剁出《水浒传》中镇关西的水准。

济南老北园有道名菜"鸽渣",要把整只鸽子连骨带肉剁成末，用辣椒末、蒜薹末炒，卷饼吃。鸽子必须用水呛死，不能放血，整只褪毛后放案板上剁，至少剁上一两个小时，方变鸽为渣。不知道厨师剁的时候骂不骂，鸽子要能开口，估计骂得更厉害。

我吃过一次，香得想骂鸽子。

君子远庖厨，有道理。厨房不需要温良恭俭让，急性子去爆炒，心急火燎；慢性子去煎鱼；不温不火，只能煲汤。

但我觉得，美食的最高境界，还得用儒家思想。"食不厌精，脍不厌细"，体现了孔孟之道的严谨。道家则过于清淡了一些，"为无为，事无事，味无味"。庄子看着鱼琢磨的是它是否快乐。孟子则要在鱼和熊掌之间选择，像点菜一样，点出了仁义。墨家对吃饭要求更低，不饿就行。法家更是明确反对贪恋美食，所以我对韩非、商鞅实在没有过什么好感。

咽下口水就能想明白，为什么儒家更能被人接受。一个人年龄大了，则会更喜欢老庄，等牙口不好只能吃流食了，才会明白上善若水的真谛。

自己在家做饭，最关键的是要有时间。从买菜开始，脑子里就开始翻菜谱，进了厨房，就规划好几道菜的先后顺序。开始洗、焯、切、配，葱归葱，姜归姜，上帝的归上帝，恺撒的归恺撒。凉菜拌好，炒锅一旦开火，就不再停顿，不管几道菜，都一鼓作气，再而衰，三而竭，最后一道菜上桌，第一道还冒着热气，才称得上完美。

日复一日地做饭，很能磨炼一个人的性情。有老兄曾去某监狱参观，见其食堂铁锅巨大，一犯人正用铁锨翻炒，热火朝天。他心生好奇，问此人因犯何事来此？狱警让他猜，他把各种罪行快猜遍了，都不对。狱警告诉他，猥亵罪。在那个狱警的经验里，犯猥亵罪的人脑子里各种想法特别多，让他天天抡着铁锨炒菜，顾不上琢磨别的，有助于思想改造。

食色，性也，短时间内，难以兼顾。

煎饼果子启示录

济南的煎饼果子，我最熟悉的，有两家。

一家是侯记，我最早吃，是在千佛山西路的菜市场，一个小摊，一对夫妻，两个摊煎饼的鏊子。两口子同时忙活，每天排两队，可以在男的这边排，也可以在女的这边，但不能乱插队。如果排了一阵儿，你突然发现前面有一个人就要四五个，想换到另一支队伍里，也只能从另一支队伍最后重新排。

他们的煎饼果子，我说不出什么特点，唯一的特点就是好吃。济南大大小小的街巷，都有卖煎饼果子的，大都吃不出好来，无非是热热乎乎，聊以果腹，仅此而已。还有很多煎饼果子，根本没有什么味道，甚至会有些怪味，刷的酱不好，用的油不好，都会出现这种怪味。侯记则是一点怪味也没有，能让你吃到最后一口，绝不舍得扔。

后来，菜市场拆迁改造，侯记从室外到了室内，换了几个地方,都在其周边。越换,排队的人越多,多到老板不得不在门口竖上牌子,让大家不要乱停车,包括电动车,否则,一条路的交通就瘫痪了。其实,济南有好几个商业综合体都想把他们引过去,给出的条件很优惠,因为他们确实能带来客流量,但他们都谢绝了,坚守在千佛山西路这一带。

或许,对于他们来说,这条路,济南广播电视台和博物馆之间的路,千佛山和泉城公园之间的路,就是属于自家煎饼果子的"龙脉"。

扎根于一个地方,深耕出大名声,侯记做到了这一点。如今的侯记,味道一直没变,两口子带出了一些新员工,除了煎饼果子,也开始卖胡辣汤、甜沫、八宝粥,都不错。有次我偶尔尝了下胡辣汤,很是惊喜,内容很丰富,有豆腐皮、豆油皮、海带、花生米,不稠不稀,胡椒味道也很适中,和老家胡辣汤的味道一样。

侯记的两口子是单县人,在济南打拼多年,靠卖煎饼果子买了房。还有一家卖煎饼果子的,也是我老乡,是在老商埠旁的王家。

这一家最早来济南,是在人民商场旁边,因为做煎饼果子的老王,有个侄子在附近工作,多少有些照应,摆摊才能安稳。大概很多民营企业也都是如此起步。后来那边拆迁,他就来老商埠旁边租了这个地方,和我家离得不远,我便经常过去。店里面的喷绘是他侄子做的,配着普京吃煎饼果子的照片,讲了煎饼果子的来历,文笔颇似《故事会》,我看了好几遍,才看明白。

聊起来,他的侄子我竟然认识,喝过不少次酒,真不知道他还有文学创作的特长。

和侯记一样,王记的煎饼果子味道也很正,只是裹在里面的油条一度不太稳定,而油条,简直是煎饼果子的"芯片"。前几年他自己专门花钱去学炸油条,经过反复试验,终于掌握了这门核心技术,不再被卖油条的"卡脖子"了。

王记煎饼果子每天也排队,排得长的时候,能从鏊子边排到门口,我每次路过,不用进门,从外面一看,就能决定要不要等。最近,我发现排队的人少了很多,和老板聊起来,才知道,附近的设计院搬走了。"那个单位人很多,过去还在对面租房子,这一搬,生意明显差了。"不过,面对外部环境的变化,老板并没有自暴自弃,而是决定在煎饼果子的主要产业基础上,拓展新的业务。

"你喝过西华县胡辣汤吗?"老板问我。

"喝过。"

"我在济南还没喝过呢,准备去河南学习学习,那个在俺们县还卖五块钱一碗呢。"

"啥时候去?"

"听说济南和郑州要通高铁了,通了我就去。"

"你可别学成了方中山胡辣汤,太辣,学西华县的,好很多。"

我一边给他参谋,一边被他的创新精神感动了,也第一次感受到,济南和郑州通高铁,对于一家煎饼果子店来说,如此有意义。

就着这个话题,我们又讨论了一下西华县胡辣汤应该搭配什么,水煎包还是肉盒子?我给他说了一下做好水煎包的难度,倒是能介绍他去学做面泡,在下一个买煎饼果子的客人到来之前,我们的意见达成了一致——油馍头!

提着煎饼果子出来,带着对济郑高铁的向往,对民营经济复苏的期盼,金色的阳光洒在我身上,让我突然觉得这个冬天不再寒冷。

吃个烤鸭

北京最有名的，除了天安门和长城，就快数得上烤鸭了。我从小就听父亲说，他到北京出差，和几个同事一起，花十块钱，在前门的全聚德买了一只烤鸭，然后找了一个僻静的地方，撕开了啃着吃，过瘾。他特意提到，为了保留完整的鸭架，他们没让服务员把鸭子片开，甚至连甜面酱都没舍得要，就那么直接吃了一只，尤为解馋。

我听得直咽唾沫，却想象不出烤鸭到底是什么味道，应该比烧鸡好吃，听起来就高级很多。而且，父亲是在北京吃的烤鸭。北京，在我的童年印象里，实在太远了，只存在于挂历、明信片、黑白电视机，以及照相馆的背景上。

但我相信，自己迟早要去北京的。大人们常问我，将来是考北大还是清华，我知道这两所学校都在北京。虽然这是他们的美好愿望，但在当时看来，似乎并不夸张，因为五岁时，我可以轻松地做小学二三年级的作业题，十岁得了全县小学生智力竞赛第一名。不过，北大清华对我并没什么吸引力，或者说，没有烤鸭的诱惑大。

小学毕业那年，我差点去了北京。原本，父亲为了奖励我考上县城最好的初中，准备暑假让我独自到北京玩一圈。我堂哥在北京一家出版社工作，父亲的计划是提前写信说好日期，然后把我送上县城的长途汽车，到北京后，让堂哥去接，说是堂哥住的地方离莲花池汽车站不远，应该很方便。这个计划遇到了一些周折，就暂时推迟了，父亲说，还是晚两年再去吧。

这一下，就晚了十几年，让我和烤鸭的初次相遇发生在了济南。

长大后，烤鸭最早给我留下深刻印象，是在一位同事的家中。这位同事，也是我大学同学，济南人，毕业后，因为大家都没有手机，就失去了联系。一天，我在新建成的泉城广场溜达，看到她穿着一身职业套装，和几个西装革履的人迎面走来，特别像成功人士，她也看见了我，问我干啥呢，我说瞎混。她说自己也是刚找了份工作，在发传单，要不你留一张？

我没有留传单，但彼此互留了传呼号，不到一个月，她呼我，说自己换了一家有实力的公司，特意向领导推荐我过去。为了强调公司特别有实力，她说复印机都是原装进口的，老板经常说英语。

我还真去了她的单位，一家外企在济南的分公司，确实各方面都不错，只是我不知道自己能做什么。她给老板介绍时，把我吹上了天，说我啥都行。老板接着就给我配了台电脑，据说光显卡就四千多元，让我设计宣传海报。我连电脑都不怎么会开，除了会打"红警"，基本上不知道电脑还能做什么。为了不给同学丢人，我硬着头皮自学了几个晚上PS，做出了一张哗众取宠的拼图，老板说OK，先干着吧。

原本，我担心和经常说英语的老板不太好交流，后来发现，他不过是偶尔蹦出两个英文单词，说的最多的英语就是OK。那天，他还对自己的司机交代，让我们俩搭档，我负责设计，司机负责文案，因为他的司机"文采好"，还能写诗。

那个公司虽是草创，但从事的行业在当时很先锋，同事大部分都是年轻人，平均年龄相当于今天的95后。大家加班讨论方案，可以整宿不眠，休息时一起联网打CS，我枪法不行，但显卡好，很快就融入了热火朝天的集体。

有个周末，介绍我进公司的大学同学在家请吃饭，去了好几个同事，喝得很开心，一通胡聊。我根据每人的特点，找一个个武侠小说里的人物去对应，"令狐冲"特别得意，"段誉"也心满意足，老板的司机说自己是"韦小宝"，我说拉倒吧，"欧阳克"还差不多。喝到后来，"张无忌"深叹了一口气，说他伤过两个女孩的心，感慨道：问世间情为何物?

那天吃的什么,大都记不清了,但是,有烤鸭。烤鸭是同学从家门口一家小店买的,片好了,蘸酱,和大葱一起用荷叶饼卷好,酥脆软香滑,口感和味道差点刷新了我对食物的认识。

更重要的是,我知道了原来烤鸭不仅仅在北京卖,济南的街头就有卖烤鸭的,味道还不差。这给我带来了相当大的启发,从此,我在这座城市开始了漫长的寻鸭之路。

有一段时间,几乎所有大一些的小区周边,都有卖烤鸭的。有的是一个档口,还有的甚至只是一个推车,挂着一个牌子,写着果木烤鸭,或挂炉烤鸭,质量却千差万别。大多数地方,烤鸭的肥瘦、大小、肉的质感都到不了及格水平。因为烤鸭看似做法并不复杂,做好却极难。鸭肉本身就难伺候,远不

如鸡肉天生细嫩鲜美，稍有些处理不当，就会出现一种难以掩饰的怪味。

我当时最常去的一个地方，在工人新村，南村中间的一条街上。有一对夫妻，每天摆出一个小摊，带一个简易的挂炉，现烤现卖。烤鸭论斤卖，大概二十多块钱一只，包含饼和酱，不带葱。我每次要上半只，再从旁边卖菜的小贩那里买根葱，就近找个扎啤摊，一个人坐下来，连吃带喝，就是一顿美味。差不多有两年，我成了他们的忠实客户，享受的待遇就是每次被多送一包饼。那两年也发生了很多变化，比如他们原本是男人负责烤鸭和片鸭肉，女人打下手，负责打包，装饼和酱。后来，女人的肚子渐渐大了起来，动作日渐笨拙，突然有一天，就成了男人一个人卖，所有的活都自己干，虽然很忙乱，但男人脸上洋溢着前所未有的幸福。再后来，女人抱着孩子出现了，时而哄孩子，时而打下手，烤鸭的炉子边，飘散着更温馨的味道。

前几年，我又专门去这个地方寻觅，不光没有找到他们，连这条街都差点没找到。我算了算，他们的孩子应该快高考了。

自从满大街充斥着那种飘着剧烈香气的"烤鸭"，这种传统的烤鸭也渐渐退出了街边。那种所谓爆烤鸭用的鸭子似乎都是减肥成功的、个小、肉柴，价格非常便宜，但大都没法入口。想吃烤鸭，也只能进酒店了。

幸好，和许多只能扎根市井的美食不同，烤鸭是非常适合酒店的。在济南，几乎所有具备一定仪式感的酒店，都会有烤鸭。或许，这和烤鸭本身的仪式感也有关系。从填鸭，到烤，再到片，包括蘸酱、卷饼、鸭架煲汤，从头到尾仪式感十足。所以，济南能做烤鸭的酒店不少，大大小小，数起来有一大堆。

老字号的鲁菜酒店，几乎全能做烤鸭。只是这些年许多酒店空剩老字号，菜品质量和烤鸭一样，难以吸引食客了。如今，规格较高的酒店，山东大厦的烤鸭算是招牌菜之一。金三杯的汇泉烤鸭算是继承传统，至少把汇泉楼曾经的特色在名称上保留了下来。以川菜见长的巴山夜雨，每天的烤鸭也供不应求。西客站附近的一城山色，厨师在"大董"工作了二十年，烤鸭和大多数菜品完全是"大董"风格，别样精细。专以烤鸭为特色的酒店，济南不少老人爱吃"董立兵"，岔路街的"真帝道"我也去过几次，烤鸭还可以，配菜没什么印象。

前阵子，和纪录片《鲁菜》的总制片人闲聊起来，他认为魁盛居烤鸭最好。我听了之后，没几天就去了魁盛居的新店，果然名不虚传，同样用五斤左右的填鸭，同样的制作技术，老店就已很不错，新店又用上了老板自己刚研发的新型炉子，提温快，保温效果好，所以鸭皮更酥，肉味更加香醇。难怪开张以来，每天的客人都是满的。

全聚德在济南也有很多家店，我第一次去，是很多年前，京剧老旦名角李多奎先生的儿子设宴，现场还听了几段戏，印象极其深刻。但这几年我去得少，包括到北京，吃烤鸭也很少想起来去那里。我大概去过几十家北京的烤鸭店，比较喜欢"九花山"和故宫旁边的"四季民福"，早年间还到据说是王菲常去的"天外天"吃过，现在这家店似乎已经没有了。刘若英在《天下无贼》里吃烤鸭的一幕看哭了很多人，不过我总觉得那家叫"香依舍"的西餐厅做烤鸭可能也一般。

其实，从口味上来说，北京的烤鸭和济南差别不大。烤鸭虽从历史上传说起源于南京，是明成祖朱棣迁都时带到北京的，但真正在北京发扬光大，差不多还得是清朝，从焖炉的便宜坊，到挂炉的全聚德，和八大楼的鲁菜几乎在同一时期，在京城深受追捧。

想了解那段历史，可以看电影《老店》。当时陈宝国还没有拍《大宅门》，但演活了一个烤鸭店掌柜，已具备了"白七爷"的风采。葛优虽还只是一个配角，但每场戏都极其精彩，那种"爷"范儿，不输于后来在《霸王别姬》中塑造的"袁四爷"。

当初，看这部电影时，我还没有来济南，更没有去过北京，甚至不知道这两座城市有什么区别。故宫和趵突泉，大明湖和北海公园，在我脑海中和烤鸭一样遥远。我盼望着自己快些长大，离开故乡，去吃天下闻名的烤鸭。这种盼望一度成为前行的动力，炙烤着我的快乐，或痛苦。

吃个瓜子

瓜子是瓜的孩子。西瓜的孩子黑，南瓜的孩子白，模样都不随父母。葵花子也不随，但它是花的孩子，向阳而生，向阳而长，嗑开一条缝儿，全是太阳的味道。

为了传宗接代，从洪荒时期，瓜们就费了洪荒之力，将自己扮得枝叶招展，长得丰硕诱人，供动物们吃，让那些血肉之躯把瓜子带到四面八方，生根发芽。然而，它们不曾想到，后来出现的人类，不光爱吃瓜，连瓜子也不放过。

最爱吃瓜子的，是中国人，把瓜子吃得花样百出，且源远流长。马王堆一号墓中，辛追夫人肠胃里有一百三十八颗甜瓜子。海昏侯墓，主人肚子里也有大量香瓜子。但这些完整的瓜子显然未经咀嚼，很可能是吃瓜未吐子罢了，使的是囫囵吞枣的路数。甚至有考古学家认为，海昏侯刘贺可能死于毒瓜，所以他们到底爱不爱吃瓜子，实难定论。倒是前些年南京发现的南朝大墓里，出现了用陶罐单独存放的瓜子，专家认为是炒熟或蒸熟的，若被证实，瓜子的历史在中国就有了一千五百年。

文字中第一次出现"瓜子"，是北宋早年成书的《太平寰宇记》。介绍幽州时，说当地特产有"绵、绢、人参、瓜子"。这部经典的地理著作最有趣之处在于概括了各地的民风民俗，比如说幽州人"愚悍少虑，轻薄无威仪，亦有所长，敢于赴人之急难，此燕丹之遗风"，如此定论，放如今大概要被攻击吧。

最晚到明朝，嗑瓜子已非常流行。不管是西瓜南瓜还是向日葵，都已在这片土地生根。万历年间，有小曲《赠瓜子》："瓜仁儿本不是个稀奇货，汗巾儿包裹了送与我亲哥。一个个都在我舌尖上过。礼轻人意重，好物不须多。多拜上我亲哥也，休要忘了我。"这瓜子，嗑出了儿女情长。

瓜子脸的说法亦在当时出现，也说明葵瓜子盖过了西瓜子。看唐寅、仇英的人物画，女人全是葵瓜子脸。西瓜子脸的女性形象，"文革"时期的样板戏里居多。相比起来，如今流行的锥子脸，名称是多么粗鄙不堪，听上去就仿佛鲜血迸流。

《金瓶梅》和《红楼梦》都多次写到瓜子。潘金莲爱嗑，林黛玉也爱嗑。不同的嗑法，把人也嗑出了不同的气韵。"那潘金莲……探着半截身子，口中嗑瓜子儿，把嗑了的瓜子皮儿都吐下来，落在人身上。""黛玉嗑着瓜子儿，只抿着嘴笑。"一个市井出身，一个官宅长大，瓜子嗑法都不一样。

嗑瓜子的场景最亲切，不管什么人，不管在什么情况下，只要有瓜子嗑，大都不会尴尬。你嗑你的，我嗑我的，边嗑边聊，随意嗑几个瓜子，随意聊几句，只要瓜子还有，话就能和瓜子一样断点续传。等瓜子嗑完了，就"下载"了一段时光。

嗑瓜子确实是消遣时光的理想方式。尽管丰子恺先生将其视作浪费生命的行为，但人的一生大量时间还是需要消遣的。"要'消磨岁月'，除了抽鸦片以外，没有比吃瓜子更好的方法了⋯⋯一、吃不厌；二、吃不饱；三、要剥壳⋯⋯具足以上三个利于消磨时间的条件的，在世间一切食物之中，想来

想去，只有瓜子。"丰先生写这篇文章的时候不知道几十年后会有智能手机，比吃瓜子"好用"多了。

我从小牙不好，不怎么爱嗑瓜子，直至高二，常觉得青春苦闷，时光虚度，一度喜欢上了嗑瓜子，两毛钱一小塑料袋，能嗑老半天。我当时的同桌比我还爱吃瓜子，每次都是我主动出钱，他出力，从三楼跑下一楼，跑去学校门口买一袋，两个人分开吃。

那个同桌是从农村来县城上学的，印象中他尤其吃苦耐劳。班里和人踢球，他永远是中后卫，总在最关键的时候头顶脚踢，用各种难看的姿势把球开飞。毕业后他上了补习班，半年未见，据说成了年级的老大。我在县城街头与他偶遇一次，见他身边一群小弟簇拥，打招呼时还是一脸憨笑，但其脸上却似乎生出了横肉。

再后来听说他在一次严打中进了局子。大概是几个学生一起搜了一个学生的零花钱，但他自己把事全扛了。

出来后，他到我家来过，抱着两个西瓜，满头大汗。那年他考上了一所中专，算是走上正途，也算是回到了那个嗑着瓜子就开心无比的从前。

我觉得，嗑瓜子是可以缓解焦虑的，看似无聊的过程恰恰是人类所需。有一种"持续的无聊"，每个人都将遭遇，瓜子让它从一种负担升华成一种享受。

还看到这样两条史料：清中前期，"锦州海口税务情形每年全以瓜子为要，系海船载往江浙、福建各省发卖，其税银每年约有一万两或一万数千两，或竟至二万两不等"；到了清末，"瓜子，岁获约一万五千余斤"，瓜子消费量竟带动了一个地区的GDP。

法国传教士古伯察1844年开始了横穿中国的旅行。他在《中华帝国纪行》中写道："中国人对西瓜子有着特殊偏爱，因而西瓜在中国是必不可少的……无论是在大街旁，还是在小道边，到处都可以买到。你就是到了最荒凉的地区也不用担心找不到西瓜子。在大清帝国各个地方，这种消费形式确是一种不可思议、超乎想象之事。有的时候，你会看见河上行驶着满载这种心爱货品的平底木船，说句实话，这时你可能以为自己来到了一个啮齿动物王国。"

其实，他所看到的啮齿动物王国就要在嗑瓜子的声音中亡国了，只是他不知道而已。

有一种集体嗑瓜子的声音，让我记忆深刻。中学时，每到新年，班里举行联欢会，地点就在各个教室里，课桌拉开了，围一圈，中间就是舞台，同学们表演着一个个提前准备的节目。那相当于每个班的春晚，每次都让人期待无比。每年到了这时，班主任会拿出班费，让大家去买瓜子，边嗑瓜子，边看节目。一场联欢会从头到尾，全场除了掌声和欢笑声，就是咔咔的嗑瓜子声，时大时小，此起彼伏，一浪又一浪，一年又一年。

那时候，一句话就可以轻易放声大笑；那时候，一首歌就可以让人情窦初开；那时候，在新奇的电子音乐中跳着霹雳舞，却不知道我们未来的人生中会有多少霹雳和闪电；那时候，唱着《明天会更好》，却不知道自己会有怎样的明天……

嗑着瓜子的同学们，不知道自己也是一枚瓜子，在厚厚的壳里，等待着岁月的门牙来嗑。

吃个老鳖

老鳖，即甲鱼，有甲，但不是鱼。它和龟一起俗称王八，又和龟有明显差别，它壳软，牙硬，性急，更常见，也更好吃。

我小时候，老鳖很便宜，没有猪肉或鲤鱼贵。可能因为其形丑，肉少，做起来又麻烦，并不受青睐，和狗肉一样上不了宴席。菜市场那些卖鱼的小摊，边上偶尔会摆一两只老鳖，都是捕鱼时不小心打上来的。它们平趴在桶里，探头探脑，一副懵懂的样子。当有人靠近，卖鱼的人会提醒，千万别乱动，因为老鳖一旦咬住东西，绝不撒嘴。坊间有个说法，万一被鳖咬到手，学驴叫，鳖就会松口，说得神乎其神，未见有人成功过，也无人主动尝试。或许，最早这么说的那位，是目睹了人被鳖咬的惨状，喊叫都变了腔，如驴嘶鸣，后来就有了被鳖咬学驴叫的讹传。

人们对老鳖的误解绝不止这一条。歇后语常拿它开玩笑，一会儿看绿豆，一会儿吃秤砣。但很显然，老鳖对绿豆和秤砣不会有什么兴趣。更无辜的是，人骂人，也爱拿老鳖说事，什么王八蛋、鳖孙、龟孙等，骂得连人带鳖都一肚子憋屈。其实，古时候，相当漫长的时间，人们是崇拜老鳖的，觉得它能通神灵。用其占卜，才留下甲骨文。直到开始世俗化的明清，老鳖才从神话变成了脏话。

还有知识分子为其洗地，说王八蛋并非说老鳖，而是"忘八端"，即忘了"孝、悌、忠、信、礼、义、廉、耻"。反正我不太信。

不管如何骂，人们始终不忘吃老鳖，并一直传布着吃鳖大补的说法。即使是在老鳖很便宜的年代，人们也都深信不疑。那时我有些贫血，大人们就经常给我买老鳖吃，说是可以补血。家里没什么讲究的做法，就是剁成块清炖，肉不怎么香，微苦，还有股土腥味儿。吃的时候，我特别羡慕邻居家小孩，他不贫血，但常流口水，偏方是吃猪尾巴。所以我常看到他叼着一根长长的猪尾巴狼奔，仿佛刚刚吞下了一头猪。他的偏方，治得我口水长流。

那段时间，家里隔三岔五就买只老鳖，都是活的，买来就放在脸盆里，吃的时候自己杀。杀老鳖最粗暴的方法就是照鳖盖上猛踹一脚，老鳖的脑袋就会伸出，然后挥起菜刀，一刀下去，鳖头落地。稍懂些技巧的，就拿根筷子去戳鳖头，等老鳖咬住筷子，就使劲往外拽，把老鳖的脖子引拽出来，一刀毙命。不知为什么，后来读汪精卫的那句"引刀成一快，不负少年头"，我总想起杀鳖这一系列操作。

有时，家里买来老鳖，没有马上杀，而是先放脸盆里养几天。那几天，老鳖就成了我最好的玩具。没事儿干的时候，我就蹲盆边儿看老鳖。老鳖虽然长得不漂亮，但是挺耐看，越看，越觉得其憨态可掬。一次，可能是受了《龟兔赛跑》的启发，我突发奇想，把老鳖从盆子里放出来，看看它到底能跑多快。当时我家住在工厂宿舍，门口就是一片布满水坑的荒草地。我端着盆子出来，扣到地上，掀起盆子，四爪朝天的老鳖突然伸出脖子，使劲在地上一拱，就正了个儿，然后迈着小短腿，向前爬去。开始速度还没那么快，结果越来越快，直奔旁边一个水坑，我奋起直追，不小心脚下一滑，老鳖已经跳了进去。

时隔多年，我依然能想起那只老鳖奋力冲刺的样子。为了生命和自由，老鳖义无反顾。即便到了水坑里，它或许也会孤独至死，但至少曾经努力过。

没几年，老鳖的身价就暴涨。在没有海鲜的老家县城，老鳖突然成了餐桌上一道最上档次的菜肴，重要的宴请，压轴菜一定是老鳖。炖，或炒，都大受欢迎，上来之后，往往夹不了两筷子，就只剩一个空空的鳖盖。

为把老鳖吃出仪式感，人们还发明了一些新的吃法。比如和鸡一起炖，称之为霸王别姬（项羽若在天有灵，或许会生气），还流行过喝血酒。那时我刚大学毕业，在济南工作，有次和单位老板出差，路过老家，两个朋友设宴款待，上来就端出一只活老鳖，现场放出一小碗血，掺到酒里。别说年轻如我，就连老板都没见过这样的世面，被腥辣的烈酒灌了个大醉。第二天眼睛通红，血似乎全涌到了白眼球上。

老鳖的风靡，让老家很多人开始养鳖致富。记得邻居家就包了两处水坑，专养老鳖。不过，老鳖不太好养，需要专业技术，他们家好像也是今年挣一笔、明年亏一笔地干，没几年就不养了。

老家有专门养鱼养鳖的人，有的还是世家。我有个朋友就是，从小在水坑里长大，精通水性，一身腱子肉，浪里白条张顺似的，只要有水，不需要任何工具，跳进去，就能逮鱼抓鳖。

他还有一绝活，就是打老鳖。具体打法是在特制鱼线上拴一个小铅锤，边上是四个小钩子，看到老鳖露头，就把铅锤甩下去，砸老鳖的脑袋，把老鳖钩上来。每年五六月份，他都会带着这套打老鳖的家伙什，去找一个大点的野水坑，静静观察。老鳖需要露头换气，头从水面露出一点，嗖一声，铅锤划出一个抛物线，直奔鳖头而去，十米左右的距离，他打十竿子，差不多能打八个野生老鳖出来。

这份准头难度是非常大的。因为老鳖露头仅那么一点点，在外人连看都没看见的情况下，他的竿子就下去了，而且有如此高的命中率，这不光需要勤学苦练，还需要相当的天赋。

后来我才知道,他的台球在县城总是第一,市里也数一数二,于是理解了他打老鳖的神奇。

前两天他来济南,让画家刘明雷给我打电话,说刚打了四只老鳖,正好送来。我们在酒店等他,七点多时,他提了两个塑料桶进来,每个桶里两只桶底大小的老鳖,他放下桶,说:"昨天打了五个,让人拿走一个,剩下四个,有两个老在里面咬,你看,桶里都是血。"

那天我们喝了不少酒,喝的过程中,聊了不少老鳖的烹饪技巧,估计老鳖在桶里听得心惊胆战,绝望至极。散的时候,已近凌晨。原计划,和刘明雷以及另外两个朋友把老鳖分了,一人一只。当我们提着桶走出酒店的一刹那,突然都沉默了,不知谁提议说,这么大的老鳖,要不把它们放了吧。大家顿时觉得很有道理,于是打了一辆车,去找地方放老鳖。路上,司机师傅听出了我们的意图,一再提醒我们,老鳖很好吃,炖,或炒,大补。

把老鳖放到河沟里的那一瞬间,一个朋友突然跪下了,冲着河水念念有词,大概意思就是老鳖啊老鳖,从老家来一趟济南不容易,好好在济南混吧,祝愿你有个好的前程。

原来,摸爬滚打了这么多年,即使我们的内心早就如鳖盖一样坚硬,依然有一层柔软的裙边。

不容易。

吃个新鲜

不管是可以吃的，还是不能吃的，新鲜，总让人由衷地喜爱。它自带一种天然的活力，包含了稀有、珍贵、易逝，以及让人迷恋的风情万种。

入口之物，不论贵贱，凡新鲜，必有其独特的魅力。刚从树上摘下的水果，比冷库里存放的不知好吃多少倍。连亚当和夏娃都忍不住要吃，孙悟空也是，看管蟠桃园时想方设法偷吃刚成熟的仙桃，可见新鲜的诱惑有多大。

新鲜，其实简单直接。田野里刚刚饱满的麦穗，掐下来，用手搓掉皮，塞嘴里，就能嚼出一股清香。用火燎一下，更是美味，那种焦香，比咖啡的余味还浓郁。有一年，我去福建大田，在村里的小饭馆，吃过一次终生难忘的玉米，甜香得嘴巴都要化掉了。玉米是从旁边地里掰出来现煮的，我想买些带走，一只脚已经踏进了泥泞的玉米地，却听当地人说，过一天，玉米就不是这个味道了。我只好含恨拔腿而去，差点把鞋粘掉。

新鲜往往从春天开始。在我的记忆中，准确地说，是从香椿芽开始的，干枯了一冬的枝干，突然顶出几簇嫩绿，婴儿胎毛一般喜人。这时，你只需像理发师一样，把它剪下来，小心翼翼，洗净，稍微撒上一点盐，阴凉处放上半晌，可以吃出大地回春的喜悦，若再点上几滴香油，绝对是春满人间了。当然，这是头茬香椿芽，二茬三茬就逊色一些，炒鸡蛋还可以，再往后，就只能多放盐，腌成咸菜，等夏天，剁碎拌凉面了。

凉面用新麦磨出的面，和已不新鲜的香椿、萝卜一起，也算吃个新鲜。只是，这种新鲜，在麻汁和蒜泥之间徘徊挣扎，让人隐隐咀嚼出一种青春已逝的惘然。

鱼虾在春天也格外新鲜。沿海地区，爬虾又肥又美，肉甜子多，什么料都不用放，清蒸一下，味如海风拂面。内陆的湖泊、水塘里，小龙虾张牙舞爪地出来了，肉鲜得倔强，麻辣、油焖、蒜蓉都盖不住。长江三鲜，刀鱼、鲥鱼、河豚，也陆续迎来了最美味的时刻。生活在江阴的现代诗人庞培常在长江游泳，每游到江中间，他会喝口江水——水真肥。

庞培出生于二十世纪六十年代，他回忆自己小时候，每年春天，都有一周时间，家家户户门窗上挂着刀鱼，一座城市到处都能闻到刀鱼的鲜味。

那时，相对来说，长江刀鱼还没那么贵，到了季节，一网下去，能打半舱。不像现在，野生的几乎绝迹，只能咽着口水怀念了。

我吃过养殖的长江刀鱼，也好吃，肉脂交融，堪称鱼中把子肉。庞培说过去有一种特别的做法：把刚打上来的刀鱼，放米饭上清蒸，等米饭熟了，刀鱼只剩一层刺，肉化在了米饭里。

长江三鲜里，我最爱鲥鱼。尽管张爱玲恨其多刺，但鲥鱼的新鲜能让我不嫌其烦。做鲥鱼不能去鳞，因其鳞下多脂，丰腴的新鲜，尽在鳞肉之间。《金瓶梅》中，刘太监曾送西门庆一些，西门庆不知此物珍贵，还是应伯爵告诉他："江南此鱼一年只过一遭儿，吃到牙缝里剔出来都是香的。"

鲥鱼和长江刀鱼一样，都是洄游鱼类。相比早春洄游到长江的刀鱼，鲥鱼是在春夏之交，从大海洄游到长江产卵。有一种传说，鲥鱼喜欢音乐，所以当年渔民在船头敲鼓，鲥鱼就会从水里往船上蹦，争先恐后，欢呼雀跃，哪怕落地即死。这样的场面即使有，如今也不可能看到，因为长江里的野生鲥鱼已经很少了。

河鲜不如江鲜，要做好，得费更大功夫。比如鲤鱼，很少有人清蒸，必须加以重重工序。济南小广寒做得不错，用的是二十年前从内蒙古运来的高汤，据说这锅汤来时已有几十年历史，如今算得上百年老汤了。活鲤鱼买来，先放在泉水池子里养，等鱼把土腥气吐出，瘦了一圈，神清气爽了，再用高汤炖几个小时，加上几片老豆腐，一起咕嘟，到吃的时候，味道全入了鱼肉，连鱼刺都快炖软了，鲤鱼才能鲜得刻骨铭心。

河鲜里最鲜的其实不是鱼，而是蚌和螺蛳。董克平先生写的《吃鲜儿》中提到，他每年春天，都要去江南，体验时令美味。比如扬州，立春时的河蚌最美味，柳绿花红时，开始吃螺蛳……

我和董先生也是在春天的扬州认识的，但我并没吃过扬州的河蚌和螺蛳。我小时候，老家县城很少有人吃这两样，总觉得泥土气太重。济南倒很流行螺蛳，方言称蛤蜊油子，用大酱炒，加辣椒，入味，是下酒好肴。清明时吃最好，螺蛳肉饱满紧实，正所谓"清明螺，大如鹅"，再往后就逊色些。这两年，以做小龙虾闻名泉城的泺水居常做，不卖钱，随虾蟹一起送。这虽让螺蛳显得"身世"卑微，却也深受人们喜爱。

对于河蚌，我是有误解的，总觉得它不干净。读初一那年暑假，我去西关的水坑游泳，老觉得水下有东西硌脚，弯腰一摸，抓上来，是一个河蚌，黑色的壳，拳头大小，再抓，又一个河蚌，再抓……那天我抱了一大盆河蚌回家，感觉像抱回一堆元宝。但是后来，家里尝试了各种做法，又是辣炒，又是红烧，总做不好，剩下许多，白白死在了盆子里，被我倒掉了。

我对河蚌的误解，也许和县城的水坑有关系。那时，县城的水坑大多很脏，而且深浅不一，水况复杂，每年都会有人淹死。大人是禁止孩子们去水坑游泳的，我们管游泳不叫游泳，叫洗澡，因为县城是没有游泳池的。县城人只去过澡堂，夏天的水坑就相当于冬天的澡堂，真有不少人带着肥皂和毛巾过去，搓一身肥皂泡。我倒没有带过，只是偶尔会带一个泡沫塑料板，从家里的电视机纸箱里拿的，抓着它，从岸边往里慢慢划水。

我并不怎么会游泳，只是喜欢浮在水里的感觉。酷热难耐的时候，并不清澈的水坑能给我带来身体的清凉。没有技术，所有的动作都像是挣扎；没有方向，所有的时间都用来沉浮。我也从未到过水坑的最深处，据说那里下面有机井，漩涡会把人往下吸。只有水性最好的人才敢游过去，在那里踩水，骄傲地露出脑袋。

对那时的我来说，水坑，就是我见过的最大的江河湖海，尽管浑浊、凶险，但我愿意置身其中，比起远方未知的风浪，我曾以为水坑更安全，更长久。

对水坑里的我来说，世界上的一切都是新鲜的，不管是可以吃的，还是不可以吃的，都那么新鲜，像八点二十的太阳，尽管从钟表看，时针和分针有些愁眉苦脸。

对世界来说，我也是新鲜的，新鲜到它不忍吞噬。

吃个火锅

欧·亨利的《警察与赞美诗》有一个美妙的开头：每当没有海豹皮大衣的女人跟丈夫亲热起来……这时候，你就知道——冬天就要到了。

相对穿，吃更为重要。万物沉寂下来的冬天，许多味道却在清冷的空气中升起，像一只只无形的小手，任性地拽着人的舌头，拉缰绳那样，拽到一张张餐桌前。

火锅的力量可能是最大的。在冬天吃火锅，绝对是一件可以迅速提高幸福指数的事。三五亲朋，围坐锅边，烫肉，烫菜，暖胃，暖心。不管是电磁还是木炭，清汤还是麻辣，当汤底沸腾，近在咫尺的寒冷瞬间远去天涯。

济南的火锅，铜锅涮羊肉居多，这一点和北京类似。同样是清水锅底，放少许葱姜、八角、海米。调料则以麻酱为主，由客人自己添加腐乳、韭花酱、辣椒油等。这些通常都包括在锅底的价格之中，此外，随锅底上来的，还有几盘免费的菜：白菜、粉丝、豆腐，再配上一两头腌制的糖蒜。一一放在架子上摆好，好似开会，先来的台下坐整齐，主席台虚位以待，等一盘盘羊肉慢悠悠上来，现场仿佛响起雷鸣般的掌声。

作为主角，羊肉的好坏，决定着火锅质量的高低。要知道，食羊人口是充满地域歧视的，不说新疆、青海、宁夏这种养羊大省区，单是山东，不同地市的人也常会认为本地的羊肉天下无双，且没有膻味。其实，一方水土养一方羊，每个地方的羊，当地总会实践出最佳吃法，在这种吃法里，自然本地羊更胜一筹。江南吃羊肉，常带皮红烧，这种吃法换成新疆的羊，怕连皮都嚼不动。

最适合济南这种火锅的，当属内蒙古羊肉。或许是因为这种吃法本就来自游牧民族，所以，木炭铜锅对来自大草原的羊格外友好。广袤的内蒙古，锡盟羊肉尤为突出。元朝时，锡林郭勒草原是皇家牧场，地阔草肥。羊长得结实，每天撒欢儿跑二十公里以上，被称为"马拉松羊"，身上绑个手机，肯定天天微信运动排名第一。

北京有几家火锅店就用锡盟羊肉，冬天人满为患。济南的盛玖锅，太阳卷和精修肋腹皆来自锡盟，只是在各种极品食材的轰炸中，羊一样沉默了。

除了明摆着的羊肉，济南火锅每一家的麻酱都不相同，各有秘方，暗地里分了高下。几年前，在经八路的一条小胡

同里，藏着一家看起来极其简陋的小店，生意火爆，一进院子，就能看到一个石磨，小店所用麻酱皆由此碾出。那家店还有一绝活，就是现氽的丸子。一整盘羊肉馅，调以葱姜，服务员用一把小勺横一刮，竖一抹，叮叮当当的丸子，被推到锅里，沉下去，再飘上来。与众不同的是，这里为丸子配了专用的调料，黑胡椒、老醋，连火锅汤一同舀到碗里，撒上香菜，吃惯了前面的麻酱浓香，此时这一阵酸辣尤为提神。那家店随着城市整治，已不复存在。不过，这种丸子的吃法，已在济南各处普及，只是，我总觉得比那家店的味道少了点什么。

对于火锅而言，受到"城市整治"的打击远没有烧烤大、相反，偶尔还会有意外的扩张。比如有一家济南传统的火锅店，竟开到了KTV里，所有单间都装修得金碧辉煌，应该是前老板开了不久，就转让给了火锅店。不过，这些设施并没浪费，除了餐费，再加点钱，就可以无限欢唱，圆一个"吃着火锅唱着歌"的梦想。于是，在升腾的热气中，闪烁的液晶屏几乎让人产生幻觉，只有穿迷彩服的中年服务员端着木炭进来，才迅速将人拉回到现实之中。

其实，除了铜锅涮肉，济南还有一种传统什锦火锅。同样是铜锅，用白菜、豆腐、黄花菜打底，中间一层是熟牛肉和炖鸡，还有手工牛肉丸子，最上面是炸藕盒、炸带鱼，满满当当，紧紧实实，再撒上一层青蒜末提鲜，开锅即食，重要的加工环节都已完成，还省去了自己涮的烦琐。

早些时候，济南人过年喜欢这么吃，尤其是回族，继承发扬了这一美食。现在这样的火锅已不好找，大概是前年，我去《百姓厨神》栏目总决赛做评委，有一位进入前三的小伙子就这么做。小伙子形象颇似歌手力宏，父亲家传手艺，人送绰号"火锅力宏"。后来我留了他联系方式，点过几次他做的什锦火锅，外卖连锅一起送来，吃起来有老味道。再后来，由于外卖还要再专门收锅，实在麻烦，就改成了盒装。不过，他现在在济南的凤林小区附近开了店，去吃倒是方便。和"火锅力宏"认识挺长时间了，有一天，突然在小区里遇见他，才知道原来还是对楼邻居。从此，他常在微信上念叨：哥，什么时候有空？我抱着锅来家找你！

济南真小，小得像一个火锅。

我老家也有什锦火锅，是用羊肉、羊杂和丸子烩在一起，锅底是羊油红汤，用铜锅，也可用砂锅。能把这种火锅做好的，是曾经的老焗匠。有几年，我每次回去，到一个哥们家里，他就从老焗匠那里叫一个火锅。店家码齐装好，连带着备用的木炭、羊肉一起送到家里，大家吃得沸腾，喝得欢醉。老家什锦火锅的羊杂里，必不可少的是羊奶，即羊的乳房。用料煮熟，切成片，在锅里，能提升一锅"羊气"，然而，如果处理不好，"羊气"则变成了膻气。所以，能够把羊奶做好的什锦火锅，才算是得了"味"，成了"道"。

铜锅涮羊肉这种吃法，老家过去是没有的。比较奇怪的是，济南有很多家"曹州涮羊肉"，但至少在我记忆中，老家完全没有这种吃法。即便是后来，有了麻辣锅底的涮法，也和原汁原味的"涮羊肉"区别甚大。倒是有两家火锅店给我留下了印象。一家是"小肥羊"，大堂经理是我的高中同桌，一脸憨厚，我们经常一起踢球，他技术很糙，却勇猛过人，而且毫不惜力。作为后卫，他常在乱军之中一个大脚把球开出，时远时高，时正时偏，劲儿特别大。后来，他复读一年，据说成了补习班的"老大"，风光了不久，因为打架进了看守所。有一年暑假，我回家晚，听父亲说他几天前到家里来找我，还拿了两个西瓜，说自己出来后又去高考，考上了一所中专，大概是来告个别。再后来我去"小肥羊",他跑前跑后,每次都送两三盘羊肉,不过,这家店没多久就关门了。

在老家开得时间很长的一家火锅店,叫"蜀庄"。那里的火锅味道可以忽略,但从开业起,啤酒好像一直一块钱一瓶,或者是买一送一,反正尤其适合酒量大的人。有几年,我每次回家几乎都会过去,总能遇上熟人,大家不在一个桌,但打完招呼之后,对方一定会过来扔两盒烟。自然,这烟也不能白要,你得让服务员搬箱啤酒过去,才不算失礼。如果同样再给对方的桌上扔两盒烟,香烟的价格一定不能低于对方送的两盒。所以,去那里吃饭,不光酒喝得多,烟也抽得凶。

济南的巴蜀火锅也多,但我并没有太多好感,觉得对味蕾以及胃肠刺激太大,所以我总觉得成都或者重庆的火锅并不适合济南这方水土。在成都或重庆还不错,换了地方,就有些水土不服了,如"橘生淮南则为橘,生于淮北则为枳"一般。所以,我不明白海底捞为何会排长队,当然,也许是我太固执了。

前几天,有人对我说,在美食上,我应该多迎合年轻人,因为他们是一个巨大的"市场群体"。这番话把我从"年轻人"的行列划拉出去,倒也无妨,但我特别想表明一点,无论我推荐何种酒食,都只是为了表达个人感受,有没有"市场群体"并不重要。更关键的是,从古至今,年轻人和年轻人也不一样,单从吃饭这件事上,喜欢追赶时尚、猎奇尝新的年轻人自然很多,但也有的人从年轻就愿意逐其本味、返璞归真,即便是少数,但他们的存在,才是美食的希望。

那些认真做饭的店家,才是这个时代最值得尊重的。没有他们给我们带来的愉悦和满足,哪怕一座城市千万火锅同时燃起,依然是寒冷的冬天。

吃个螃蟹

螃蟹横，人吃起来更横。吃螃蟹样子不雅，却成了一件雅事，八九成是文人用诗催的。唐宋以来，诗人若不写写吃蟹，仿佛都对不住诗人的身份。李白、苏轼、陆游都爱写，也爱吃，却没人能看到他们吃蟹的样子，想必好看不到哪里去。就算是嗜蟹如命的李渔，有专门做蟹的"蟹奴"，吃起来也得自己动手。李渔专门总结：有三样东西只能亲自剥着吃——瓜子、菱角和螃蟹。

李渔写过格调清奇的《闲情偶寄》，还写过艳情小说《肉蒲团》。曾有人说，《金瓶梅》也出自李渔之手，我觉得不可能，单是吃螃蟹上，就不符合笠翁气质。《金瓶梅》里虽常吃螃蟹，但最惊艳的一次吃法，是常时节的妻子做的"螃蟹鲜"："四十个大螃蟹，都是剔剥净了的，里边酿着肉，外用椒料、姜蒜米儿团粉裹就，香油炸、酱油醋造过，香喷喷酥脆好食。"

强调要自己剥蟹，并反对把螃蟹"和以他味"的李渔，绝不会喜欢"螃蟹鲜",更不会像小说里吴大舅那般,上来就是没见过世面的夸奖:"我空痴长了五十二岁,并不知螃蟹这般造作,委的好吃。"

我去过李渔出生的如皋,当地的蟹黄汤包格外肥嫩,比扬州几家名气大的茶楼还胜一筹,不知道李渔是否喜爱。

蟹黄包吃起来也绝不能粗犷,先轻咬、吮吸,再蘸着醋汁细品。有的地方还专门配上一根吸管,但通过塑料管,汤汁就仿佛沾染了化学添加剂,没有那么原汁原味了。

冒辟疆和董小宛住过的水绘园也在如皋,据说,董小宛创灌蟹鱼圆:把蟹粉团在白如凝脂的鱼丸里,缀以火腿、菜心、木耳、笋片,浮于清汤中,是当今一道名菜。我应该也吃了,但没什么深刻印象,只是想起来这个典故,觉得董小宛才貌双绝,菜应该也错不了。

《金瓶梅》里的吃法偏暴发户,强调大口吃肉的痛快,《红楼梦》绝不会如此。大观园的姐妹们多分得出团脐和尖脐,凤姐也是行家,嘱咐螃蟹一定要清蒸,且不能放凉。黛玉更是吃得仔细,怕蟹肉寒,不敢多吃,只尝一点夹子肉,还喝了一杯热热的烧酒。

确实,蟹肉自身之鲜,让人觉得怎么做都不如食其本味。不过,给螃蟹增鲜虽不容易,但把螃蟹的鲜夺出来,则可出美味。常熟有道"蟹着泥",把螃蟹劈开,挂面糊煎炸,再加面和青豆煮粥,粥的味道比蟹还好,算是夺了蟹的鲜。

济南泺水居的香辣蟹,辣椒和麻椒都多,活生生的螃蟹被逼得没了后路,一只只膏满黄香,反而从麻辣里争出不少味来。

如何吃蟹,是对一个人的综合考量。在这一点上,以长江为分界线,江南比江北细致太多。

北方除了沿海地区,过去很少吃螃蟹。我十八岁之前,吃蟹的记忆几乎空白。第一次吃还是来济南,和几个同学登千佛山,路边有个卖炸螃蟹串的小摊,螃蟹如瓶盖那么小,一串七八个。我们每人买了一串,啃着上了半山腰,俯瞰这座陌生的城市,嘴里像是在嚼烧煳的麦穗,香是香,就是扎嘴。

后来在济南工作,我才正式开始吃蟹,开始觉不出好吃,只是觉得螃蟹的样子像汪曾祺先生写的:凶恶而又滑

稽。汪老的确是大家，专门点出凶恶和滑稽，其实是一回事。想想一些人的面目，也的确如此。好在这些年，我很少遇上螃蟹一样的人，螃蟹，却是越吃越娴熟了。

有几次吃蟹印象颇深。那一年，画家刘明雷刚到济南，有朋友送来一箱大闸蟹，我一锅蒸了，两个人就着一瓶白酒大快朵颐。吃到最后，大闸蟹似乎也没什么好，不比小时候烤的蚂蚱好吃。

还有一次，我刚买了房子，中秋节，一个师弟从海鲜市场提溜着一大袋螃蟹过来，约了几位师兄弟在家小聚。这件事之所以记得清楚，是因为这个师弟很快就离开了济南。他先到西藏，又去了杭州，每次见面喝酒，他总会提起当年这一大袋螃蟹。因为我不太会收拾，蒸的时候没把螃蟹反过来，那天的螃蟹全散黄了，让他耿耿于怀。

生在江南的人，才有深厚的吃蟹传统。几乎所有江南的淡水湖，都产大闸蟹。大闸蟹的名称就来自吴侬软语。过去，卖蟹的小贩下午挑着担子，沿街叫卖，大闸蟹的名称被叫响了。

民国早年，北京名医施今墨把各地的蟹分为六等：一等是湖蟹，阳澄湖、嘉兴湖的是一级，邵伯湖、高邮湖的是二级；二等是江蟹，芜湖的一级，九江的二级；三等是河蟹，清水河的一级，浑水河的二级；以下则四等溪蟹，五等沟蟹，六等海蟹。

施今墨嗜蟹程度不低于李渔。据说，每年深秋，他必要南下行医一次，主要是去吃蟹。他品鉴的结果自然很有道理，但他把海蟹排到最后，有失公允。或者是因为当时交通不便，他吃过的海蟹不够新鲜，也或者是因为当时捕捞条件有限，深海蟹他未曾尝过。

海蟹里，帝王蟹虽个大，却并不算好。尽管其腿如竹节，肉多耐啃，但鲜味远不如红毛蟹。红毛蟹不仅肉质细嫩，蟹膏也多，拆开了壳直接吃，不仅不腥，舌尖上还有一股微微的甜。

梭子蟹在海蟹里常见，因其口味不错，性价比高，所以深受人们喜爱。北方做梭子蟹喜欢清蒸，南方却习惯葱油。

有一年我去舟山讲座，因为一个活动，又在宁波待了几天。正逢秋天，每晚，我都独自去酒店旁边的一家饭馆，点上一份葱油梭子蟹，再清蒸一条带鱼，喝上三两白酒，甚是惬意。

不过，那边的梭子蟹因为海水温度高，生长速度快，肉没有北方结实。山东最好的是莱州湾的梭子蟹，个大肉紧，看上去高富帅，吃起来傻白甜。只是不太好买，即便到莱州本地，海鲜市场上也难看到，还未捕上来，就被各种预订一抢而空。

这一点，和被施今墨认为的一等一级的阳澄湖大闸蟹差不多。然而，阳澄湖大闸蟹的名声太大了，所以有太多大闸蟹只是傍着阳澄湖的名称，有的贴着防伪标志，带着编号，甚至经过一些人亲口发誓，但真正的阳澄湖湖生湖长的野生大闸蟹，又有几个人吃过呢？即便是亲眼看着从里面捞出来，也很有可能是外地过来的"洗澡蟹"，养好了，过来"洗个澡"，身价便不一样了。

前年秋天，我专门去了趟阳澄湖，提前从网上订好酒店，掐好日子，赶到开捕的那天，和几个朋友雄赳赳气昂昂过去，远远看到阳澄湖湖面，就仿佛闻到一股螃蟹的鲜味。店家派一乌篷船到渡口迎接，上船后，在湖面上晃晃悠悠，曲曲折折，到了酒店的私家码头。下船后，我们进包间，二话没说，就让老板煮了一盆大闸蟹上来，每人一公一母，吃得顾不上说话，只觉得确实不一样。等酒足饭饱，乘舟欲行，老板说从旁边走过去即可，于是走了不到五分钟，竟然就到了停车场，刚才的一切，恍如螃蟹幻化出的梦境。

其实，今天的阳澄湖已不是百年前的阳澄湖，就像阳澄湖捞出来的螃蟹也不一定是阳澄湖大闸蟹，但又何必那么较真呢？

今天的人也和螃蟹一样，很难在一地终老。大多数人都类似"洗澡蟹"，长大后远离故乡，寻找一个可以成就自己的"阳澄湖"，也许是北上广，也许是纽约、洛杉矶，也许是悉尼、温哥华……

洗一次"澡"，就是一生。

吃个豆腐

中国人发明了豆腐,这一点确凿无疑。尽管,西汉淮南王刘安炼丹偶成的典故不太可信,但至少在宋朝,豆腐已然普及。中国人对豆腐的厚爱也由来已久,若不然,不会把豆腐和著名美女并列一起,取名"豆腐西施";更不会把占女人便宜说成"吃豆腐"。试想,如改成"猪头肉西施",总觉得这个西施就算是西施,也像刚被人打肿了脸;"吃豆腐"换作吃别的,也不会让人想入非非。色白、面细、质嫩、性软,除了豆腐,还有什么能兼具这些特点呢?

生在豆腐大国,许多地方的人,都有一种天生的"豆腐自信"。每提起,胸脯拍得砰砰响:我们这里的豆腐是特色,特别好吃!

话倒没错。许多地方的豆腐确实特别好吃,而且有特别的吃法,符合当地人的性情。临清的托板豆腐,是把豆腐切成块,盛在一个小长条木板上,吃时木板一翘,腚一撅,豆腐就顺势滑到了嘴里，故又称"撅腚豆腐"，也特别符合山东人的性格，直爽到倔强。

凤翔的豆花泡馍，则是把锅盔泡在油泼辣子的豆腐脑里，尽显陕西人的粗犷，吃完打个嗝都秦腔味。淮扬名菜文思豆腐，将豆腐切得细如发丝，刀工体现了江苏人的精细。黄山的毛豆腐，望上去，仿佛一排排微缩的马头墙，吃起来，则有岁月变迁的滋味。

豆腐虽普通，却和名贵的参鲍燕翅有共同之处，即食材本身无味，所以能融合各种味道。四川人爱麻辣，川菜里自然有麻婆豆腐。山东人喜大葱，鲁菜便做葱烧豆腐，再细分，孔府菜有一品豆腐，端庄细嫩（今天的曲阜熏豆腐虽好，但应该是孔府的下人吃的）；博山菜代表作之一就是豆腐箱子，看似普通，却内藏玄机，每块炸好的豆腐里都藏着肉馅，再浇上勾芡的汤汁，让豆腐腹有美味气自华。

所以说，豆腐很合群，还会变着花样讨好人的胃口。有豆腐干、豆腐脑，算是"干脑"涂地；有豆腐泡、豆腐乳，堪称"泡乳"交融；有豆腐皮、内酯豆腐，皮酯兼具。就算是豆腐渣，也有各种吃法，比如做成窝头，或烙成饼，一口下去，满嘴豆香。哎，同样有渣，豆腐比人好太多。

豆腐不怕热，千炖豆腐万炖鱼，不会散烂，时间越久越入味，同时还教人耐心，心急吃不了热豆腐。豆腐不怕凉，切了直接拌拌就好吃，还警示人要廉洁——小葱拌豆腐，一清二白。豆腐不怕冻，冻豆腐涮火锅，比普通豆腐都好吃，而且，还能锻炼口齿。不信？会炖我的炖冻豆腐来炖我的炖冻豆腐，不会炖我的炖冻豆腐别炖我的炖冻豆腐……说三遍。

豆腐连臭都不怕，只是有人怕吃臭豆腐。比如我，对于臭豆腐，曾是十分抗拒的。大学宿舍有一舍友，买过一瓶臭豆腐乳，锁在抽屉里，偶尔拿出来吃，整个宿舍弥漫着公厕停水的味道。后来，在我的抗议下，他答应不再吃了，一天，我踢球回来，一进宿舍门，就闻到了味道，问他是否又吃？他拿着一个馒头支支吾吾，说你看，没有吧？哼！我一眼看到，他的馒头中间，有一道细细的缝儿……

直到有一年去长沙，我才开始爱上了臭豆腐，并一发不可收拾。先是在毛主席盛赞过的火宫殿，后来又打听到两家小店，我直接把臭豆腐当饭吃。

那次去长沙，是被报社派去采访"超女"总决赛，算是最火的那一届，李宇春、周笔畅和张靓颖争冠军。湖南卫视的演播室一票难求，电视台门口全是从各地赶来的歌迷，不对，是"粉丝"："玉米""笔迷""凉粉"，场面极其壮观。结束后，人群久久不散，记得周笔畅的"笔迷"声嘶力竭地喊着口号，一个个泪流满面。

我印象最深刻的是，现场听张靓颖一开口——天哪，怎么能唱得这么好？听得人起一身豆腐渣。

当时，几乎所有人都自动站队，争做"粉丝"，一晃，都快二十年了，他们还会再痴迷曾经的偶像吗？

我挺感激那届"超女"，至少，让我吃了臭豆腐。

那次吃臭豆腐时，我想起那位大学舍友来，觉得有些对不住他。为了能吃臭豆腐，他忍气吞声，受了多少委屈啊！

臭豆腐虽好，但真正能做好吃的地方不多。各地旅游景点的就别提了，闻着臭，吃着也不香。而且，根据我的经验，凡是有臭豆腐味儿的旅游景点，所谓古街、古镇，几乎都不太靠谱。其实，臭豆腐好坏的区别不在臭，而在是否发苦。发酵时放化学添加剂，必苦；炸的油不好，必苦。所以，用调料拌好的臭豆腐，可以酸甜辣咸，但绝不能苦。

仔细回味起来，最好吃的豆腐还是豆腐本身。方方正正一块，什么也不放，只在锅里蒸一下，拿出来，切成片，蘸点带葱花的酱油，或是韭花酱、辣椒油，甚至什么都不蘸，只要豆腐好，就好。

小时候，家里每次买了豆腐，还没有做之前，我总会跑到厨房，让大人们用刀划一两块给我。那时的豆腐都好，放在嘴里凉丝丝的，有一种独特的香甜。

这么多年过去了，吃过那么多豆腐，恍然发现，当初的香甜已经如此遥远。哦，或许，不再有。

吃个夜宵

最早听"夜宵"这个词前,是听的"宵夜",那还是小时候,录像厅里的香港片,对白中常会提起"宵夜"。乍一听不明白,"宵夜"是啥?啥是"宵夜"?从年轻时尚的男女口中说出,伴着飞扬的神色,似乎还带有一点暧昧色彩,"一起宵夜"总觉得有良宵共度的暗示,甚至明示。那时,老家县城是没有"宵夜"的,人们一日三餐,和上下班一样准时。天一黑,大街小巷都黑了,个别亮堂的地方,像电影院门口,在黑漆漆的县城里,若孤星闪烁。

县城的夜宵,是从有了露天大排档才开始的。刚开始算不上什么夜宵,确切地说,应该是露天的晚饭,我们称那里为"夜市"。去夜市吃饭,叫"练摊"。拉面摊、水饺摊、炒菜的小摊,从二十世纪八九十年代开始出现在县城的各个路口,始于改革开放初,盛于国企下岗潮。和饭店不同,"练摊"的时间通常较长,老板不会催客人结束,就这么吃着喝着，晚饭就和夜宵连上了。

那时的县城，我印象比较深刻的夜宵，有跃进塔的马家水饺，田庄的三姐妹快餐，还有汽车站附近的几家，以炒菜为主。马家水饺的馅不多，但羊肉的味道尤其鲜。三姐妹快餐的三姐妹，是三个胖姑娘，颇有梁山好汉风范，她们用卤水煮的花生米很入味，还有炸豆腐，同样是用卤水煮透，放了点辣椒，尤其下酒。汽车站那边，有一家小摊，路北，忘了名字，炒拉面尤其好吃，芹菜、肉丝，和面条炒在一起，便宜，又吃得热饱。

还有许多地方，卖一种独特的饮品，叫杏仁茶。杏仁茶并不是茶，而是类似一种甜粥，里面有杏仁、葡萄干、青红丝，盛在一个大铜壶里，喝的时候现倒，细长如鹤颈的壶嘴一斜，就是满满一碗，甜丝丝，香喷喷，我很爱喝。有个朋友说杏仁茶能养胃，这是事实，但他的话几乎成了一个笑柄。因为有一年寒假，大家聚在一起喝酒，都喝多了，不知什么缘故，回去路上，和一拨人打了起来，后来所有人都稀里糊涂进了派出所，只有他安然无恙。事后，他认真地向大家解释，我去喝杏仁茶了，养胃。

夜晚的地摊，是县城荷尔蒙浓度最高的地方，那些年，打架是很常见的事。印象中，我的哥们儿牛子，就在地摊上和人打过许多次架，因为酒后大意，他吃亏的时候要多一些。为了扭转局势，他抢过卖熟食的菜刀，也夺过卖拉面的烧火棍，但通常这种时候，对方已呼啸而去，大家作鸟兽散了。有阵子，我去牛子家玩，经常一进门，就见他鼻青脸肿，偶尔脑袋上还缠着绷带，伤员一般，就知道他昨晚一定在某个地摊喝多了。

有次，牛子和几个跟他学吉他的少年在地摊喝酒，有人和附近一家小店的老板争执起来，过来搬救兵，牛子带着他们就冲过去。小店老板很猛，举着把菜刀冲着他们喊："谁敢动！"这时，一位少年上前，脑门冲着菜刀，边跳边用手拍头："来！朝我这儿砍！"小店老板惊呆了，"当啷"一声，菜刀掉在了地上。

类似这样的事，如今是不可能发生的。曾经那名往刀口上跳的少年，如今也身为人父了，当年老板手中的菜刀即使还在，也已锈迹斑斑了吧。县城的黑夜不再黑，在路灯和摄像头的注视下，平静而又美好。

来济南上大学后，我才见识了真正的夜宵，才知道夜宵和晚饭之间，要有一段时间距离。我曾写过第一次去永和豆浆，那里应该是济南第一家24小时营业的饭店，一位师兄请客。我们先吃饭喝酒，再去一家茶社打够级，凌晨时分，又打了一辆车，到了朝山街这边的永和豆浆。当时，一个煎鸡蛋两块钱，在学生时代的我看来堪称天价。这位师兄要煎鸡蛋的时候还专门给服务员说：我要单面的，太阳蛋。语气中透出的自信和熟练，一下又提升了他在我心中的地位。我差点没跟着说

要个月亮蛋，真那样的话，服务员眼里肯定全是星星。

毕业后，因为加班，我渐渐开始了夜宵生活。那些年济南的晚上非常热闹。烧烤，可去回民小区或经一纬九，各种烤串，让羊的细节在炭火中发挥到极致。海鲜，要去香港街，春天的爬虾、秋天的梭子蟹，四季都好的辣炒花蛤，都能吃到最

新鲜的。炒菜的排档比比皆是,酸辣土豆丝、辣炒大肠、炝豆芽,普通的家常菜,在猛火大油中,刺激着这座城市深夜的味蕾。

规模大的排档,如朝山街南头那家,沿着小河沟,排着一百多张小木桌,几乎每晚都人山人海,停满了汽车、摩托、电动车。来吃饭的人也十分年轻，各种发型，各种文身，放眼望去，一排排深绿色的啤酒瓶四周，尽是强壮的胳膊、纤细的腿、乌青的发丝、鲜红的嘴。最火爆时，每张桌子能翻四次台，有的人甚至在这里喝到天亮。因此，这虽是一家大排档，却被称为"朝南大饭店"。

这家露天的"大饭店"老板，最初是厨师出身，不到二十岁，就开始在那里炒菜。二十多年，这家店从室外搬到了室内，终于成了名副其实的"饭店"，却依然保留"大排档"的名字。

搬到室内的"朝南大排档"我也去过，差不多还是那么热闹。但不知为什么，每次路过它曾经的位置，我就会有一种幻觉，尤其是晚上，总觉得这里的灯会突然亮起，寂静一下被喧嚣打破，谈笑间，全是酒杯碰撞的声音。

小而精的夜宵，前几年，在济南也不难找。我一直念念不忘的，是一家水饺摊，在共青团路加油站东边，一条小胡同里，只有几张折叠桌子，老两口每天很晚才出摊，差不多到天亮才收。我带很多朋友去那里吃过，大家对他们包的水饺都赞不绝口。在那里吃水饺，打车尤其方便，因为许多出租车司机也去那里吃，有次我打车回家，司机说他从开"面的"就吃这家水饺，这一晃，就是多少岁月。

出租车司机，是夜宵的指南针。开夜车的话，如果不在凌晨吃顿热乎饭，是很难熬的。所以，他们有着类似飞蛾的趋光性，总是会聚集在某个好吃的把子肉摊、水饺摊。前阵子，有个师弟发现，在王官庄附近，有家只在晚上出摊的牛肉板面，旁边停着各种出租车，就拉我过去吃。第一次老板没有出摊，第二次总算吃上了，果然，这一家的板面面条筋道，浇头味道很正，和我在安徽吃的板面水平不相上下。

那天吃完板面，已经快十二点了。就在路口，我看见一个小伙子在焦急地和一对夫妇说话，说他出来跑步，碰见一个人，要把自己养的狗卖给他，没等他拿钱，这人就不见了，只留下一条大金毛，满地转悠，不知何处去寻抛弃了它的主人。于是，这对热心的夫妇让小伙子在外面看着狗，帮着去旁边的超市找人。小伙子很无奈，也很奇怪，看起来和那条大金毛一样不知所措。

吃夜宵，总能遇到各种奇怪的事，看到各种平日见不到的人。流着泪打电话的姑娘，坐在马路牙子上痛哭的小伙子，吃着小龙虾擦出火花的男女，扔下签子就吵架的情侣……人们的很多状态，白天完全隐藏在了阳光里，那些被压抑的愤怒、痛苦、忧伤、欲望，一旦没有了克制，总在夜宵时爆发。几乎每座城市，夜晚和白天都是迥异的，如同一枚硬币的正反面。尤其到了深夜，这枚硬币似乎也不是硬币了，更像是一滴透明的泪珠。

在济南，我已很少吃夜宵了。许多熟悉的小摊都已经消失。去年冬天，和几个朋友散了酒席，打算找个吃夜宵的地方叙叙，几乎围着二环转了半圈，都没有找到。其中一个朋友说，其实他很早就订了一家烧烤，专门打电话让老板留好了位子，信誓旦旦带我们过去。停下车，我们走到一个大院里，发现里面空空荡荡，老板早已打烊，只留下一片狼藉。

最近的一次吃夜宵，是在巴山夜雨宽厚里店的楼顶，一个特别舒服的大平台，可以看着解放阁喝酒。那是一家在济南开了小二十年的川菜店，美蛙鱼头和歌乐山辣子鸡都很棒，我一直给老板娘说，如果能烤脑花就好了，老板娘每次都说一定上，也不知现在上了没有。

那次从巴山夜雨回家，已经是凌晨一点多了。在离家不远的一座大桥上，前面有个骑电动车的男子，突然大喊一声："啊！"然后车直接撞在桥上，人躺在一边。我赶紧停下来，过去，问："哥们儿，我帮你打个电话吧？"他一惊，说："没事儿，没事儿。"然后他缓慢地站起来，去扶电动车。

他确实被我吓了一跳，因为当时，这条路上几乎没有一个行人，也没有一辆车开过。他以为自己的碰撞不会被人发现，却无意间被我远远看到。后来，我在远处看他又骑上了电动车，应该没什么大碍，才放心地回家。

夜宵不管吃多晚，酒无论喝多少，最重要的就是，别忘了回家的路。